Renate Folkers · Andrea Gerecke · Gaby Kaden · Micha Krämer
Thomas G. Krage · Nané Lénard · Andreas Schmidt · Lothar Schöne
Klaus E. Spieldenner · Thorsten Sueße · Klaus-Peter Wolf

TANNENBLUT

Krimi-Kurzgeschichten zum Fest

CW Niemeyer

Die Geschehnisse, sämtliche Handlungen und Charaktere – außer den historisch gesicherten – sind frei erfunden.

Bibliografische Information der Deutschen Nationalbibliothek
Die Deutsche Nationalbibliothek verzeichnet diese Publikation in der
Deutschen Nationalbibliografie; detaillierte bibliografische Daten sind im Internet abrufbar über http://dnb.ddb.de

www.niemeyer-buch.de

Umschlaggestaltung: C. Riethmüller
Der Umschlag verwendet Motiv(e) von 123rf.com
Druck und Bindung: Quedlinburg DRUCK GmbH, Quedlinburg
Printed in Germany
ISBN 978-3-8271-9491-6

Inhalt

Gaby Kaden

Hoch oben in den Tannenspitzen

Tödliche Schwestern

Langsam zog das schmale Ruderboot aus Richtung Küste kommend seine Bahn durch die schwarze Nacht. Nebelschwaden hingen tief über dem Wasser des kleinen Flüsschens Harle. Aus dem Nebel rieselte ganz feiner Schneegriesel, legte sich wie Puderzucker über die Landschaft. Niemand war zu sehen. Die Uferpromenaden rechts und links schienen menschleer, wie ausgestorben. Kein Wunder, um diese Uhrzeit. Die Menschen schliefen nachts um vier in dem kleinen Küstenort. Nur zwei Personen nicht. Die eine schlug die Ruder sanft in das eiskalte Wasser, leise, um so wenig wie möglich Geräusche zu verursachen. Die andere peilte am Bug des Bootes den Weg durch den Nebel, gab Kommando: „Mehr rechts, mehr links, so ist es gut …, weiter so …“

Ihr Ziel war klar. Der „Schwimmende Weihnachtsbaum“, ein weitbekanntes und beliebtes Wahrzeichen im Hafen von Carolinensiel. Sie wollten ein Exempel statuieren. Alle sollten es sehen, alle sollten ihn sehen, irgendwann. Nicht heute, nicht morgen, aber spätestens, wenn der Baum im Januar wieder abgebaut werden würde. Sie waren zu zweit im Boot und … nein, zu dritt! Zwischen den beiden Frauen lag ein Mann! Tot! Erstochen mit sechs Messerstichen. Drei für jede, so hatten sie es sich ausgemalt, so hatten sie es auch ausgeführt! Neben dem toten Mann waren fein säuberlich ein Seil und eine Zange drapiert. Mehr brauchten sie nicht.

Lange hatten sie sich überlegt, wie er zu bestrafen wäre. Erbarmungslos sollte es sein, so erbarmungslos, wie er mit ihnen umgegangen war. Grausam, so grausam, wie er zu ihnen gewesen war. Mitleid hatten sie keines, so wie er auch mit ihnen nicht!

Das Letzte, was sie jetzt noch tun mussten, war, ihm den rechten Zeigefinger abzutrennen. Den Finger, mit dem er ihnen im Taschenrechner seines Handys immer wieder vorgerechnet hatte, welch enorme Rendite die Geldanlage bringen würde. So hatten sie es beschlossen, so musste es ausgeführt werden.

Sie waren auf diesen Anlageberater, der vor einiger Zeit bei ihnen auf dem Hof aufgetaucht war, hereingefallen und nun arm wie die Kirchenmäuse. Alles Ersparte war verloren, ihr Hof mit hohen Hypotheken belastet. Lange würden sie dort nicht mehr wohnen können. Aber das alleine war nicht ihr Problem. Sie wollten heiraten, hatten im Internet zwei Männer kennengelernt. Eine andere Möglichkeit gab es für die beiden Frauen nicht. Zu viel war auf dem Kartoffelhof in Ostfriesland zu tun. Das Internet darum eine ideale Plattform, auch ohne an Tanz- oder anderen Veranstaltungen teilzunehmen, einen Mann kennenzulernen. Cludius und Jakob hießen die beiden Brüder, stammten von einem Apfelhof aus dem „Alten Land“ und wurden von ihren Eltern nach Apfelsorten benannt.

Welch ein Zufall!

Aber nun war alles vorbei. Würden die Männer wirklich zwei bettelarme, nicht mehr ganz junge Frauen heiraten?

Das Seil hatten sie zu einem Galgenstrick geknotet und dem Mann um den Hals gelegt. Daran sollte er hängen. Am „Schwimmenden Weihnachtsbaum“, der am Vortag im Museumshafen aufgestellt worden war, wollten sie ihn hochziehen und dort hängen lassen, bis man ihn im Januar finden würde. Eiskalt hatten sie es geplant. Eiskalt wie das Wasser der Harle, durch das sie nun glitten und das kurz davor war, sich in Eis zu verwandeln.

Jede der beiden Frauen wusste, was zu tun war. Sie kannten sich aus, waren Hiesige. Bintje und Linda, von den Eltern nach Kartoffelsorten benannt.

Welch ein Zufall!

„Bintje, gleich sind wir da, ich übernehme die Ruder und treffe dich am Baum.“

Die angesprochene Bintje nickte stumm, formte mit den Lippen: „Okay, Linda!“ Mehr kam nicht, denn Bintje war stumm. Im Hafen angekommen, sprang sie aus dem Boot, lief geduckt zielstrebig auf einen Sicherungskasten zu. Mit gekonntem Griff war nun auch der Hafen, der gerade noch weihnachtlich beleuchtet strahlte, in tiefes Schwarz getaucht. Linda legte das Boot am Ponton unter dem schwimmenden Baum an und machte es fest.

Sie verstanden sich blind, selbst in der Dunkelheit saß jeder Handgriff. Kurz darauf sprang Bintje wieder zurück ins Boot.

Sie half ihrer Schwester, den toten Körper des Mannes aufzurichten, zog den Strick enger um seinen Hals und klopfte Linda dann auf die Schulter. Die verstand, legte die tote Hand auf die Bank des Ruderbootes und versuchte sie zu spreizen. Dann nahm Linda die Zange, um ihm den Zeigefinger abzutrennen. Aber das war inzwischen gar nicht so einfach. Bedingt durch die Kälte – oder hatte schon die Leichenstarre eingesetzt? – ließen sich die einzelnen Finger nicht mehr wirklich bewegen. So kniff sie dem Toten damit kurzerhand nur das vordere Glied des rechten Zeigefingers ab und legte es in eine Plastiktüte. Das Ganze ging recht blutlos vonstatten, denn der Mann war schon seit einigen Stunden tot, sein Blutkreislauf damit auch.

„Den Finger entsorgen wir später!", bestimmte Linda mit Blick auf ihre Schwester und sprang mit einem Satz aus dem Boot auf den Ponton unter dem Baum. Bintje warf ihr ein Seilende zu, Linda fing es blind auf. Leichtfüßig kletterte sie zum Baum, nahm das Seil zwischen die Zähne und angelte sich am Stamm des Weihnachtsbaumes hoch. Flink wie eine Katze. Konnte sie im Dunkeln sehen?

Oben in luftiger Höhe angekommen, warf sie das Seil um einen dicken Ast und pfiff leise durch die Zähne.

Das war das Signal für Bintje. Die zog am Seil und gab ihrer Schwester somit das Zeichen, ebenfalls bereit zu sein. Nun ging es los.

Oben zog Linda am Ende des Seiles, unten schob Bintje den toten Körper nach und kletterte hinterher. Fast lautlos ging das vonstatten. Die beiden Frauen arbeiteten stumm. Eine oben, die andere von unten, bis sie fast auf gleicher Höhe waren. Zwischen ihnen nur noch der tote Mann.

Kein Laut war von ihnen zu hören. Nur ab und zu das Knacken eines Zweiges, der dem Körper im Wege war.

Knapp eine halbe Stunde dauerte es, dann war der Tote an dem Platz, den die Frauen für ihn vorgesehen hatten.

Hoch oben in den Tannenspitzen.

Linda befestigte das Seil noch an den Ästen, dann kletterte sie hinter ihrer Schwester her nach unten.

Im Boot angekommen, klatschten die beiden Frauen sich zufrieden ab. Bintje stumm, Linda mit einem bekräftigenden: „Ja!"

Das abgetrennte Fingerglied lag noch immer auf der Bank im Boot, Bintje nahm die Plastiktüte und steckte sie in ihre Hosentasche.

„Bintje, morgen und jeden Tag des Wintermarktes werden wir hier sein und wissen, dass das Schwein dort oben hängt. Nur wir!“

Dann deklamierte sie leise:

„Hoch über den Tannenspitzen sah ich eine Leiche blitzen!“

Linda verfiel in ein böses Lachen. Bintje tat es ihr mit unartikulierten Lauten nach. Aber ebenso grausam.

Dann ruderten sie den Weg zurück, so, wie sie gekommen waren.

Marie und der Weihnachtsbaum

Es war viel los im Museumshafen von Carolinensiel. Der kleine Wintermarkt mit dem „Schwimmenden Weihnachtsbaum“ in der Mitte des Hafens lockte wie jedes Jahr Tausende von Gästen an.

Am Vortag hatte man den Baum unter dem Applaus begeisterter Zuschauer aufgestellt und die Lichterketten befestigt, heute begann nun der kleine Winter- und Weihnachtsmarkt, der bis in den Januar dauern sollte. So lange, bis die Weihnachtsferien zu Ende waren.

Die Holzhütten rund um den kleinen Hafen waren gut besucht. Es gab allerlei an alkoholischen wie auch nicht alkoholischen Getränken. Ady mit seiner Fischbude war da, außerdem ein Bratwurststand, kleine Geschenkartikelstände und mehr. Auch ein Stand mit warmen Mützen und Schals war wie jedes Jahr vor Ort. Natürlich gab es heute, am Eröffnungswochenende, wieder die begehrten Prülkers, eine ostfriesische Hefeteigspezialität, die von zwei Frauen der Dorfgemeinschaft zubereitet wurden. Lecker und heiß begehrt.

Gäste wie auch Einheimische bummelten durch den Hafen. Darunter auch der Clan um die beiden Kommissare der Wittmunder Kriminalpolizei, Tomke und Hajo, die mit Oma Jettchen und Tant' Fienchen wie auch ihrem Kollegen Carsten Schmied mit seiner Familie vertreten waren.

Carsten, Tomke und Hajo hatten auf dem Kommissariat in Wittmund zwar Rufbereitschaft, aber was sollte heute schon passieren? Heute war das erste Weihnachtsmarktwochenende. Mit vielen Einheimischen standen sie an einem der Stände, an denen es Glühwein – mit und ohne – wie auch andere Heißgetränke gab. Direkt nebenan hatte sich Ady mit seiner Fischbude platziert, bei dem sich Marie, Carstens Tochter, gerade eine riesige Portion Kibbeling geholt hatte.

Nun stand das Mädchen an einem der hohen Bistrotische und schob die kleinen, gebackenen Fischteile in den Mund. Was die Erwachsenen um sie herum erzählten, interessierte Marie nicht. Sie schaute sich kauend die Leute und natürlich den „Schwimmenden Weihnachtsbaum“ mitten in der Harle an. Er war so gewaltig groß, über und über mit Lichtern bestückt, die sich im Wasser spiegelten.

Dann aber stutzte das Mädchen. Da war doch was, ganz oben im Baum. Ein paar Zweige wackelten so komisch. Fest richtete sie ihren Blick darauf.

„Mama“, kauend zupfte sie am Ärmel ihrer Mutter. „Mama, da im Weihnachtsbaum ist etwas!“

Marie schubste Michaela fester an und deutete nach oben. Die schaute zu dem riesigen Baum hoch, fixierte ihn einen Moment und schüttelte den Kopf. „Nein, mein Schatz, da ist nichts, das war bestimmt der Wind.“

„Doch, ganz sicher! Ich habe es genau gesehen. Die Zweige da in der Mitte, die haben ganz doll gewackelt. Nur die, andere nicht!“ Marie ließ nicht locker und zupfte ihre Mutter nochmals am Ärmel. „Da! Jetzt schon wieder!“ Das Mädchen sprang von einem Fuß auf den anderen. Michaela schüttelte den Kopf. „Was du wieder siehst, Kind!“

„Dann sage ich es eben Papa, der ist schließlich bei der Polizei und wird sicher nachsehen. Papa, Papa!“

„Warte, warte, Marie, iss doch erst mal deine Kibbelinge, die werden doch kalt!“

Aber Marie war nicht zu bremsen. Sie drängte sich durch die Menschentraube hindurch bis zu ihrem Vater und meinte energisch:

„Da musst du gleich mal nachschauen, da oben!“ Sie zeigte auf den Baum.

Carsten verstand nicht. „Was ist denn los, Marie?“

„Der Baum wackelt dort oben ganz doll. Schau doch mal.“

Auch Carsten fixierte den Baum und konnte nichts entdecken. „Was meinst du denn, Marie? Ich kann nichts erkennen.“

Marie stöhnte laut auf.

„Dass ihr Erwachsenen nie was merkt. Guck doch mal genau hin!“ Wieder zeigte sie auf den Baum. Aber nun war tatsächlich nichts zu sehen. Es war windstill, der Baum rührte sich nicht. Murrend zog sich das Mädchen wieder zu ihrem Teller mit Kibbelingen zurück, den Baum aber ließ sie nicht aus den Augen.

Bintje und Linda waren ebenfalls im Hafen. Auch der Blick der beiden ging ab und an zum Baum, immer von einem spöttischen Grinsen begleitet. Bintje schubste ihre Schwester an und deutete auf einen Stand, vor dem sich schon eine größere Schlange gebildet hatte.

„Willst du?“, fragte Linda. Bintje nickte. Die beiden stellten sich an und warteten geduldig, bis sie an der Reihe waren.

Alle Weihnachtshütten im Hafen waren gut besucht. Überall standen größere und kleinere Menschengruppen davor, schnackten und hielten Becher mit Glühwein, Punsch oder anderen hochprozentigen Sachen in der Hand. Was nicht nur der Kälte geschuldet war.

Anke und Antje, die Frauen der Dorfgemeinschaft, hatten alle Hände voll zu tun, um die Schlange vor ihrem Prülkerstand zu bewältigen. Anke buk im Akkord das leckere Hefegebäck, das Antje dann an die Gäste verkaufte.

Linda und Bintje waren inzwischen fast an der Reihe. Bintje stieß ihre Schwester an und zeigte mit den Fingern an, dass sie zwei Stück wolle. „Ich auch zwei!“, bestätigte Linda und zog ihre Geldbörse aus der Hosentasche. Das Münzfach war bis auf zwei Euromünzen leer. „Hast du noch Kleingeld?“, wollte sie von Bintje wissen. Die zuckte mit den Schultern und griff in ihre Hosentasche, zog ein benutztes Taschentuch heraus, kramte weiter, zerrte dann mit Schwung einen Plastikbeutel heraus und suchte in der Tiefe der Tasche nach ein paar Münzen. Dann zählte sie zwei Euro ab, gab sie ihrer Schwester und steckte alles andere wieder in die Tasche. Doch etwas war nun anders. Bintje stutzte, der Plastikbeutel war leer. Erschrocken schaute sie sich um. Bückte sich, suchte den Fußboden ab. Die Menschen in der Schlange hinter ihr allerdings schoben sie weiter, sodass Bintje ins Stolpern kam und gegen ihre Schwester stieß.

„Was ist denn? Hast du was verloren?“, wollte diese wissen. Bintje formte etwas mit den Lippen, doch Linda verstand nicht. Sie war an der Reihe, bekam ihr warmes Hefegebäck, zahlte und zog Bintje mit sich.

Als sie etwas abseits, in ein paar Metern Entfernung, standen, jede mit einem Prülker in der Hand, deutete Bintje auf den leeren Beutel und schaute ihre Schwester fragend an. Für Zeichensprache fehlte ihr eine freie Hand. „Weg!“, formulierte sie darum mit den Lippen stumm. „Der Finger ist weg!“

„Wo hast du ihn?“, wollte Linda entsetzt wissen. Bintje allerdings zuckte nur mit den Schultern.

Es war viel zu dunkel und auch zu voll um den Stand herum, um nach dem Inhalt des Beutels zu suchen. Außerdem standen die Menschen dicht gedrängt zwischen den Ständen. Hier und heute hatten die beiden keine Chance, den Finger zu finden.

❄

Marie hatte ihre Portion Kibbelinge aufgegessen, die Glühweinbecher der Erwachsenen waren leer, die Gruppe zog weiter. Oma und Tant' Fienchen mittendrin. Immer wieder fixierte das Mädchen den Weihnachtsbaum. Sie war sich sicher, dass ganz oben etwas war. Aber keiner glaubte ihr. Fienchen, die seit Jahren kaum Alkohol trank, hatte sich heute einen Punsch gegönnt und war fröhlich und ausgelassen wie nie. Carsten trug den kleinen Felix auf dem Arm, und so wanderten sie, Tant' Fienchen rechts und links stützend, auf die andere Hafenseite. Alle wollten noch etwas essen. Tomke und Hajo hatten sich bei Ady jeder ein Fischbrötchen geholt, Michaela gelüstete es nach einer Bratwurst, Oma und Tant' Fienchen nach Prülkers, die sie zu Hause, ob des Fettgeruches in der Wohnung, nur noch selten zubereiteten.

Bintje und Linda standen inzwischen auf der Brücke der Harle, genau gegenüber des Weihnachtsbaums. Das Wissen um den seltsamen Baumschmuck, tief versteckt zwischen den Ästen, gab ihnen ein zufriedenes Gefühl.

Eine Gruppe Menschen wanderte laut lachend an ihnen vorbei, ein Mädchen aus der Gruppe zeigte unentwegt auf die große Tanne. Was das wohl zu bedeuten hatte?

„Lass uns gehen, Bintje“, beschloss Linda dann. „Morgen kommen wir wieder und suchen ihn, heute hat es keinen Sinn.“ Bintje aber deutete nach unten zu den Buden und zeigte ihrer Schwester mit den Fingern an, dass sie noch etwas essen wollte. Auf dem Weg zum Bratwurststand hielt Bintje ihre Schwester fest und lachte. Mit Zeichensprache ließ sie Linda wissen: „Wenn wir ihn nicht finden, dann findet ihn vielleicht ein Hund und frisst ihn auf.“ „Na und?“, meinte Linda, „dann isser eben weg!“ Beide lachten herzhaft.

Die Truppe um Tomke & Co. war inzwischen auf der anderen Hafenseite angekommen und alle nun mit Leckereien versorgt. Carsten hatte sich am Stand von Andreas und Susanne, deren Plattbodenschiff „De Zwarte Piet" auch im Museumshafen von Carolinensiel lag, eine Schale Champions mit Kartoffeln und Knobisoße geholt, Oma und Tant' Fienchen bei der Dorfgemeinschaft eine Tüte mit Prülkers.

Fienchen, die immer aß wie ein Spatz, wollte sich ihr Hefegebäck unbedingt mit ihrer Schwester teilen. Nach langem Hin und Her gab diese nach und meinte: „In Gottes Namen, dann reiß das Ding halt auseinander."

Marie war satt! Sie hatte auch andere Dinge im Kopf. Der Weihnachtsbaum und das, was sie beobachtet hatte, ließen ihr keine Ruhe. Immer wieder schaute sie hoch zu der riesigen Tanne. „Da, jetzt! Papa!", rief sie laut. „Er hat sich wieder bewegt!" Carsten drehte sich um und tatsächlich: Im Baum war Leben! Zweige raschelten im oberen Teil, Lichter bewegten sich, obwohl es windstill war. Äste knackten. Dann setzte sich die Bewegung weiter nach unten fort und etwas schlug auf dem Wasser auf. Gleichzeitig vernahm Carsten hinter sich einen entsetzten Schrei: War das Fienchen? Danach erscholl ein zweiter von Oma. Hatten sie gesehen, was da ins Wasser gefallen war? Carsten drehte sich zu den beiden um und erkannte den Grund ihres Entsetzens nicht gleich. Bis Tomke erschrocken auf den aufgerissenen Prülker zeigte. Carsten wusste nicht, wohin er den Blick zuerst richten sollte, rief: „Habt ihr das gesehen? Da ist doch etwas ins …", er deutete auf das Wasser. Gleichzeitig rief Hajo:

„Nee, aber hast du das gesehen?" Hajo zeigte auf das Gebäck.

Marie stellte sich neugierig auf die Zehenspitzen und konsternierte: „Das ist ein Finger, frag mal am Prülkerstand, ob die einen vermissen."

„Marie!" Michaela zog ihre Tochter zur Seite. Der Anblick war eklig, aber Marie störte das nicht. Die lief plötzlich vor zur Hafenkante und rief: „Da schwimmt jemand mit dem Bauch nach unten im Wasser, langsam müsste der mal Luft holen, oder Papa?"

Nun reagierten die drei Kommissare schnell. Tomke kippte die restlichen Prülkers auf den Tisch, nahm die Tüte und stülpte sie über den ekligen Fund. Dann schob sie sich durch die umstehenden Menschen Richtung Prülkerstand. Das Backen musste sofort gestoppt werden, wer wusste denn, was an Körperteilen noch zum Vorschein kommen würde? Mit dem Widerstand der Menschen in der langen Reihe hatte sie allerdings nicht gerechnet. Ein großer

Proteststurm brach los. Auch die Frauen im Stand waren nicht begeistert.

„Tomke, das geht nicht!“, warf Anke ein. „Wir haben hier noch eine fast volle Wanne mit Teig stehen, der verarbeitet werden will und eine weitere wird gleich gebracht! Sieh dir mal die Schlange an. Alle warten auf unsere Prülkers. Die Leute steinigen uns, wenn wir hier schließen.“

Doch die Kommissarin blieb hart und bestand außerdem darauf, dass die angefangene Wanne mit dem Hefeteig zur Seite gestellt und abgedeckt wurde. „Das ist Beweismaterial, da muss unsere Spurensicherung ran.“

Hajo und Carsten stürmten zur gleichen Zeit zur Hafenkante, sprangen nach unten auf eines der Plattbodenschiffe. Marie wollte mit, aber Michaela hielt sie fest. Die Kommissare kletterten weiter in das nächste Schiff, bis sie erkennen konnten, dass dort tatsächlich jemand im Wasser schwamm. Ein Seil war teilweise um den Körper der Person gewickelt, sodass sie nicht versinken konnte.

„Der ist tot, würde ich sagen“, erkannte Carsten.

„Ja, genau! Ich springe da aber nicht rein“, war Hajos nüchterne Antwort, „da holt man sich ja den Tod, wie du siehst.“

„Ich auch nicht!“, Carsten schüttelte den Kopf. Er schaute sich um und griff nach einem langen Holzstiel, der seitlich im Schiff lag. An dessen Spitze war ein Haken angebracht. Damit angelten die beiden nun nach dem Mann, konnten aber nur das Seil, das um seinen Körper schwamm, erreichen. Mit einiger Mühe schafften sie es, den Körper Richtung Schiff zu ziehen. Sie zogen und zerrten, bis das Seil nachgab. Inzwischen war auch Tomke bei ihnen angekommen und so hievten sie den Körper mit vereinten Kräften auf das Schiff. Nachdem sie ihn umgedreht hatten, bestätigte sich, was eigentlich schon klar war: Sie hatten eine Leiche geangelt!

Plötzlich tauchte wie aus dem Nichts Marie zwischen den dreien auf. „Mann, ist das spannend, darüber schreibe ich einen Krimi.“

Carsten zog seine Tochter, die inzwischen nicht mehr nur Polizistin, sondern auch Schriftstellerin werden wollte, kopfschüttelnd von dem grausamen Fund weg und brachte sie ans Ufer. Marie, zwar erst knapp zwölf Jahre alt, hatte aber doch schon, seit sie im Deutschunterricht einen Kriminalschriftsteller kennengelernt hatte, ihr Faible fürs Schreiben entdeckt. Aufsätze waren ihr da nicht mehr genug, sie wollte Romane schreiben, was ihre Eltern mit einem wohlwollenden Lächeln quittierten. Aber nun musste Carsten energisch werden und sie mit strengen Worten zurück zur Hafenkante bringen.

Tomke zog in der Zwischenzeit ihr Handy aus der Tasche und bestellte die Spurensicherung sowie den diensthabenden Rechtsmediziner aus Wilhelmshaven. Anschließend sah sie sich die Leiche, soweit es bei der diffusen Beleuchtung auf dem Boot möglich war, nochmals genauer an und zog erneut ihr Handy hervor. Sie wählte Michaelas Nummer und bat sie: „Bevor uns die Leute da oben erschlagen, geh bitte hoch zum Prülkerstand. Anke und Antje können mit einer neuen Wanne Teig weiterbacken. Es wird sicher kein weiteres Körperteil mehr auftauchen. Die angefangene Wanne aber bleibt beschlagnahmt, sag es ihnen."

Nachdem sie das Gespräch beendet hatte, zeigte Tomke auf die Hand der Leiche und meinte zu Hajo: „Im ersten Moment dachte ich, wir haben zwei Fälle bekommen, aber wie es scheint, gehört der Finger in Fienchens Prülker zur Leiche hier. Bin gespannt, was unser Leichenfledderer sagt."

❄

Linda und Bintje beobachteten das alles vom Glühweinstand aus. Linda murmelte: „Wenn's nich löpt, löpt's nich!", stieß ihre Schwester an und wollte gehen. Bintje aber formulierte mit den Fingern: „Nein, wir bleiben. Will sehen, was drüben noch passiert." Gespannt beobachteten die beiden nun aus der Ferne, was auf der anderen Harleseite geschah. Dass der verschwundene Finger inzwischen aufgetaucht war, bekamen sie hier aber nicht mit.

Inzwischen hatten immer mehr Menschen bemerkt, dass im Hafen etwas passiert sein musste. Viele standen auf der Brücke, von wo aus sie die Leiche im Schiff liegen sehen konnten.

„Was ist denn passiert?", hörte Tomke jemanden rufen.

„Do hät sük een uphangen", rief ein anderer.

„Jaja", murmelte Tomke nun. „Uphangen. Und vorher hat er sich noch den Finger abgebissen und ihn in den Prülkerteig geworfen." Kopfschüttelnd drehte sie sich wieder der Leiche zu, zog ein paar Einweghandschuhe aus der Manteltasche und streifte sie über.

Dann griff die Kommissarin vorsichtig in die Hosentasche des Mannes. Rechts war nichts zu finden, die linke Tasche war ebenfalls leer. Sich vorsichtig umschauend, ob Hajo Manninga, der Rechtsmediziner schon zu sehen war, drehte sie den toten Körper etwas zur Seite und griff zur Gesäßtasche des Mannes. Hier konnte sie etwas fühlen. Vorsichtig schob sie ihre Finger hinein und zog eine Geldbörse hervor.

„Raubmord war das nicht!", stellte sie nüchtern fest und zeigte Hajo die nassen Scheine in der Börse.

„Pack das wieder weg, du weißt, was Manninga …"

„Ich weiß, aber notiere dir vorher den Namen, bitte. Stefan Wimmer, wohnhaft in Jork. Das liegt im ‚Alten Land'!", las sie vor und gab Hajo auch noch die genaue Adresse des Mannes. „Klugscheißer!", murmelte der, aber Tomke hörte es nicht.

Ein kurzer Blick auf das Passfoto zeigte ihr, dass sie tatsächlich den Ausweis der Leiche in Händen hielt. Auch wenn die dicke Kartoffel, die in seinem weit aufgerissenen Mund steckte, das Gesicht verzerrte.

Nun hieß es warten, bis Spusi und Rechtsmediziner eintrafen. Das allerdings war nichts für die ungeduldige Tomke. Am Hemd des Toten konnte man erkennen, dass er erstochen worden sein musste. Vorsichtig tastete sie den Brustkorb ab und zählte sechs Einstiche. Blut war keines mehr zu erkennen, das Harlewasser hatte es abgewaschen. Das Hemd aber hatte sechs Löcher, unter denen sie Einstiche in den Brustkorb fühlte.

„Hat sich erstochen, den Finger abgetrennt und dann erhängt! Passt!", nickte sie leise murmelnd nach oben Richtung Brücke und wunderte sich, dass sich dort noch keiner zu der Kartoffel im Mund der Leiche des Mannes geäußert hatte. Auf der Brücke war inzwischen eine Menschentraube an Schaulustigen versammelt, die munter ihre Handys aufblitzen ließen. Tomke hasste das!

❄

Bintje und Linda hatten genug gesehen. Die beiden Schwestern gaben ihre leeren Glühweintassen am Verkaufsstand ab, nahmen das Pfandgeld in Empfang und liefen zurück zu ihrem Kleintransporter. „Beste Kleikartoffeln" stand in verwaschenem Schriftzug seitlich auf dem Fahrzeug. Nicht mehr lange, so wussten sie, und ihr Hof würde aufgrund der Spekulationen, die ihnen Wimmer aufgedrückt hatte, nicht mehr zu halten sein.

Zu Hause jedoch erwartete sie eine weitere böse Überraschung: Jemand hatte einen Brief unter der Tür hindurchgeschoben.

❄

Im Hafen von Carolinensiel nahm nun alles seinen üblichen Lauf. Manninga und Spusi waren fast gemeinsam eingetroffen. Manningas Erscheinen wie immer von lautstarken Schimpftiraden begleitet. Dass Tomke die Leiche bewegt hatte, bemerkte er nicht.

Tomke, Hajo und Carsten zogen sich zurück und ließen die Kollegen arbeiten. Sie wollten noch ein paar Befragungen durchführen. Tomke hoffte, dass Anke und Antje Aussagen zu dem verbackenen Finger machen konnten. Große Erwartungen hatte sie allerdings nicht.

Für Michaela und Carsten war es nicht leicht, Marie vom Fundort wegzubringen. Das Mädchen bestand vehement darauf, alles zu verfolgen, schließlich müsse sie wahrheitsgemäß in ihrem Krimi berichten, erklärte sie ihren Eltern.

„Okay, lass sie hier", gab Carsten nach. „Wir sind sicher bald durch, dann bringe ich sie nach Hause. Was soll schon noch passieren? Das Schlimmste, den Finger und die Leiche, hat sie ohnehin gesehen. Geh du mit den anderen nach Hause. Felix muss ins Bett und für Oma und Tant' Fienchen war das sicher auch aufregend genug."

Zögernd lenkte Michaela ein, nicht ohne ihre Tochter zu ermahnen, nicht zu forsch und vorlaut zu sein.

Marie war glücklich. Mit ihrem kleinen Notizbuch in der Hand saß sie am Hafenrand und machte sich unentwegt Notizen.

Auf dem Kartoffelhof

Der Schock war riesig und Bintje konnte nicht glauben, was sie da las. Die Frage, wo der abgetrennte Finger geblieben war, hatte ihre Wichtigkeit gerade verloren. Ein stummer Schrei drang aus ihrer Brust. Stumm und doch so laut und erbärmlich, dass ihre Schwester ihn in der Küche nebenan hörte.

„Was hast du denn, Bintje?", rief sie. „Komm in die Küche, ich kann gerade nicht weg."

Bestürzt, den Brief in der rechten Hand haltend, erschien Bintje in der Tür.

„Was ist das? Wer will etwas von uns?"

Linda verstand nicht, nahm ihrer Schwester das Schreiben aus der Hand und begann kopfschüttelnd zu lesen. Was sollte denn noch Schlimmeres kommen als das, was dieser Wimmer ihnen angetan hatte?

Nach einigen Zeilen glitt ihr die dünne Teekanne mit dem zarten blauen Muster, in der sie gerade einen abendlichen Tee zubereiten wollte, aus der Hand. Klirrend zerschellte sie auf dem Steinboden.

„Das ist doch …“, stotterte Linda. „Diese …, diese Schweine! Diese verdammten Schweine!“ Mit weit aufgerissenen Augen starrte sie ihre Schwester an. „Das!“, stotterte sie weiter und hielt den Brief hoch, „das war alles geplant? Jetzt geht mir ein Licht auf, nein, ein kompletter Kronleuchter erhellt mein dummes Hirn. Das war geplant, um uns den Hof …? Ich kann es nicht glauben.“ Schwer ließ sie sich auf den Küchenstuhl fallen. Die Scherben auf dem Boden interessierten sie nicht. Nichts interessierte sie mehr, nicht die kaputte Teekanne, ein Erbstück der Mutter, nicht der verlorene Finger.

Wieder starrte sie auf das Schreiben.

„Und jetzt?“ Linda richtete sich auf. Bintje, die noch immer im Türrahmen stand, machte eine Handbewegung, die eine eindeutige Antwort zeigte.

„Du meinst …?“ Linda wiederholte die Handbewegung. Ihre Schwester nickte.

„Wie?“, wollte Linda dann wissen.

Wieder machte Bintje eine Handbewegung, die unmissverständlich war.

Hoch über den …

Vier Tage später …

Erneut zog das schmale Ruderboot seine Bahn durch die schwarze Nacht. Nebelschwaden hingen tief über dem Wasser. Niemand war zu sehen. Die Wege rechts und links der Harle schienen menschleer, wie ausgestorben. Alle Fenster der Häuser waren dunkel. Kein Wunder, um diese Uhrzeit. Die Menschen schliefen nachts um vier in dem kleinen Küstenort. Nur zwei Personen nicht. Die eine schlug die Ruder sanft in das eiskalte Wasser, die andere …

Linda und Bintje hingen auf dem Weg zum „Schwimmenden Weihnachtsbaum“ stumm ihren Gedanken nach. Die beiden Schwestern waren so innig miteinander verbunden, dass die eine von der anderen wusste, was sie dachte, sich ihre Gedanken sogar ergänzten.

Es war richtig, was wir getan haben …, sinnierte Linda.

Es musste getan werden …, grübelte Bintje.

Sie haben ihre Strafe verdient, lief die Gedankenspirale in Lindas Kopf weiter.

Auge um Auge, Zahn um …, bestätigte Bintje ihr Handeln.

Der Brief, den die beiden erhalten hatten, war ein Schock für die Schwestern. All das sollte geplant gewesen sein? Geplant, um sie beide in den Ruin zu treiben und den Hof zu übernehmen? Warum? Was wollten zwei Apfelbauern aus dem „Alten Land" mit einem Kartoffelhof?

Bintjes Recherche im Internet hatte ergeben, dass Stefan Wimmer aus Jork kam. Somit aus der Gegend, in der Cludius und Jakob ihren Hof hatten und dass sie sich offensichtlich gut kannten. Aber was verdammt wollten die beiden mit ihrem Hof? Ostfriesland war nun wirklich nicht die Gegend, um Plantagen mit Apfelbäumen zu pflanzen. Nach weiteren Recherchen war es ihr wie Schuppen von den Augen gefallen. Die beiden Männer, die ihr und ihrer Schwester Zuneigung vorgegaukelt und von Heirat gesprochen hatten, waren nicht nur Bauern, sondern auch an einem Investmentunternehmen beteiligt, das große Höfe aufkaufte und dort Hotelanlagen, erstellte. Hotelanlagen die, wie Bintje dann lesen musste, in Appartements umgewandelt und gewinnbringend verkauft wurden. Ihren Hof allerdings hatten die Kerle gar nicht erst versucht zu kaufen, sondern ihnen eiskalt abgezockt. Immer wieder hatte Wimmer von hohen Renditen gesprochen, Gelder nachgefordert und sie waren darauf hereingefallen. Nun waren sie pleite und Wimmer tot. Den Schweinen Cludius und Jakob durfte es nicht anders gehen. Sie waren die Auftraggeber, sie hatten Wimmer vorgeschickt.

Nachdem Bintje ihre Schwester über das Ergebnis ihrer Recherche aufgeklärt hatte, war ihnen klar, was nun geschehen musste. Die beiden Männer sollten ebenso hängen wie ihr Komplize.

„Wie?", formulierte Bintje stumm.

„So, dass wir unseren Spaß haben, aber so was von Spaß haben." Das Wie und auch die Frage, wie sie die Männer nochmals auf den Hof locken konnten, wurde von ihnen in einem teuflischen Plan ausgeheckt.

„Hoch über den Tannenspitzen!", sang Linda damals in der Küche mit einem bösen Ton in der Stimme, „seh' ich ihre Leichen blitzen!"

In ihren Augen loderte unsagbarer Hass.

Nun war es geschehen, wieder geschehen und sie zogen mit ihrem Boot lautlos Richtung Museumshafen. Es war leichter, als gedacht, die beiden kaltzustellen. Zuerst das Betäubungsmittel im angebotenen Tee, dann der Bolzenschussapparat, der seit Jahren ganz hinten im Stall lag und schon ewig nicht mehr benutzt worden war. Das Betäubungsmittel hatten die beiden Frauen so dosiert, dass Cludius und Jakob regungslos, aber bei Bewusstsein waren und den Akt der Tötung miterlebten. Grausam!

Diesmal nicht von Norden kommend, sondern aus dem Hinterland, von dort, wo sie auch wohnten, steuerten sie den Hafen an. Es war der kürzere Weg. Linda und Bintje durchfuhren das Sieltor von Süden aus und legten, wie schon eine Woche zuvor, am „Schwimmenden Weihnachtsbaum" an. Die beiden Männer zwischen ihnen im hölzernen Boot waren genauso tot wie vor einer Woche Stefan Wimmer. Nur, dass in ihren Mündern keine Kartoffel, sondern je ein Apfel klemmte. Zwei Männer, zwei Äpfel, zwei Seile …

Schnell war der Hafen wieder in Dunkelheit getaucht und sie konnten die Leichen im Baum platzieren. Mit viel Kraft in den Armen, angeeignet durch die schwere Arbeit auf dem Hof, vollendeten sie ihr Werk. Aber etwas war anders. Die Seile hatten sie den beiden nicht um den Hals, sondern um die Füße gebunden. So würden sie die Leichen besser durch das Astwerk ziehen können. „Man lernt beim Tun!", hatte Linda ihrer Schwester erklärt.

Anschließend waren sie mit ihrem Kartoffeltransporter nach Hause gefahren, hatten in der Scheune die Seiten des Wagens mit roter Folie beklebt und mit dickem Filzstift: *„Just Married"* darauf geschrieben. Sollte ihnen mal einer nachweisen, dass sie kein frisch verliebtes Paar, sondern Schwestern waren. Schwestern, die sich allerdings über alle Maßen liebten. Im Grunde waren sie ein altes Ehepaar.

Am nächsten Morgen packten sie ein paar Matratzen, Geschirr, einen Spirituskocher und weitere Dinge, die man für eine lange Reise benötigte, in den Wagen und fuhren vom Hof. Viel Geld steckte für diese Reise ins Ungewisse nicht in ihren Taschen, aber Linda hatte da eine Idee. Sie zeigte Bintje den Schlüssel der Männer vom Apfelhof und erklärte: „Wir werden einen kleinen Umweg machen!"

Weder Linda noch Bintje warfen einen Blick zurück.

Hoch oben in den …

Es war jahrelange Tradition, wenigstens an einem Tag des Wochenendes, den kleinen Wintermarkt im Museumshafen zu besuchen. Oma Jettchen, Tant' Fienchen, Marie, ihre Eltern und der kleine Felix waren wieder unterwegs. Nur Tomke und Hajo fehlten. Sie beschäftigten sich intensiv mit dem ermordeten Mann aus dem Weihnachtsbaum. Skurril genug, dass er in unserem Baum hing, hatte Tomke gemeint und sich zur Aufgabe gemacht, den Fall so schnell als möglich zu lösen. Das war allerdings leichter gesagt, als getan. Entgegen anderer Mordfälle, bei denen es an Motiven und Tatverdächtigen mangelte, war inzwischen klar, dass Wimmer sehr viele Feinde hatte. Alles Menschen, die er im Laufe der Jahre um ihr Erspartes gebracht hatte. So waren sie nun in Recherchen vertieft, mussten nach Tatverdächtigen suchen. Die Liste derer war lang.

❄

Marie stand wieder an Adys Fischstand und verputzte eine Portion Kibbeling. Sie musste daran denken, was am vergangenen Wochenende passiert war. Spannend war es gewesen. Das Mädchen hatte alles in ihrem kleinen Buch notiert, das es immer bei sich trug und überlegte nun, wie es wohl weitergehen würde.

Marie ließ nicht davon ab, Schriftstellerin zu werden.

Wieder fiel ihr Blick auf den Baum. Aber, was war denn das?

„Papa!", rief sie aufgeregt. „Papaaaa! Da oben im Baum ist was. Schau mal … Hoch oben in den Tannenspitzen …"

Ein Nachwort ist wichtig: Den „Schwimmenden Weihnachtsbaum" im Hafen von Carolinensiel gibt es wirklich. Eine wunderschöne Veranstaltung in der Weihnachtszeit bis Anfang Januar. Alles, was hier in der Geschichte passiert, ist natürlich frei erfunden, Gäste können die Veranstaltung sorglos besuchen.

Micha Krämer

Weihnachtsworkshop im Westerwald

Micha Krämer

Melanie Geldermann zischte „Teambildende Maßnahme … was für ein unnützer, blöder Mist“, und strich sich eine Haarsträhne aus der Stirn. Alleine bei dem Gedanken an die nächsten drei Tage schauderte es sie. Ihr Blick fiel auf die Anzeige rechts neben dem Tachometer ihres VW Golfs, auf dem die aktuelle Außentemperatur angezeigt wurde. Minus dreizehn Grad. Die Felder, Wiesen und Wälder, die rechts und links der Straße förmlich an ihr vorbeiflogen, waren von einer dicken Schicht Frost überzogen. Warum zum Kuckuck schneite es eigentlich nicht in diesem Winter? Nicht eine Flocke war bisher vom Himmel gefallen. Weder in Köln Nippes, wo sie seit einigen Jahren wohnte und arbeitete noch hier im Westerwald, wo sie die nächsten drei Tage eher widerwillig verbringen würde. Ihr Blick wanderte zum Himmel, an dem sich dunkle Wolken zusammenballten. Vorhin, im Radio, hatten sie von einem Schneesturm gesprochen, der aus Osten, von Sibirien her, auf Deutschland zurollte. Im Gepäck jede Menge Neuschnee und die sprichwörtliche sibirische Kälte. Wer es glaubte! Sie nicht. Die von den Wetternachrichten erzählten auch schon mal viel, wenn der Tag lang war.

Als sie den Ortsausgang des kleinen Städtchens Daaden passierte, zeigte das Navi noch 2,8 Kilometer bis zu ihrem Ziel, dem Schloss Friedewald in dem gleichnamigen Örtchen. Melanie tastete nach ihrem Handy auf dem Beifahrersitz und sah kurz auf das Display. Enttäuscht stellte sie fest, dass es immer noch keine neuen Nachrichten gab. Empfang hatte das Gerät zum Glück ja. Wenn auch neben dem Symbol mit der kleinen Antenne lediglich ein einziger mickriger Balken angezeigt wurde.

Was, wenn er sich nicht melden würde? Sie seufzte und krallte ihre Fingernägel in das Leder des Lenkrades. Irgendwie hatte sie einfach kein Glück mit den Kerlen. Dabei hatte sie diesmal wirklich geglaubt, dass Frank anders war als die anderen und sich bei ihr melden würde. Sie hatte ihn erst gestern am Abend „Em goldenen Kappes", der Kneipe in ihrer Straße, kennengelernt und ihn spontan, nach einigen Gläsern Kölsch, mit nach Hause genommen. Nicht weil sie so mannstoll war und es nötig hatte, unbedingt den erstbesten Typen abzuschleppen, der ihr vor die Flinte lief. Nein, bei ihm hatte sie auf Anhieb das Gefühl, dass er endlich der Richtige war. Klar war sie schon ein wenig enttäuscht gewesen, als sie nach dem Wachwerden feststellen musste, dass das Bett neben ihr leer und kalt war. Doch zum Glück hatte sie ihm noch in der Kneipe eine ihrer Visitenkarten mit ihrer Mobilnummer zugesteckt. Er würde sich bei ihr melden. Ganz bestimmt. Sie wischte den Gedanken an Frank zur Seite und versuchte an das zu denken, was sie heute noch erwarten würde. Eine „Teambildende Maßnahme". Melanie schlug genervt auf das Lenkrad. Was hatte sich ihr Chef, Heinz Kalbe, bloß dabei gedacht, sie und die anderen Kollegen drei Tage vor Weihnachten zu diesem blödsinnigen Workshop, Lehrgang oder wie immer man diesen Ringelpietz mit Anfassen auch nennen sollte, einzuladen? Sie hatten doch vor dem Jahresabschluss wahrlich Besseres zu tun. Außerdem waren sie doch ein eingespieltes Team. Der Großteil der fünf Mitarbeiter war schon seit Jahren in der Agentur Kalbe beschäftigt. Was zum Kuckuck sollte dann noch dieser Mist mit der „Teambildenden Maßnahme"? Okay, natürlich gab es auch eine Kollegin und einen Kollegen, die noch nicht so lange dabei waren. Hannah Küppers, eine zierliche Blonde Mitte zwanzig, hatte erst vor drei Monaten bei ihnen angefangen. Und dann war da ja noch Kevin Köster, der Azubi im zweiten Lehrjahr. Sie beugte sich nach vorne über das Lenkrad und spähte hinaus. Links voraus erhoben sich, vor dem mit schwarzen Wolken behangenen Himmel, zwischen einigen Häusern und großen, kahlen Bäumen, die Türme eines alten Gebäudes. Das musste das Schlosshotel Friedewald sein. Sie hatte, nachdem Heinz Kalbe ihnen die Einladung für die Maßnahme gemailt hatte, natürlich sofort nachgeschaut, was das denn für eine Absteige war, in die er sie da einlud. Die Fotos, Bewertungen und Berichte, die sie im Netz fand, waren auf den ersten Blick auch gar nicht mal so übel. Nein, überhaupt nicht. Einzig die Tatsache, dass das Hotel seit gut und gerne vier Jahren geschlossen sein sollte, ließ sie stutzig werden. Jedoch vermutete sie hinter dieser Info eine dieser typischen Internet-Enten. Das Internet vergaß nämlich nie. Wer einmal pleite war oder zum Beispiel fälschlich beschuldigt vor Gericht gestanden hatte, der wurde einen solchen Makel nicht mehr los. Ein Laden, der geschlossen wurde, blieb dies im Internet für immer. Da konnte zwischenzeitlich schon dreimal ein neuer Besitzer sein Glück versucht haben. Egal, wer lange genug suchte, würde bei Google und Konsorten immer wieder auf Meldungen stoßen, in denen behauptet wurde, dass der betreffende Betrieb geschlossen war. Andersherum natürlich auch. Da gab es Kneipen und Hotels, die über den Klee gelobt wurden, aber schon lange zu waren. Oder die Falschmeldungen in den sozialen Netzwerken. Wirklich schlimm! Da wurden regelmäßig Suchaufrufe nach verschwundenen Personen geteilt, die bereits seit Jahren wieder zu Hause waren. Das alles nur, weil die Menschen zu faul waren, die Berichte, die sie teilten, ordentlich zu lesen und gegebenenfalls auch einmal zu hinterfragen.

Die Straße, die in einigen Kurven bergauf an alten Fachwerkhäusern vorbeiführte, wirkte wie ausgestorben. Keine Menschenseele war zu sehen. Erst als sie direkt vor dem Hauptportal des Schlosses ihren Wagen stoppte, änderte sich dieser Umstand. Aus einem silbernen Porsche Boxter, der rechts vor dem Gebäude parkte, stiegen gerade Freddie Waldmann und Hannah Küppers. Direkt daneben hockte, auf einer niedrigen Bruchsteinmauer, eingepackt wie zu einer Arktisexpedition und zu seinen Füßen einen großen Rucksack, Kevin Köster. Die viel zu kleine rot-weiße Weihnachtsmannmütze mit den blinkenden Sternchen daran wirkte nicht nur kitschig, sondern auch vollkommen deplatziert auf seinem eiförmigen Kopf. In seiner linken Hand hielt er ein Stück Holz, an dem er mit dem albernen Butterflymesser, mit dem er ständig herumspielte, schnitzte.

Melanie stellte den Motor ab und sah noch einmal auf ihr Handy. Verflucht, nun war auch noch der letzte kleine Balken neben der Antenne verschwunden. Sie seufzte erneut, verstaute das Gerät in ihrer Handtasche und stieg aus. Dann würde sie gleich eben ein bisschen um das Gebäude herum suchen müssen, um eine Stelle zu finden, an der es Empfang gab. Empfang gab es im Grunde überall. Man musste eben nur richtig suchen, dann fand man selbst an einem gottverlassenen Ort wie diesem Friedewald eine Stelle. Dennoch war dies ein Umstand, der ihr das Verbleiben in dieser Einöde nicht gerade versüßte. Warum nur hatte sie blöde Kuh sich nicht einfach heute Morgen krankgemeldet? Jetzt war es zu spät um umzukehren. Die Kollegen hatten sie ja bereits gesehen.

Der Wind, der ihr entgegenblies, als sie die Tür öffnete, war schneidend kalt und trieb zu allem Unglück nun auch noch erste winzige Schneeflocken mit sich, die wie Tausende kleine Nadeln auf ihrer Stirn und den Wangen stachen. Sie schüttelte sich. Verdammt, war das kalt. Täuschte sie sich oder war es in Köln noch um einige Grad wärmer gewesen als hier im Westerwald? Oder sollte das doch schon der angekündigte Wind aus Sibirien sein?

Kevin schien ebenfalls heftig zu frieren. Seine Lippen zitterten so stark, dass sogar der weiße Bommel der Weihnachtsmannmütze vibrierte. Wie lange der wohl hier schon wartete? An den vielen Schnitzspänen, die vor seinen Füßen lagen, gemessen, schon sehr lange. Egal! Nicht ihr Problem. Sie hätte ihn ja im Wagen mitgenommen, so, wie Heinz Kalbe ihr Chef es vorgeschlagen hatte, als er meinte, sie sollen Fahrgemeinschaften bilden. Ja, sie hätte es getan… wenn der Typ nicht immer so nach Knoblauch stänke, dass einem dabei schlecht wurde. Allein der Mief nach Dönerimbiss, wenn man an seiner offenen Bürotür vorbeiging, war grauenhaft. Auch sonst hatte es mit dem Bilden einer Fahrgemeinschaft nicht so richtig klappen wollen, da es eigentlich niemanden unter den Kollegen gab, den sie wirklich gerne mitgenommen hätte. Vielleicht noch Hannah, aber die wollte ja lieber mit Freddie in dessen Porsche fahren. Melanie vermutete schon lange, dass da was lief zwischen den beiden. Und wenn auch … ihr war es egal. Das Flittchen würde schon sehen, was es von dem hatte.

„Na, Puppe, auch schon da?“, begrüßte Freddie sie, der so lässig an seinem Porsche lehnte, als wäre er James Dean persönlich. Nett anzusehen der Typ, aber ein Blender vor dem Herrn. Wie sie selbst auf den mal reinfallen konnte, war ihr heute noch schleierhaft. Alleine für die „Puppe“ könnte sie ihm schon die Augen auskratzen. Konnte der Arsch nicht einfach mal seine blöde Klappe halten?

Melanie zwang sich zu lächeln und nickte nur höflich. Hier war jedes Wort zu viel. Sie ging an den Kofferraum, öffnete ihn, holte den Koffer heraus, stellte ihn betont lässig auf den Boden und zog den Griff heraus.

„Wir sehen uns dann später. Ich checke schon mal ein“, beschied sie den anderen und ging auf das große Portal zu.

„Kannst du vergessen … da ist zu", hörte sie Kevin rufen.

Sie drehte sich zu ihm um. Er war aufgestanden. Sie sah, wie er den Stock wegwarf, sein Messer in die Jackentasche gleiten ließ und nun auf sie zugeschlurft kam. Die Wissenschaftler mussten sich täuschen, ging es ihr bei seinem Anblick durch den Kopf. Es gab doch Menschen, die vom Affen abstammten! Und ganz sicher war Kevin einer davon. Wäre der komische Vogel nicht auf irgendeine Art und Weise mit Heinz Kalbe, ihrem Chef, verwandt, dann hätte er bestimmt keine Lehrstelle in der Firma bekommen. Nie und nimmer!

„Was meinst du mit ‚zu'?", mischte sich Freddie nun ein und stieß sich von seinem Porsche ab.

„Na, zu ist zu. Der Laden hat geschlossen", antwortete Kevin.

Melanie sah zwischen den anderen und der Eingangstür hin und her. Dann ging sie weiter, umfasste die Klinke, drückte sie herunter und rüttelte daran. Es war tatsächlich abgeschlossen.

Von der Straße her vernahm sie Motorengeräusche. Zufrieden stellte sie fest, dass es sich um den weißen 5er BMW ihres Chefs handelte, dem ein ebenfalls weißer Kastenwagen mit Kölner Kennzeichen folgte. Melanie schluckte, als sie den Fahrer des verbeulten Transporters zu erkennen glaubte. Konnte das tatsächlich sein? Mit offenem Mund folgte ihr Blick den beiden Wagen, die direkt neben ihr links des Portals zum Stehen kamen. Ihr Herz begann zu galoppieren. Ja, er war es tatsächlich. Zwar trug er heute eine Brille und auch die Frisur war etwas anders als gestern, aber er war es. Wie konnte das sein? Woher wusste er, wo sie war? Immer noch sprachlos beobachtete sie, wie Kalbe aus seinem BMW stieg und dann um den Kastenwagen herum zu dem Fahrer ging. Obwohl es heute am Morgen noch ihr sehnlichster Wunsch gewesen war, das Wochenende lieber mit Frank im Bett, als mit ihren Kollegen zu verbringen, war ihr die plötzliche Anwesenheit ihrer neuen Bekanntschaft hier im Westerwald megapeinlich. Sie spürte, wie ihr das Blut in den Kopf schoss, als Frank ausstieg und ihrem Chef nun auch noch die Hand reichte. Am liebsten wäre sie hier und jetzt im Boden versunken. Oh Gott, nun sprachen die beiden auch noch miteinander. Kalbe lachte kurz, wandte sich dann ab und kam zu ihnen herüber.

„Morgen, die Herrschaften. Ist das nicht ein wunderbarer Ort?", begrüßte er alle gut gelaunt, klatschte in die Hände und sah an der Fassade des Schlosshotels empor. Melanie konnte nichts sehen, was wunderbar war. Nein, sie wollte einfach nur noch hier weg. Nach Hause, in ihr Bett, wo sie sich dann unter den Kissen und der Bettdecke verstecken könnte. Sie blickte wieder zu Frank, der gerade die Schiebetür des Transporters öffnete. Er würdigte sie keines Blickes.

„Ich denke, wir packen alle eben mit an und helfen Herrn Hansen schnell die Lebensmittel ins Schloss zu tragen", trällerte Kalbe derweil. Melanie verstand jetzt gar nichts mehr. Gehörte Frank etwa zur Gruppe dazu? Aber warum?

„Ach so … wie unhöflich von mir", hielt Kalbe inne und deutete auf Frank, der gerade zwei große rote Plastikboxen von der Ladefläche zog. „Darf ich euch Peter Hansen, unseren Seminarleiter vorstellen?"

❄

Kevin Köster fror. Er zitterte am ganzen Körper. Über eine Stunde hatte er vor dem Schloss in der Kälte ausgeharrt, bis seine Kollegen und sein Chef sich endlich herbequemten. Und jetzt, wo sie da waren, sollte er auch noch helfen, diesem Seminarfuzzie dessen Kram reinzutragen. Verdammt, hätte er doch gut auf seine Mutter gehört und nach dem Abi auf Lehramt studiert. Aber nein, er Idiot hatte ja unbedingt, und vor allem wegen der Kohle, eine Ausbildung in der Versicherungsagentur von Onkel Heinz Kalbe begonnen.

Genervt warf er seinen Rucksack auf eine der roten Boxen, in denen sich die Lebensmittel befanden, hob sie auf und folgte dann seinem Onkel Heinz, Freddie und diesem Seminarguru Peter Hansen zum Portal. Verdammt, woher zum Kuckuck kannte er diesen Kerl bloß? Er könnte schwören, dass der ihm schon einmal über den Weg gelaufen war. Sein Blick fiel auf Melanie Geldermann und Hannah Küppers. Die beiden schauten noch dümmer als sonst, was prinzipiell eigentlich gar nicht möglich war. Fast erbost sah er, wie Peter Hansen einen Schlüsselbund in das Schloss der Eingangstür steckte und aufschloss. Ja, super. Der Freak besaß einen Schlüssel von dem ollen Kasten und ließ ihn hier bei zig Grad Minus und ohne eine Internetverbindung zur Außenwelt in der Kälte stehen. Noch nicht mal telefonieren hatte er gekonnt.

Die Luft in dem alten Gemäuer roch, als wäre hier seit Langem niemand mehr gewesen. Außerdem schien es drinnen nicht viel wärmer als draußen zu sein. Er folgte den anderen durch einen großen Saal mit Fenstern, an dessen Kopfende es einen großen Kamin gab, vor dem eine Gruppe mit alten schweren Sesseln und kleinen Tischen drapiert war. Hui, optisch machte die Bude schon was her. Ja, er könnte sich sogar vorstellen, in so einer Hütte zu wohnen. Sollte es mal irgendwann mit dem Durchbruch seiner Band was werden und sie richtig Kohle mit ihrer Musik absahnen, dann würde er sich auch so einen Kasten kaufen. Aber nicht hier im Westerwald. So etwas gab es bestimmt auch in wärmeren Regionen der Erde. Mit Palmen drum herum anstatt der kahlen Eichen oder was immer das auch für Bäume draußen waren.

Sie betraten die Küche.

„Stellt die Sachen erst mal hier ab", wies Peter Hansen sie an und deutete auf einen großen Edelstahltisch. Kevin wuchtete die Kiste neben die seines Onkels Heinz Kalbe, nahm seinen Rucksack herunter und besah sich dann den Inhalt der Boxen genauer. Es gab fast ausschließlich Grünzeug. Skeptisch beäugte er die beiden Behältnisse, die Melanie und Hannah mit etwas Verzögerung jetzt hereinschleppten. Auch deren Inhalt schien bis auf die Packungen mit den Nudeln eher was für eine Horde Karnickel zu sein. Er rückte seine Mütze gerade, unter der er nun, durch die Schlepperei bedingt, doch leicht zu schwitzen begann. Nachher auf seinem Zimmer würde er erst einmal richtig heiß duschen. Auch die beiden Frauen schienen von all dem nicht eben begeistert. Melanie sah aus, als wäre ihr ein Gespenst begegnet. Wobei, wenn er es recht überlegte, Mel eigentlich immer irgendwie scheiße aussah.

❄

Die Zimmer waren ein Witz. Schön anzusehen allemal. Die Möbel, der Teppich, die Bilder an den Wänden. Alles in allem wunderbar eingerichtet. Dumm war nur, dass die Heizung in dem alten Schloss nicht in Betrieb war und deshalb alles viel zu kalt und sogar ein wenig klamm war. Ja, die Feuchtigkeit schien in dem alten Gebäude allgegenwärtig. Heinz Kalbe seufzte. Was man nicht alles für seine Mitarbeiter und das Wohl der Firma auf sich nahm. Er ging ans Fenster und sah hinunter in den riesigen Park mit dem wunderschönen alten Baumbestand und dem zugefrorenen Tümpel. Es war ein Jammer, dass dieses Gebäude schon seit Jahren leer stand und nur noch gelegentlich genutzt wurde. Im Sommer war es hier bestimmt sehr schön. Die Außenanlagen des Schlosses und auch das Gemäuer selbst wirkten auf den ersten Blick sehr gepflegt. Es wurde sich also wohl noch regelmäßig darum gekümmert. Peter Hansen hatte am Telefon, als er Heinz diesen Ort vorschlug, gemeint, er kenne den Hausmeister noch von früher, und dass der nur für ihn, seine Seminare und ein paar Scheine unter der Hand schon mal eine Ausnahme machte. Er ging ins Bad und drehte den Wasserhahn auf. Fast hätte er gewettet, dass die Leitungen eingefroren waren. Doch ein Strahl eiskaltes Wasser lief über seine Finger. Dennoch, duschen würde er hier unter diesen Umständen nicht. Langsam kamen ihm immer mehr Zweifel, ob es tatsächlich eine kluge Entscheidung gewesen war, auf das Konzept von Hansen eingegangen zu sein. Minimalismus, das Herunterfahren auf das Nötigste zum Leben, inklusive Selbstversorgung und selbst kochen seien bei einer Gruppenzusammenführung der Schlüssel zum Erfolg. Die Kälte, dazu der abgeschiedene Ort ohne Kontakt zur Außenwelt. Kein Internet, kein Telefon. Alles war ein Teil des angeblich gut durchdachten Plans, eine künstlich herbeigeführte Stresssituation für verweichlichte Großstädter zu schaffen. Eine, die diese noch nicht einmal als eine solche wahrnahmen. Sie alle waren doch handy- und computersüchtig. Der ganze Tag, ihr ganzes Dasein, drehte sich nur noch um diese Dinge. Der erste Griff morgens war zum Smartphone, um eben mal die Mails zu checken. Er selbst hatte es erst vor einigen Wochen verstanden. Als sein eigenes Gerät plötzlich den Geist aufgab, war ihm klargeworden, dass er eine Geisel dieses Teufelsdings war. Schweißausbrüche, Herzrasen, der Gedanke, nicht erreichbar zu sein. Eine grauenhafte Erfahrung. Erst als er ein neues Gerät in den Händen hielt, war es ihm wieder besser gegangen. Nein, Peter Hansen hatte recht. Sie mussten „Back to the roots". Alles auf Null. Seine Mitarbeiter mussten wieder lernen, wie Menschen miteinander zu kommunizieren. Ein Team werden. Peter Hansen hatte ihn gewarnt, dass es nicht leicht werden würde. Die Entzugserscheinungen von der Technik konnten hart werden. Für den einen mehr – für den anderen weniger. Er griff in seine Jacke und zog sein Smartphone hervor. Keine neuen Mails, keine verpassten Anrufe, keine Nachrichten, kein Empfang. Die kleine Uhr zeigte 16 Uhr und elf Minuten. Draußen vor dem Fenster legte sich bereits die längste Nacht des Jahres über das Schloss. Wintersonnenwende! Der Wind schien noch stärker geworden zu sein und schüttelte die alten Bäume kräftig hin und her. Schneeflocken wirbelten vom Himmel herab und minimierten die Sicht auf wenige hundert Meter. Im Netz hatten sie für das Wochenende einen von Osten anrückenden Schneesturm mit sibirischer Kälte angekündet. Na, wenigstens würden sie das Schloss bei diesem Wetter nicht verlassen müssen. Einen Outdoorpart gab es bei diesem Seminar nicht. Wozu auch, dieses ungeheizte Schloss war ja quasi Outdoor mit Überdachung. Um siebzehn Uhr sollten sie sich im Rittersaal, dem, dank des offenen Kamins, derzeit einzig beheizten Raum des Schlosses, zur Kennenlernrunde treffen. Den Sinn in dieser Übung verstand Heinz Kalbe nicht. Sie alle kannten sich doch schon seit Jahren – oder etwa doch nicht?

❄

Obwohl ihr saukalt war, kochte Hannah innerlich. Nein, so hatte sie sich das Seminar in dem hübschen Schlosshotel weiß Gott nicht vorgestellt. Nicht nur, dass die Lokation so was von abgerockt war, nein, auch dieser Peter Hansen ging ihr gewaltig gegen den Strich. Der Typ verarschte sie doch alle nach Strich und Faden. Es hatte einen Moment gedauert, bis sie ihn erkannte. Bei ihrem letzten Zusammentreffen vor einigen Monaten hatte er sich als Klaus ausgegeben. Damals waren seine Haare etwas länger gewesen und die Brille war eine andere. Erkannt hatte sie ihn schlussendlich an seiner Stimme. Da konnte er sich noch so verstellen, ihr würde er nichts vormachen.

Sie warf den Koffer auf das Bett des geräumigen, aber eindeutig unterkühlten Zimmers, ging zurück zur Tür und lauschte einen Moment. Draußen auf dem Flur war nichts zu hören. Gut so. Sie öffnete die Türe einen Spalt, lugte hindurch und schlich, als sie niemanden entdeckte, hinaus. Während sie in Richtung des Rittersaals hastete, in dem in einer guten halben Stunde dieser dumme Workshop begann, ballte sie die Fäuste. Peter Hansen alias Klaus hatte sie vor etwa zwei Monaten samstagnachts in einem Club in Köln Nippes kennengelernt. Der Freak war irgendwann bei ihr auf der Tanzfläche aufgetaucht und hatte sie angebaggert. Was ja nicht weiter schlimm war, deshalb ging sie ja schließlich in solche Lokalitäten. Sie hatten getanzt, was getrunken, sich unterhalten, Spaß gehabt und im Anschluss bei ihr zu Hause noch hemmungslos gevögelt. Als sie am nächsten Morgen aufgewacht war, war er weg gewesen. Im Prinzip war es ihr egal und sogar ganz recht, wenn die Typen anschließend wieder aus ihrem Leben verschwanden. Auf eine feste Beziehung, die sie in ihrer Freiheit nur einengte, hatte sie derzeit eh keinen Bock. Doch dass der jetzt hier plötzlich auftauchte und tat, als wäre er ihr noch nie zuvor begegnet – nein, das ging gar nicht.

In der Luft nahm sie den Geruch von Rauch wahr. Stimmen drangen an ihr Ohr. Sie hielt kurz inne, lauschte und schlich dann langsam weiter bis zur angelehnten Tür des Rittersaals, in dem eindeutig zwei miteinander stritten. Ein Mann und eine Frau. Vorsichtig lugte sie durch den Spalt in den Raum. In einem großen Kamin loderte ein Feuer, davor standen, eingepackt in dicke Winterbekleidung, Melanie und Hansen.

„Hören Sie, Melanie, ich weiß wirklich nicht, was Sie meinen. Ich kenne weder einen Frank noch habe ich mich als solchen ausgegeben. Das muss ein Irrtum sein", versuchte Peter Hansen alias Klaus Hannahs Kollegin Melanie Geldermann zu beruhigen.

„Willst du etwa behaupten, ich wäre nicht ganz bei Sinnen? Dass ich mir die letzte Nacht lediglich eingebildet habe?", schrie Melanie so laut, dass Hannah unweigerlich zusammenzuckte.

„Nein, Melanie, das möchte ich nicht. Ich sag Ihnen doch lediglich, dass es sich um eine Verwechslung handeln muss. Wir beide treffen uns heute zum ersten Mal", versuchte er sie zu besänftigen. Hannah begann am ganzen Körper zu zittern und es lag diesmal nicht an der Kälte, die das Gemäuer ausstrahlte. Nein, sie bebte vor Zorn und Wut. Was war dieser Kerl doch für ein Charakterschwein!

❄

Freddie Waldmann sog den Rauch seiner Zigarette tief ein und blies ihn dann zur Zimmerdecke. Beim Anblick des großen Doppelbetts musste er grinsen. Er sah dem Wochenende entspannt entgegen. Frieren würde er in diesem Bett nicht. Nein, bestimmt nicht. Den Grundstock für eine heiße Nacht hatte er bereits auf der Hinfahrt gelegt. Hannah Küppers fraß ihm förmlich aus der Hand. Sie würde heute Abend darum betteln, ihm das Bett zu wärmen. Da war er sich ganz sicher. Zugegeben, so ganz sein Fall war das dürre Hühnchen nicht. Er stand eher auf Frauen, an denen etwas dran war. Doch in der Not fraß der Teufel Fliegen – und er war ein Teufel. Die Auswahl an Frauen war in der Firma nicht eben groß. Man musste nehmen, was kam. Aber notfalls, sollte es mit Hannah doch nichts werden, war da ja auch immer noch Melanie. Was sprach gegen Sex mit der Ex? Wobei Ex eigentlich schon zu viel gesagt war. Außer einer flotten Nummer nach der letztjährigen Weihnachtsfeier und drei- oder viermal in der Woche darauf in der Mittagspause war da ja nichts gewesen. Vielleicht scharrten die Weiber ja sogar beide heute Nacht an seiner Tür. Ja, wenn er es recht überlegte, könnte das bei der Affenkälte in dem alten Kasten gut passieren. Und gegen einen flotten Dreier hätte er gewiss auch nichts einzuwenden. Dass sich eine der Damen einem seiner Kollegen an den Hals warf, war ziemlich ausgeschlossen. Der alte Kalbe bekam mit Sicherheit keinen mehr hoch und Kevin – keine halbwegs ordentliche Braut würde sich mit diesem pubertierenden Jüngelchen einlassen. Der Einzige, der eventuell ein Konkurrent für ihn wäre, war dieser Bespaßungsanimateur Peter Hansen. Freddie war nicht entgangen, wie die beiden Frauen dem Typ vorhin hinterhergeglotzt hatten. Seltsam, irgendwoher glaubte er den Mann zu kennen. Nur woher? Vielleicht waren sie sich ja bereits früher einmal bei solch einem Seminar begegnet? Freddie arbeitete jetzt seit vier Jahren für Kalbe in dessen Agentur. Davor war er bei einem großen Versicherungskonzern in Düsseldorf gewesen. Die damalige Geschäftsleitung hatte ihn und die Kollegen alle naselang zu irgendwelchen Trainings und Workshops geschickt. Nur zu gut konnte er sich an eben eine solche Veranstaltung wie diese hier auf einem Hofgut in der Rhön erinnern. Bei einem der Spielchen war es darum gegangen, mit dem kompletten Team ein Schaf aus einer Herde zu fangen, um diesem dann mit roter Farbe und einer Schablone das Logo der Firma auf das Fell zu lackieren. An sich sehr spaßig anzusehen, wie die ganze Akademikerhorde dem Vieh hinterherwetzte und der eine oder andere sogar eine Bauchlandung in der Schafscheiße machte. Den Gestank der Tiere, den hatte er heute noch in der Nase, wenn er nur daran dachte. Er selbst übernahm damals die Spraydose und hielt sich aber bei der Hauptarbeit, dem Einfangen des Bockes zurück, da ihm sofort klar war, dass die vermeintlich wichtigste Aufgabe, das Logo aufzusprühen, auch die einfachste war. Er war eben mehr der Typ Anführer. Ein Koordinator, der, wie ein Fußballtrainer, am Spielfeldrand stand, Anweisungen gab und nachher die Lorbeeren erntete. Nur schade, dass Leute wie sein Chef

Kalbe dies nicht erkannten. Freddie sah auf die Armbanduhr. Es war gleich fünf Uhr nachmittags. Draußen vor dem Fenster heulte der Sturm. Feine Schneekristalle prasselten fast wie Hagel an die Scheiben. Es war stockfinster. Was für ein Scheißwetter! Er trat ans Fenster und sah hinaus ins Nichts. Es war weder ein Licht noch ein Baum oder sonst etwas zu sehen. Was für eine Einöde. Entschlossen drückte er seine Kippe mangels Aschenbecher in dem Zahnputzglas aus und griff nach dem Zimmerschlüssel. It's showtime!

❄

Pünktlichkeit war eine Tugend. Dies hatte sein Vater Helmut Kalbe schon immer behauptet. Um Punkt siebzehn Uhr, keine Minute zu früh und keine zu spät, betrat Heinz Kalbe deshalb den Rittersaal. Auf dem Weg von seinem Zimmer im zweiten Stock hierher hatte er schon überlegt, wer seiner Mitarbeiter außer ihm wohl pünktlich war und wer nicht. Er hätte gewettet, dass Kevin, der Sohn seiner Schwester, wie immer der Letzte wäre. Doch dem war diesmal nicht so. Als Heinz den Raum betrat, stand Kevin dort als Einziger zwischen den großen Sesseln und starrte zu Boden. Genau wie vor knapp einer Stunde, als sie hier angekommen waren, trug er noch immer diese hässliche Weihnachtsmannmütze. Ein albernes Ding. Er seufzte. Mit dem Jungen hatte er sich wahrlich etwas eingehandelt. Aber zum Glück waren die drei Jahre Ausbildung auch irgendwann zu Ende. Übernehmen konnte er Kevin nicht. Nein, das ging gar nicht. Er würde ihm am Ende der Lehrzeit ganz schonend beibringen müssen, sich doch einen anderen Job zu suchen. Einen, der ihm eher lag. Was natürlich schwierig werden könnte, da Kevin und eine geregelte Arbeit, in welcher Art auch immer, einfach nicht zueinanderpassen wollten. Doch das war dann nicht mehr das Problem von Heinz. Er trat näher. Kevin starrte noch immer auf einen Punkt auf dem Boden zwischen den Sesseln und dem Kamin.

„Schön, dass du mal der Ers…", Heinz brach den Satz ab, als er die reglose Gestalt entdeckte, die seltsam verkrümmt vor dem Kamin auf dem Parkett lag.

„Verdammt … Kevin, was hast du getan?", presste er hervor. Sein Blick fiel auf den Schürhaken in Kevins blutverschmierten Händen. Der Junge sah ihn nun entsetzt an und begann dann den Kopf zu schütteln. Der Schürhaken glitt ihm aus den Fingern und fiel krachend zu Boden.

„Ich war das nicht, Heinz. Ehrlich. Ich war das nicht … echt nicht … eh, ich schwör", wehrte Kevin ab.

„Ist was passiert?", hörte er von der Tür zum Treppenhaus her die Stimme von Freddie Waldmann.

Heinz ignorierte ihn und ging stattdessen neben dem Verletzten in die Hocke und tastete an dessen Hals nach dem Puls.

„Nichts", stellte er erschüttert fest und zuckte zurück, als er das Blut entdeckte, das von einer Wunde an der Schläfe des Mannes stammte. Hektisch begann er nach seinem Mobiltelefon zu tasten, das sich wie immer in der rechten Tasche seiner Jacke befand. Erst als er bereits den Notruf wählen wollte, fiel ihm wieder ein, dass das Gerät mangels Empfang ja überhaupt nicht funktionierte.

„Freddie, in der Halle, an der Rezeption steht ein Telefon. Wir brauchen einen Notarzt", gab er Anweisung, packte dann den reglosen Körper und drehte ihn auf den Rücken. Wie war das bloß noch mit dem Wiederbeleben gewesen? Zuerst Herzmassage oder zuerst beatmen? Der letzte und einzige Erste Hilfe Kurs, den er je besucht hatte, lag über dreißig Jahre zurück. Hilfe suchend blickte er sich um, rüttelte dann an Peter Hansens Schulter und begann ihn zu rufen. Man sollte den Verletzten ansprechen, hatte es damals geheißen. Zumindest daran konnte er sich noch erinnern.

„Herr Hansen, hören Sie mich? Herr Hansen?"

Doch Peter Hansen hörte ihn nicht mehr. Sein Geist schien schon zu weit weg zu sein. Ein schriller Schrei ließ Heinz herumwirbeln. Die Hände vor dem Mund, das blanke Entsetzen in den Augen, stand Melanie hinter ihm.

„Das Telefon an der Rezeption ist tot", rief derweil Freddie durch den Raum. Heinz richtete sich auf. Seine Gedanken rasten. Verdammt, was sollten sie jetzt tun?

„Wir müssen irgendwie einen Notarzt verständigen", dachte er laut nach.

„Der braucht keinen Notarzt mehr", sagte Kevin leise das, was Heinz insgeheim selbst schon längst wusste, aber nicht wahrhaben wollte. Zorn stieg in ihm auf.

„Verdammt, Kevin. Bist du denn von allen guten Geistern verlassen", fuhr er ihn an und musste an sich halten, dass er dem Rotzlöffel nicht noch eine schallerte, dass dem Hören und Sehen verging.

„Ich? Wieso ich? Ich hab doch nichts gemacht! Der lag schon da, als ich reinkam“, behauptete Kevin lautstark. Seine Stimme klang schrill und viel zu hoch.

„Kevin, du hast Blut an deinen Fingern. Du hattest das Eisen doch sogar noch in der Hand, als ich dich hier vorfand“, zählte Heinz auf.

Kevin schüttelte den Kopf.

„Nein, Onkel Heinz. Der Kerl war schon tot. Ich bin reingekommen, hab ihn da liegen sehen und hab dann seinen Puls gefühlt, genau wie du gerade.“

„Und der Schürhaken?“, wollte Heinz wissen.

„Der lag da, so halb auf ihm drauf. Ich hab den nur aufgehoben.“

„Ich hab schon immer gewusst, dass der Freak eine tickende Zeitbombe ist“, mischte sich Hannah Küppers ein. Heinz beobachtete, wie Melanie zustimmend nickte, während ihr Tränen über die Wangen liefen. Freddie, der rechts hinter Hannah stand, grinste lediglich blöde, so, wie er es fast immer in Situationen tat, in denen es eigentlich gar nichts zu grinsen gab. Momente, die Heinz hasste und in denen er es jedes Mal aufs Neue bereute, den arroganten Mistkerl eingestellt zu haben. Andererseits war Freddie aber für die Firma auch wertvoll. Keiner machte mehr Abschlüsse als er. Der Typ verkaufte, bildlich gesprochen, auch dem letzten Eskimo noch einen Kühlschrank. Skrupel hatte Freddie keine. Wenn es nötig war, würde der auch über Leichen gehen. Eine Eigenschaft, die in ihrem Gewerbe unabdingbar war und die er bei Kevin nicht vermuten würde. Was also, wenn der Bengel gerade nicht log? Heinz kannte Kevin im Grunde als einen ehrlichen Idioten mit einem Gewissen. Ein Umstand, der ihn für den Job, den er erlernte, ebenfalls schon von vorneherein disqualifizierte. Heinz sah zu dem Jungen, dann zu den anderen und schließlich auf den leblosen Körper am Boden. In diesem Raum gab es sechs Menschen. Einer war tot und ein anderer, oder eine andere, war ein Mörder. Den Einzigen, den er mit Gewissheit ausschließen konnte, war er selbst und natürlich den Toten. Blieben also vier Tatverdächtige.

„Wir müssen die Polizei verständigen“, beschloss er.

„Und wie soll das funktionieren?“, wollte Freddie wissen, der nun ausnahmsweise nicht mehr grinste. Hatte er etwa Angst vor der Polizei? War er der Killer?

„Es wird ja wohl irgendwo ein Telefon geben. Im Notfall rennt eben einer von uns zur nächsten Telefonzelle“, entgegnete er.

„Hansen hat doch heute Nachmittag gesagt, dass es hier weder Telefon noch Internet gäbe“, wandte Freddie ein.

„Dann gehen wir eben in den Ort und suchen eins“, entschied Heinz.

„Hast du die letzten Minuten mal rausgesehen?“, meldete sich Hannah zu Wort. Heinz blickte zu einem der Fenster, vor dem sich bereits eine Schneewehe einen guten halben Meter hoch türmte. Blitze zuckten über den Himmel. Von weit her grollte Donner durch die sturmgepeitschte Nacht. Wahrlich kein Wetter, an dem jemand freiwillig vor die Tür ging. Dennoch, es musste sein. Sie würden die Polizei verständigen müssen!

„Ein Stück weit die Straße runter hatte mein Smartphone noch Empfang“, schluchzte Melanie.

„Wirklich?“, vergewisserte er sich.

Sie nickte.

„Ja, kurz nach der letzten Ortschaft habe ich heute Mittag noch aufs Telefon gesehen. Und da war da noch ein Balken stark Empfang“, erklärte sie und begann dann wieder zu weinen.

Heinz überlegte. Bis zu dieser nächsten größeren Ortschaft waren es locker an die zwei oder gar drei Kilometer. Einer von ihnen würde also mit dem Wagen dorthin fahren müssen, um zu telefonieren.

„Okay, wer von uns fährt?“, fragte er in die Runde und war nicht erstaunt, als sich keiner seiner vier Mitarbeiter freiwillig meldete. Er sah zu Freddie, der sofort abwehrend die Hände hob.

„Vergiss es, Heinz, die Reifen meines Porsches sind total runter. Ich pack bei dem Wetter noch nicht einmal die nächste Kurve.“

Heinz seufzte innerlich. Warum wunderte ihn das jetzt überhaupt nicht? Eine der Frauen würde er nicht fragen. Nein, die Fahrt bei diesem Unwetter war etwas für richtige Männer, weshalb auch Kevin, der noch nicht einmal einen Führerschein besaß, von vornherein ausschied.

„Okay, dann fahre ich selbst“, beschloss er. Wieder erkannte er das blöde Grinsen in Freddie Waldmanns Visage. So konnte es nicht mehr weitergehen. Heinz würde den Kerl am Montag, wenn sie wieder in Köln waren, feuern. Ob nun Weihnachten war oder nicht.

„Ihr bleibt hier. Ich geh nur eben meine Autoschlüssel holen“, entschied er und verließ den Raum.

Als er gerade die Treppe hinaufeilte, krachte von draußen ein lauter Donnerschlag. Ein Blitz vor den Fenstern erleuchtete das Treppenhaus taghell. Täuschte er sich oder wackelte gerade das ganze Schloss, dachte er noch, als es plötzlich stockfinster wurde. Na klasse, jetzt war auch noch der Strom weg! Er griff nach seinem Smartphone und betätigte eine der seitlichen Tasten. Sofort verbreitete der Schein des Bildschirms ein wenig Licht auf die Treppenstufen vor ihm. Langsam ging er weiter hinauf. Von unten aus dem Rittersaal war ein aufgeregtes Stimmenwirrwarr zu hören. War es richtig, dass er die vier da unten alleine ließ? Immerhin war einer oder eine von ihnen zu einem Mord fähig. Wem außer Freddie würde er so etwas zutrauen, ging es ihm durch den Kopf. Am ehesten noch Hannah. Die war, obwohl noch recht jung, schon ähnlich skrupellos wie Freddie. Bei Melanie war er sich nicht sicher. „Stille Wasser sind tief", hieß es ja immer. Ausschließen würde er sie daher nicht. Und Kevin? Der war zwar nicht skrupellos, dafür aber blöde und aufbrausend. Eine gefährliche Mischung. Ja, wenn Heinz es sich recht überlegte, dann kam jeder der vier infrage. Vorsichtig ging er durch die dunklen Korridore zu seinem Zimmer und holte die Schlüssel für seinen Wagen. Als er bereits wieder den ersten Fuß auf die Treppe nach unten setzte, zerriss ein Schrei die Nacht. Erschrocken umklammerten seine Finger das schmiedeeiserne Treppengeländer. Verdammt, wo kam das her und vor allem … WER schrie da so? Heinz spürte, wie ihm die Angst die Kehle zuschnürte und er keine Luft mehr bekam. Was, wenn der Killer wieder zugeschlagen hatte? Ein Gefühl von Panik machte sich in ihm breit und nahm ihn vollkommen in Beschlag. Das Herz schlug ihm plötzlich bis zum Hals und es war, als würde sich eine schwere Last auf seinen Brustkorb legen. Sterne tanzten vor seinen Augen und das Atmen schien ihm von Sekunde zu Sekunde schwererzufallen. Er spürte noch, wie ihm die Knie wegsackten und er begann, schier endlos zu fallen. Nichts als Dunkelheit umgab ihn noch.

❄

„Verdammt, Hannah, hast du mich erschreckt", stöhnte Melanie. Der Schlag hätte sie fast getroffen, als die Kollegin plötzlich wie aus dem Nichts vor ihr stand. Ihre Nerven lagen eh schon blank. Der Tod von Frank … Peter … oder wer immer dieser Kerl nun gewesen war, hatte sie total getroffen. Hinzu kam dieser Ort, die Kälte, die Dunkelheit und der Gewittersturm draußen. Dass es im Winter so heftig gewitterte, war ihr noch nie untergekommen. Bisher hatte sie immer geglaubt, Blitz und Donner seien ein Sommerphänomen. Melanie war auf dem Weg zur Toilette gewesen, als nach dem heftigen Donnerschlag der Strom ausfiel und sie mutterseelenallein in dem stockfinsteren Flur stand. Zum Glück hatte sie ihr Mobiltelefon mit der Taschenlampenfunktion dabei gehabt. Die Damentoilette suchte sie seitdem vergeblich, obwohl die Hinweisschilder an der Rezeption in die Richtung gezeigt hatten, die sie gegangen war, hatte sie sich in dem Gemäuer total verlaufen. Vermutlich wäre es besser gewesen, auf ihr Zimmer zu gehen und sich dort frisch zu machen, anstatt hier im Dunklen herumzuirren. Dann, als sie gerade um eine Ecke des Korridors bog, stand mit einem Mal unvermittelt Hannah vor ihr. Sie hatte gar nicht anders gekonnt als aufzuschreien.

„Sorry, ich musste auch mal", entschuldigte sich Hannah Küppers und sofort wusste Melanie, dass es gelogen war. Irgendetwas in Hannahs Stimme ließ sie aufhorchen. Das Gesicht der Kollegin im Schein der kleinen Handylampe wirkte wie aus einem Gruselfilm. Verschlagen und bösartig.

„Hast du eine Ahnung, wo hier das Klo ist?", wollte sie wissen. Doch noch bevor Melanie etwas sagen konnte, deutete Hannah bereits auf eine Tür rechts von ihnen, auf der groß DAMEN stand.

„Nach dir, bitte", meinte Hannah und machte eine einladende Handbewegung in Richtung stilles Örtchen. Melanie zögerte, fasste dann aber doch die Türklinke. Der Raum roch muffig und nach Kanalisation. Hier war schon lange niemand mehr gewesen. Irgendetwas huschte am Rande des Lichtscheins über den Fußboden und verschwand unter einer der Kabinentüren. Ein Glucksen, als ob jemand einen Stein in die Kloschüssel geworfen hätte, war zu hören.

„Scheiße – Ratten", zischte Hannah hinter ihr. Melanie stolperte zurück. Nein, hier würde sie sich auf keine der Schüsseln mit ihrem Hinterteil hocken. Auf keinen Fall. Und wenn sie es sich recht überlegte, musste sie auch gar nicht mehr so nötig. Der Gang zur Toilette hatte auch mehr dazu gedient, ein wenig Abstand von dem Toten und den Geschehnissen im Rittersaal zu bekommen. Sie hatte da rausgemusst. Genauso, wie sie nun fort von diesen grässlichen Ratten musste. Weg von diesem Schloss! Sie wollte nach Hause. In ihre Kölner Wohnung. Von alldem nichts mehr sehen und hören. Beim Rückwärtsgehen stieß sie mit Hannah zusammen.

„Heh, pass doch auf, wo du hintrampelst!“, schrie die und schubste sie zurück in Richtung der Waschbecken.

„Sag mal, spinnst du!“, schrie Melanie lauter als gewollt.

„Ob ich spinne? Nein, bestimmt nicht. Zumindest bringe ich im Gegensatz zu dir keinen um“, zischte Hannah.

Melanie erstarrte. Sie war unfähig, etwas zu erwidern.

Hannah lachte gekünstelt auf.

„Ha, dachtest wohl, du kämest damit durch und könntest das Ganze auch noch Kevin anhängen.“

„Nein, ich …“, versuchte Melanie sich zu verteidigen, doch Hannah fuhr ihr sofort über den Mund.

„Ich habe euch gesehen. Im Rittersaal. Habe gehört, wie ihr gestritten habt“, kicherte sie nun wie wahnsinnig.

Melanie wurde es heiß und kalt zugleich. Wut kam in ihr auf. Was wollte die ihr hier unterstellen? Ein böser Gedanke kam ihr.

„Du warst es! Als ich den Rittersaal verließ, da hat er nämlich noch gelebt“, schrie sie und ballte die Fäuste. Ja, sie würde es dieser Schlange zutrauen. Hannah würde über Leichen gehen. Das hatte Melanie schon immer gewusst.

„Ich? Pah … Kerle wie diesen Klaus kann ich an jeder Hand zehn haben. An so einem mach ich mir nicht die Finger schmutzig“, zischte Hannah bösartig.

„Frank, er hieß Frank, du Schlampe“, kreischte Melanie so laut und schrill, dass sie selbst über sich erschrak.

„Typen wie der haben viele Namen. Als er vor ein paar Wochen mit mir ins Bett ging, hat er sich noch Klaus genannt, du dumme Bitch“, lästerte Hannah weiter. Das war nun endgültig zu viel. Melanie war plötzlich wie von Sinnen. Alles, was sie tat, lief von nun an irgendwie mechanisch ab. Wie eine Furie ging sie auf Hannah los. Dabei entglitt ihr das Mobiltelefon und fiel scheppernd auf den gefliesten Boden. Das Licht erlosch schlagartig. Dennoch ließ sie nicht von Hannah ab, deren spitze lange Fingernägel sich nun in ihr Gesicht pressten. Wie wahnsinnig schlug sie in die Dunkelheit und landete einige Treffer. Der Schmerz, als einer von Hannahs Fingern sich in ihr rechtes Auge bohrte, machte sie dabei nur noch rasender. Mit aller Kraft schubste sie ihre Widersacherin von sich. Sie vernahm einen dumpfen Schlag, ein Rascheln und Aufstöhnen. Dann wurde es still. Sehr still.

Melanie atmete schwer. Ihr Herz galoppierte förmlich. Von irgendwo war ein Platschen und

Trippeln zu hören. Die Ratten. Sie nahm all ihren Mut zusammen, ging in die Hocke und tastete nach ihrem Handy. Trotz aller Befürchtungen fand sie es auf Anhieb. Zitternd klappte sie die Schutzhülle auf und betätigte den Knopf an der Seite. Sofort leuchtete das Display auf und tauchte den Raum in schemenhaftes Licht. Zwei Meter von ihr lag Hannah auf dem Boden. Ihre Augen weit aufgerissen, neben ihrem Kopf eine Blutlache. Melanie strauchelte zurück. Nein, was hatte sie getan! Wie hatte das passieren können? Sie registrierte die Blutspritzer an der Kante eines der Waschbecken. Hannah musste, als sie fiel, dagegengeschlagen sein. Erneut begann Melanie zu weinen. Dann rannte sie los. Sie hastete durch die Gänge und erreichte die Eingangshalle. Am Fuße der Treppe entdeckte sie eine reglose Gestalt. Heinz Kalbe! Nein, das konnte alles nicht sein. So etwas passierte nicht in Wirklichkeit. Das alles war doch lediglich ein Albtraum. Gleich würde sie aufwachen, und alles war wieder gut. Frank, Hannah und Heinz würden wieder leben. Sie war doch keine Mörderin! Melanie tastete nach dem Autoschlüssel in ihrer Jacke. Sie musste hier weg. Egal wie. Als sie durch das Hauptportal rannte, hätte der Sturm sie fast von den Beinen geweht. Der Wind und der Schnee, die ihr entgegenbliesen, nahmen ihr den Atem. Sie würgte und kämpfte sich zu ihrem Wagen vor, der schemenhaft aus der Dunkelheit auftauchte. Als sie den Knopf der Zentralverriegelung am Schlüssel betätigte, blitzten die Blinker des Golfs auf, und die Scheinwerfer begannen zu leuchten. Das Licht gab ihr Kraft. Sie riss die eingeschneite Tür auf und flüchtete sich in das Innere des Wagens. Ja, hier in ihrem treuen Volkswagen ging es ihr sofort ein wenig besser. Alles um sie herum war endlich wieder vertraut. Sie startete den Motor und schaltete die Scheibenwischer an. Schwerfällig bewegten sich die Wischblätter durch den Schneeberg auf der Windschutzscheibe hin und her. Es dauerte einige Sekunden, bis sie etwas sehen konnte. Dann legte sie den Rückwärtsgang ein und schlitterte aus der Parklücke. Die Straße vor ihr konnte sie nur noch an den Leitpfosten ausmachen, die aus der weißen Masse emporragten. Die Sicht war mäßig und der Schnee, der vom Himmel fiel, so dicht, als würde sie gegen eine weiße Wand fahren. Doch es ging. Sie kam vorwärts. Nach einigen Minuten Fahrt begann plötzlich ihr Mobiltelefon zu pfeifen und signalisierte ihr den Eingang von Nachrichten. Sie griff nach dem Gerät, das sie beim Einsteigen auf den Beifahrersitz geworfen hatte, sah auf das Display und öffnete die erste der drei Nachrichten, die alle von der gleichen unbekannten Nummer stammten.

„HALLO MELANIE; WOLLTE MICH NUR MAL MELDEN. HATTE GANZ VERGESSEN, DIR MEINE TELEFONNUMMER DAZULASSEN: RUF MICH DOCH MAL ZURÜCK. GRUSS FRANK“, las sie fassungslos. Wie konnte das sein? Sollte sie sich denn so geirrt haben? Waren Frank und dieser Peter Hansen etwa doch nicht ein- und derselbe? Zeit, zu Ende zu denken, hatte sie nicht. Sie spürte einen Schlag im Lenkrad. Der Motor des Golfs heulte auf, als die Räder den Bodenkontakt verloren. Alles begann sich zu drehen, Gegenstände flogen durch das Wageninnere, als sie sich mehrmals überschlug. Der Aufprall war hart, doch sie spürte keinen Schmerz mehr. Verflixt, warum nur hatte sie sich nicht angeschnallt, dachte sie noch, bevor die ewige Nacht sie für immer verschluckte.

❄

„Hast du das auch gehört?“, fragte Freddie. Natürlich hatte Kevin den spitzen Schrei gehört, der eindeutig von einer der beiden Frauen stammte.

„Wer weiß, was die Weiber da auf dem Klo treiben“, antwortete er und sah wieder auf den toten Mann, der noch immer vor dem Kamin lag.

„Meinst du, Heinz ist schon los … oder sucht der immer noch nach seinem Autoschlüssel?“, wollte er von Freddie wissen, der in einem der Sessel hockte und rauchte.

„Keine Ahnung“, murrte der.

„Du, ich glaub übrigens, hier ist Rauchen verboten.“

Freddie sah ihn mit großen Augen an.

„Junge, ich denke, du hast im Moment ganz andere Probleme, als ob ich hier qualme oder nicht. Für die Nummer gehst du die nächsten Jahre in den Knast“, fand er und deutete auf den leblosen Körper.

Kevin spürte, wie sein Pulsschlag sich erneut beschleunigte.

„Ich war das nicht“, beteuerte er zum zigsten Mal.

„Ja, ja, schon klar. Und der Osterhase bringt am Heiligabend die Geschenke, weil der Weihnachtsmann Urlaub hat.“

Kevin drehte sich zum Feuer, sah in die Flammen, die derzeit die einzige Lichtquelle in dem Raum darstellten, und vergrub seine Hände in den Jackentaschen. Wenn die Polizei kam, würden die schon aufklären, was wirklich passiert war. Er hatte nichts zu befürchten, da er nichts getan hatte. Die Frage war nur, wer von den anderen es gewesen war? Am ehesten würde Kevin es Freddie zutrauen. Der war so abgebrüht wie kein anderer. Es schockierte Kevin immer wieder, wie der Kerl reihenweise die Kunden über den Tisch zog. Als er sich mal bei Onkel Heinz über Freddies Machenschaften beschwerte, hatte der Onkel das auch noch für gut befunden und ihm geraten, sich lieber mal eine Scheibe von Freddies Art abzuschneiden. Kevin umklammerte den Griff des Messers in seiner Tasche. Das Butterflymesser trug er seit über zehn Jahren bei sich. Es hatte früher einmal seinem Vater gehört und war das einzige Erinnerungsstück, das er von ihm noch besaß. Wenn Freddie diesen Trainer auf dem Gewissen hatte, musste Kevin auf der Hut sein. Sollte der Kollege ihm zu nahe kommen, würde er deshalb den Rat von Onkel Heinz beherzigen und sich im wahrsten Sinn des Wortes eine Scheibe von ihm abschneiden.

„Wo ist eigentlich dein Messer?", wollte Freddie plötzlich wissen. Seine Stimme klang irgendwie seltsam misstrauisch. Hatte der etwa seine Gedanken erraten?

„Warum fragst du?", antwortete er.

„Leg es einfach da auf den Tisch. Wäre mir wohler dabei, wenn ich es sehen kann. Wir wollen ja nicht, dass noch jemandem etwas passiert", wies Freddie ihn an und deutete auf einen der kleinen Tische, die zwischen den Sesseln standen.

Kevin schüttelte den Kopf. Nein, das würde er bestimmt nicht tun. Freddie das Butterfly da hinlegen, damit der ihn dann damit abstach wie ein Schwein. Nein, auf keinen Fall!

Er sah, wie Freddie sich erhob.

„Gib mir das Messer, Kevin", forderte er ihn sehr bestimmt auf.

„Nein, das ist meins. Das geb ich nicht her", zischte er.

„Das wirst du aber müssen. Spätestens, wenn gleich die Bullen kommen und dich durchsuchen. Du weißt so gut wie ich, dass du so ein Ding überhaupt nicht bei dir haben dürftest."

Natürlich wusste Kevin, dass diese Art Messer mit feststellbarer Klinge verboten war. Trotzdem würde er es Freddie nicht aushändigen. Aber er hatte recht. Bevor die Polizei kam, musste er das Ding loswerden. Am besten wäre, er würde es oben in seinem Gepäck verstecken. Hauptsache, die fanden es nicht in seiner Tasche. Freddie kam immer weiter auf ihn zu und hielt ihm den ausgestreckten Arm hin.

„Das Messer, Kevin."

Kevins Finger krampften sich um den Griff des Butterflys, den Zeigefinger an der Klammer, die die beiden Griffhälften zusammenhielten und die Klinge schützten. Langsam ging er rückwärts zur Tür in die Eingangshalle.

„Du kleiner Spinner gibst mir jetzt sofort dieses Scheißmesser!", schrie Freddie ihn an. Er war ihm nun schon verdammt nahe gekommen. Da sie sich immer weiter vom Feuer entfernten, wurde es auch immer dunkler. Das Aufblitzen der kleinen Sterne auf dem Bund seiner Mütze spiegelte sich in Freddies hasserfüllten Augen wider. Hinter sich hörte er draußen einen Motor aufheulen. Scheinwerferlicht flitzte durch die Fenster und über die Wände der Eingangshalle. Der Wagen schien sich aber zu entfernen. Vielleicht war Onkel Heinz gerade erst losgefahren. Ja, das könnte sein. Seine Panik wurde immer stärker. Jetzt war er mit den beiden Frauen, einer Leiche und Freddie alleine in dem Schloss. Kurzerhand zog er das Messer aus seiner Jacke, klappte es in einem Sekundenbruchteil auseinander und hielt es schützend vor sich. Er konnte Freddie nun nur noch schemenhaft unmittelbar vor sich erkennen. Doch seine Gestalt hob sich deutlich vor der geöffneten Tür des Rittersaals und des Feuerscheins darin ab. Dann griff Freddie an. Er spürte, wie die eine Hand seines Gegners ihn an dem Arm packte, mit dem er das Messer hielt und die zweite sich blitzschnell um seinen Hals legte und zudrückte. Dass der Kollege ihn angriff, obwohl er das Messer vor sich hielt, damit hatte Kevin überhaupt nicht gerechnet. Panisch stach er zu. Er spürte einen Widerstand, dann wurde seine Hand seltsam warm und klebrig. Freddie röchelte, torkelte einige Schritte rückwärts und ging schließlich direkt vor der Türe zum Rittersaal zu Boden. Kevin starrte reglos auf den sich krümmenden, zuckenden Körper hinab, bis dieser, nach einer gefühlten Ewigkeit, endlich zur Ruhe kam. Das hatte er nicht gewollt! Panik erfasste ihn. Er musste hier weg! Wenn die Bullen kamen, würden sie ihn für immer ins Gefängnis sperren. Auf Mord stand lebenslänglich. Er wollte nicht in den Knast. Auf keinen Fall! Hektisch sah er sich um. Von Hannah und Melanie war keine Spur zu sehen. Die beiden schienen immer noch auf der Toilette zu sein. Das war gut so. Kevin rannte los. Eisiger Wind schlug ihm entgegen, als er durch das Portal hinaus in den Wintersturm stürzte. Der Schnee auf dem Hof reichte ihm stellenweise bis zu den Knien. Über die Straße konnte er nicht bis zum nächsten Ort. Da würde ihn die Polizei sofort aufgreifen. Nein, er musste versuchen, sich irgendwie querfeldein bis zum Bahnhof durchzuschlagen. Von da aus würde er in Richtung Süden fliehen. Ans Mittelmeer. Wie er dort leben sollte, war erst einmalig zweitrangig. Er könnte als Straßenmusiker umherziehen. Ja, das würde ihm gefallen. Alles war besser, als für immer im Knast zu versauern. Er eilte um die Hausecke in den großen Schlosspark. Wenn er sich recht erinnerte, käme er, wenn er diesen durchquerte, wieder an der Hauptstraße nach Daaden raus. Das Ganze war sogar noch eine Abkürzung und würde ihm Zeit und Kraft sparen. Kevin kam nur langsam voran. Das Stapfen durch den Schnee war mühseliger, als er gedacht hätte. Hinzu kam der Wind von vorne und die schlechte Sicht. Plötzlich spürte er ein Knirschen unter seinen Füßen. Bevor er registrierte, dass er sich auf einem zugefrorenen See oder Teich befand, war es bereits zu spät und er brach ein. Panisch versuchte er sich an den Rändern des Eises festzuhalten. Kaltes Wasser schwappte ihm ins Gesicht. Seine Mütze wurde ihm vom Kopf geweht. Er sah das Blinken der kleinen Sterne darauf noch, als der Wind sie davontrug. Seine Kleidung klebte schwer wie Blei an ihm und zog ihn nach unten. Stück für Stück, bis dass seine Kräfte ihn verließen und er losließ von diesem Leben. Das Letzte, an das er dachte, war seine Mama und dass sie den Heiligen Abend wohl alleine verbringen würde.

❄

Peter Hansen schlug die Augen auf und blinzelte. Das Licht, das durch große Fenster auf ihn fiel, blendete. Er brauchte einen Moment, bis er realisierte, wo er sich befand. Genau, er war im Schloss Friedewald, bei dem Teambildungsworkshop für die Agentur Kalbe. Während er versuchte sich aufzurichten, betastete er seine schmerzende Schläfe. Sein Schädel fühlte sich an, als sei er in einem Schraubstock eingespannt. Langsam kam die Erinnerung wieder. Er hatte mit dem Schürhaken in der Glut des Kamins gestochert, als ihm mit einem Mal schwindelig geworden war. Danach konnte er sich an nichts mehr erinnern. Langsam glitt er mit seinen Fingern über die Wunde auf seiner Stirn. Er begann zu zittern. Verdammt, war es hier kalt. Kein Wunder, das Feuer war aus. Sein Blick fiel auf den kleinen Beistelltisch zwischen den beiden Sesseln, an dem deutlich Blutspuren zu erkennen waren. Er musste, als er das Bewusstsein verlor, mit dem Kopf dort angeschlagen sein und sich die Wunde zugezogen haben. Wie lange er wohl ohnmächtig gewesen war? Draußen schien die Sonne. Also war es Tag. Er trat ans Fenster und sah hinaus in den Park. Der Anblick der Winterlandschaft und der strahlend blaue Himmel darüber waren wie aus einem Gemälde. Wo die anderen aus der Gruppe wohl waren? Warum nur hatten sie ihn da einfach so liegen lassen? Es war nicht das erste Mal, dass ihn eine plötzliche Ohnmacht überkam. Das Phänomen war im letzten Sommer erstmalig Ende Juli aufgetreten. Zu Hause in seinem Garten war er aus heiterem Himmel einfach in Ohnmacht gefallen. Dann passierte es Ende Oktober und das letzte Mal erst vor zwei Wochen. Vielleicht sollte er nach Weihnachten doch einmal zum Arzt gehen und das untersuchen lassen. Fest stand, dass er sich immer, bevor er das Bewusstsein verlor, mit jemandem gestritten oder sich aufgeregt hatte. Aufregung schien ihm nicht mehr zu bekommen. Warum auch immer. Diese haltlosen Anschuldigungen von Melanie Geldermann, er habe nachts zuvor mit ihr geschlafen, hatten ihn schon irgendwie überrumpelt und ziemlich aufgewühlt. Dabei hatte er die Frau in seinem Leben noch nie zuvor getroffen. Und wenn auch. Er war glücklich verheiratet und diese Melanie so gar nicht sein Typ. Es war einfach nur eine ganz dumme Verwechslung. Sonst nichts.

Das Krächzen einiger Krähen draußen vor dem Fenster weckte Peters Aufmerksamkeit. Trotz der Kopfschmerzen musste er lächeln. Das Bild, das sich ihm bot, war einfach zu grotesk. Vier der schwarzen Rabenvögel balgten sich um eine rote Weihnachtsmannmütze, auf deren Krempe einige Sternchen blinkten. Es war genau so eine wie der dicke Junge, der Azubi von Herrn Kalbe, sie trug. Er seufzte. Er würde sich jetzt erst einmal einen Kaffee besorgen und dann auf die Suche nach seinen Schäfchen machen. Zum Glück war dies der letzte Workshop für dieses Jahr. Am Dienstag war endlich Weihnachten.

Klaus E. Spieldenner

Toter Fisch und Weihnachtslieder

Klaus E. Spieldenner

Hamburger Fischmarkt, 24.12.2017

Der Mann stand, nur mit Hemd und Hose bekleidet und zitternd vor Kälte, im Dunkeln hinter der historischen Hamburger Fischauktionshalle. Der frühe Morgen des 24. Dezember 2017 zeigte sich hier in Altona wolkenfrei, und gegenüber im Trockendock 17 blinkten – zwischen riesigen Kränen – die zahlreichen Lampen eines riesigen Kreuzfahrtschiffes.

„Ihr hättet sie retten können!", brüllte die vor ihm stehende, drei Köpfe größere und mit einer Prinz-Heinrich-Mütze bekleidete Person im Fischerhemd gegen den Lärm aus Weihnachtsmusik und Schlager. Starker Fischgeruch trieb Richtung Elbe.

„Nein, glaube mir ... wir konnten nicht ...!" Im gehetzten Blick des Mannes spiegelte sich Todesangst wider. Sein Kopf wechselte nervös die Position: Mal nach rechts, Richtung Hafencity und Elbphilharmonie, mal hinter sich, wo der Abgrund drei Meter tiefer im kalten Flusswasser endete.

„Ihr Feiglinge, sie könnte noch ... leben ... Weihnachten 82!"

Der Kleinere begann zu stöhnen und versuchte plötzlich – mit zwei schnellen Schritten – nach vorne zu entkommen. Doch der Typ mit der Mütze musste wohl damit gerechnet haben. Er hielt ihn am Hemd fest und riss ihn barsch zurück. Ein leises Geräusch zeugte von zerrissenem Stoff. Dann versetzte er ihm einen massiven Faustschlag auf die Nase. Der Kleine brach zusammen, kniete nun weinend – die Hände vorm Gesicht – vor der gewaltigen Erscheinung.

„Ihr habt lange genug gelebt ...!" Mit zitternder Stimme zog der Bemützte den Wimmernden ohne größere Gegenwehr zur Kai-Kante.

„... konntet euch nicht ein Leben lang verstecken." Er gab ihm unvermittelt einen Stoß.

„Ne ... i ... n!"

Der langgezogene Aufschrei schaffte es nicht, in der Umgebung Aufmerksamkeit zu erregen. Kurz darauf klatschte sein Körper in das eiskalte Wasser der Elbe.

„Zu feige ... meine Lisa!", stöhnte der riesige Typ noch, verschwand dann zufrieden im Dunkeln des Hamburger Fischmarktes.

❄

Sandra Holz musste das Weihnachtsfest allein zu Hause verbringen. Ihre Ex-Schwiegermutter hatte schon Wochen vorher versprochen, mit Lara Sophie nach Hamburg zu kommen. Und während Marie-Therese dort Freunde besuchte, plante Sandra – gemeinsam mit ihrer Tochter – das Weihnachtsfest zu genießen. Doch vor wenigen Tagen begann unverhofft ein Streik der italienischen Piloten und Großmutter sowie Enkelin mussten im italienischen Badeort Giulianova bleiben. So hatte die Kommissarin spontan während der Festtage den Bereitschaftsdienst der Hamburger Mordkommission übernommen.

Die Temperaturen in der Hansestadt, an diesem Heiligen Abend 2017 waren eher nicht weihnachtlich. Das Thermometer zeigte in der Nacht sieben Grad und zahlreiche Besucher hatten die günstige Witterung für einen Spaziergang über den Hamburger Fischmarkt genutzt. Trotz der Winteröffnungszeiten von sieben Uhr drängte sich schon eine riesige Menschenmenge auf der dunklen Pflastersteinfläche, parallel zur Norderelbe. Der Fischmarkt war weihnachtlich geschmückt und ähnlich wie auf jedem der Hamburger Weihnachtsmärkte, tönten Lieder wie „Stille Nacht" und „Oh, Tannenbaum" aus jeder Ecke des historischen Platzes. Doch trotz einiger optimistischer Lebkuchenverkäufer konnten die Gerüche nicht verschleiern, dass der Besucher sich hier auf dem traditionellen Fischmarkt befand. Es roch nach Fisch. Gebacken oder roh machten sie den Markt einfach zu dem, was er war.

❄

„Schau mal da oben, Norbert, der Weihnachtsstern!"

Eine Frau von Mitte fünfzig hatte abrupt gestoppt und ihren Begleiter auf die Entdeckung am Hamburger Himmel aufmerksam gemacht. Sie streckte einen Arm hoch und wies mit dem Zeigefinder der linken Hand nach oben.

„Dort, dort!"

Die Gasse, in der sie sich bewegten, war links und rechts mit Verkaufsbuden gespickt. Hunderte von Fischmarktbesuchern drängten in beide Richtungen.

Ihr gleichaltriger Mann hatte angehalten und hob seinen Kopf. Ebenso wie einige Personen im direkten Umfeld des Paares, die zwangsläufig stehen bleiben mussten. Der Fluss der Menge geriet etwas ins Stocken. Einige weitere Besucher fanden die Bemerkung der Frau interessant und suchten nach dem vermeintlichen Objekt am Himmel.

„Nein, kein Weihnachtsstern!", rief plötzlich eine Stimme mit amüsiert klingendem Unterton. „Das könnte aber die ISS sein", berichtigte sie der Unbekannte, der unweit der Frau stand. Weitere Menschen schauten nun – neugierig geworden – an das Firmament.

„Also, die internationale Raumstation ISS soll heute Morgen über Hamburg fliegen ..."

Nachdem keiner etwas entgegnete, murmelte der Mann, nun kleinlauter geworden: „... das haben sie zumindest gestern im NDR erzählt."

Ein dumpfer Schlag sorgte einen Moment für Abwechslung in der eintönigen Melodienfolge des Marktes. Doch niemand schien etwas mitbekommen zu haben. Der hintere Teil der Menge begann zu schieben, wollte sich nun lautstark wieder ihrem eigentlichen Vorhaben zuwenden. Das erklärte Ziel lautete: „Spaß auf dem Hamburger Fischmarkt zu haben!" Und davon wollte sich keiner der Anwesenden abhalten lassen.

Die Frau, die eben noch auf den Stern von Bethlehem hingewiesen hatte, schrie erneut auf. Doch dieses Mal klang der Ton des Schreies nicht nach Neugierde und Interesse, sondern nach Panik und Angst.

„Hilfe ... mein Mann ... Norbert, was ist mit dir? So helfen Sie doch ...!"

❄

Sandra hatte sich am Abend zuvor einen Pott alkoholfreien Punsch gebrüht und war früh auf ihrer Couch eingeschlafen. Sie träumte von einem familiären Weihnachtsfest, und gerade klingelte sie mit dem Glöckchen, das Lara Sophie den Beginn der Bescherung ankündigen sollte. Doch die kleine Glocke hatte heute einen anderen Ton. Schrill, aufdringlich und der Ton wollte nicht enden. Endlich wachte Sandra auf und registrierte, dass es ihr Handy war, das sich Gehör verschaffen wollte. Verschlafen griff sie danach.

„Ja, Sandra Holz!"

„Entschuldigen Sie, Frau Hauptkommissarin!", stotterte eine männliche Stimme.

„Wer ist denn da?"

„Kommissar Wiesel vom KDD. Entschuldigen Sie ... ich weiß, es ist noch ... sehr früh, aber Sie standen auf der Liste als Ansprechpartnerin für ... als ...!"

„Kein Problem, Kollege!", versuchte Sandra den Mann, dessen Stimme sie eher als jung einstufte, zu beruhigen. Sie war bemüht, bevor er sich noch ein drittes Mal entschuldigte, den Grund des Anrufes herauszukitzeln.

„Das Telefon hat eh geklingelt ... wie also kann ich helfen?", versuchte sie es mit einem Scherz.

„Wir, also ... auf dem Altonaer Fischmarkt gab es einen Toten!"

❄

Auf der Fahrt mit dem BMW Mini durch das an diesem Heiligabend fast fahrzeugleere Hamburg, fragte sich die Kommissarin, warum es gerade der Fischmarkt sein musste. Sie liebte Hamburg sehr, war inzwischen zur echten Hamburgerin geworden und konnte sich keine andere Stadt mehr als ihren Wohnort vorstellen. Aber Besuche auf dem Fischmarkt waren definitiv nicht ihr Ding. Gerne auf den Dom oder zum Hafengeburtstag. Auch St. Pauli fand sie kultig und interessant. Doch noch nie in ihrem Leben hatte sie sich etwas aus diesem Wirbeltier gemacht. Jeglichem Geruch von Fisch ging sie aus dem Weg. Und nun noch der Fischmarkt, wo es nicht nur nach Fisch und dessen Innereien roch, sondern auch nach allem Möglichen, was ihr wenig Freude bereitete. Wie oft hatte Kollege Schweiss versucht, sie an einem Sonntag in aller Herrgottsfrühe zu einem Besuch auf die Hamburger Attraktion zu überreden. Auch ihr Freund Caro hatte sie schon darauf angesprochen. Als sie ihn jedoch über ihre lebenslange Abneigung gegenüber Fisch aufgeklärt hatte, zeigte er endlich Einsicht. Und nun sollte sie dort ein Verbrechen aufklären? Sie hatte noch nicht gefrühstückt und auch der Punsch von gestern war ihr nicht besonders bekommen. Die Zeichen standen auf Übelkeit.

❄

Die Kommissarin hatte mit viel Blaulicht und einer umfangreichen Absperrung gerechnet. Sogar auf die komplette Räumung des Fischmarktes hatte sie im Stillen gehofft. Sie parkte ihren Wagen an der Großen Elbstraße, quer hinter einer Fischbude. Um nicht wirtschaftlich arbeitende Abschleppdienste anzulocken, hatte sie das Blaulicht auf das Dach gepackt und eingeschaltet. Nicht noch einmal wollte sie ihren Wagen in der Hamburger Fahrzeugverwahrstelle abholen müssen. Schaudernd erinnerte sie sich an die Beinahevergewaltigung in Rothenburgsort vor wenigen Wochen. Nachdem sie ausgestiegen war, verschaffte sie sich einen Überblick. Doch zwischen Menschenmassen, aufdringlichem Marktgeschrei und erschreckend lauten Weihnachtsliedern, konnte sie keinerlei polizeiliche Aktivitäten entdecken. Kurz stutzte sie und fragte sich, ob der Anrufer vielleicht einen Scherz gemacht hatte? Schnell rief sie auf der Nummer von eben zurück. Der Kommissar vom KDD gab ihr – inklusive einer weiteren Entschuldigung – endlich die benötigte Handynummer des Einsatzleiters vor Ort. Sofort rief Sandra dort an.

„Ja, ist etwas voll hier auf dem Fischmarkt, aber der Tote – ein Norbert Sellmann – ist wohl nur unglücklich gestürzt und wir haben auf ein großes Tohuwabohu verzichtet. Ist ja auch Heilig Abend. Ich mache mal ein Blaulicht an. Dann siehst du unseren Einsatzort. Aber eines ist sicher: Dein Weg hierher war umsonst – glasklare Sache!“

„Diese Einschätzung überlassen Sie mal bitte mir!“, entgegnete die Kommissarin barsch und drängte sich durch die geschlossene Menge in Richtung des plötzlich aufleuchtenden Blaulichts.

❄

„Holz, Hauptkommissarin ...“, brüllte sie laut und selbstbewusst die Menschen an, die sich – blöd glotzend – rund um eine auf dem Boden liegende Person drängten.

„... und nun möchte ich, dass Sie alle einige Schritte von meinem Tatort zurücktreten. Und Sie ...“, Sandra hieb einem der wenigen, uniformierten Kollegen fest auf den Arm, „kümmern sich, dass es umgesetzt wird.“

Der Polizeibeamte zuckte kurz, reagierte jedoch sofort und schob die Menge mit hanseatischer Gelassenheit auseinander.

„Hallo, Frau Kommissarin“, rief ihr eine bekannte Stimme zu, und noch bevor sich Sandra umgedreht hatte, war ihr klar, es handelte sich um Dr. Pellin, den Leiter des Instituts für Rechtsmedizin in Hamburg.

„Hier ist ja Partystimmung!“, grinste Pellin. Im weißen Ganzkörperschutz – nur seine Brille und die Nasenspitze schauten heraus – schien er seine weihnachtliche Laune noch nicht verloren zu haben.

In unmittelbarer Nähe der Szene hatte gerade ein Fischhändler mit dem Verkauf begonnen. „Kommt alle her! Ein langer Dicker, ein Königstiger, dazu eine Schillerlocke – nur 20 Euro …“, schrie er mit heiserer Stimme durch ein schlechtes Mikrofon.

„Stellt endlich den Lärm ab, wie sollen wir hier arbeiten?“, raunte Sandra einem weiteren Uniformierten zu. Kopfschmerzen zeigten sich, sie fühlte sich äußerst unwohl und schickte die streikenden italienischen Piloten gedanklich in die Hölle.

„… dazu noch ein Stremellachs fürs gleiche Geld und – ich bin ein Menschfreund – hier noch ein zweiter Aal und leckt mich doch am … noch ein dritter.“

Sandra hörte plötzlich heftigen Einspruch – dann schwieg die nervige Stimme. Auch das weihnachtliche Hintergrundgedudel war nur noch gedämpft zu hören.

❄

„So wie ich es sehe, starb der 54-jährige Sellmann an einem Sturz auf die Pflastersteine“, erklärte Rechtsmediziner Pellin, in der Dämmerung auf dem Boden kniend, in Richtung der Kommissarin. Sandra hoffte, der so übel begonnene Tag besserte sich endlich.

„Also ein Unfall? Was für ein Glück. Der Geruch, der Lärm …“ Sie suchte verständnisvolle Blicke in Pellins Gesichtsausdruck zu erkennen. Doch ohne Regung und hartnäckig schüttelte der Rechtsmediziner seinen Kopf.

„Ich habe zwischen den Haaren des Toten Schuppen entdeckt.“

Sandra glaubte erst an einen Scherz des Arztes. Doch dafür war sein Blick zu ernst. Entweder er wollte sie herausfordern oder …?

„Und nun glauben Sie, werter Pellin, die Haarwaschmittelindustrie hat ihn auf dem Gewissen? Ich sehe schon die Schlagzeilen in der Morgenpost: SCHUPPEN-GEPLAGTER TOURIST VERWEIGERTE MEDIZINISCHES SHAMPOO – INDUSTRIE DINGT MÖRDER!“ Sandra lachte laut und sogar in ihren eigenen Ohren klang es unwirklich.

„Nein, nein, Frau Holz! Es handelt sich um die Schuppen eines Fisches, um große Schuppen. Der Tote könnte durch einen Schlag mit einem Prachtexemplar von Fisch zu Fall gebracht worden sein."

❄

Die Kommissarin schaffte es nicht, sich durchzusetzen. Auch den Polizeikräften vor Ort war es unmöglich, den Hamburger Fischmarkt in einen polizeilichen Tatort zu verwandeln. Sicher hielten sich inzwischen 50.000 Besucher und mehr hier auf. Dazu der besondere Tag – Heiligabend. Und alle außer ihr schienen ausgeglichen und gut gelaunt zu sein. So schloss Sandra die Spurensuche nach knapp einer halben Stunde ab.

Nun stand sie mit Dr. Pellin und dem Einsatzleiter neben dem Leichenwagen des *Großhamburger Bestattungsinstitut, GBI.* Um die Ehefrau kümmerte sich eine weibliche Uniformierte.

„Was haben wir?", wollte die Kommissarin wissen.

„Ich tippe, jemand, der etwas gegen Sellmann hatte, schlug ihn mit einem schweren Fisch nieder. Er fiel mit dem Kopf ziemlich heftig auf die Pflastersteine und verstarb", erklärte der Rechtsmediziner.

„Also vorsätzlicher Mord oder ein dummer Streich?"

„Jemanden mit einem schätzungsweise 5-10 kg schweren Fisch niederzuschlagen, ist schon heimtückisch. Ich denke, es handelt sich um vorsätzliche Körperverletzung oder tatsächlich um geplanten Mord." Die Aussage kam vom polizeilichen Einsatzleiter, dessen Name Sandra schon wieder vergessen hatte. Gut gelaunt grinste er die beiden an.

„Und was hat die Ehefrau ausgesagt?", wollte die Kommissarin wissen, eher weniger fröhlich.

„Sie konnte wenig zur Klärung beitragen. Die Frau hat – wie die meistens Zeugen – nach oben zum Himmel geschaut."

„Zum Himmel?"

„Ja, zum ... zum ... vermeintlichen Weihnachtsstern!"

Sandra schüttelte den Kopf. Was war hier bloß los? Drehten die alle am Rad?

„Konnte dieser ... Sellmann in der Menschenmenge überhaupt umfallen?", wollte die Kommissarin wissen.

„Er hatte diesbezüglich wohl genügend Platz?", meinte Pellin. „Aber ich war ja nicht dabei", fügte er hinzu.

„Und weiter?" Die Kommissarin wandte sich nun an den Einsatzleiter.

„Das Paar ist erst gestern angereist. Zwei Übernachtungen, Musical, Fischmarkt, das Übliche!“

„Woher sind die beiden?“

„Aus einem grenznahen Ort, in der Nähe von Flensburg.“

Das Handy des Einsatzleiters klingelte. „Einen Moment bitte!“, entschuldigte er sich und machte zwei Schritte zur Seite.

„Gut, Doktor Pellin, wenn Sie also alle Spuren gesichert haben, alles fotografiert und eingetütet ist, denke ich, sollten die Kollegen noch die Personalien aller Fischstandbesitzer aufnehmen. Vor allem Verkäufer mit dicken Fischen im Angebot.“ Sandra musste – trotz Kopfschmerzen – grinsen. Ihr kam die Sache so unwirklich vor. Gab es keine vernünftigen Morde mehr? Gerne doch Heimtücke und Schusswaffengebrauch. Oder ein Messerstich nach Ganovenstreit. Aber um Gottes willen, warum musste die Tatwaffe ein toter Fisch sein? Obwohl, vielleicht hatte das Tier ja noch gelebt?

„Wir haben einen weiteren Toten, hinten, nahe der Großen Elbstraße.“ Aufgeregt kam der Einsatzleiter zurück und bat die Kommissarin und den Rechtsmediziner ihm zu folgen. Die Dunkelheit war dem Tag gewichen und so schnell es die dichte Mengenmenge zuließ, liefen Sandra und der Rechtsmediziner dem Uniformierten hinterher.

❄

Der gemeldete Tote lag – umgeben von Flatterband – seitlich neben einer riesigen Tanne, direkt an der Fahrbahn. Zum Glück war der große, bunt geschmückte Weihnachtsbaum nicht auf vorbeifahrende Autos gestürzt. Ein Rettungsteam hatte sich wohl um den Mann gekümmert und war gerade dabei, eine knallrote Tasche zu packen. Mit einem Gruß und einem Schulterzucken in Richtung der Neuankömmlinge verschwanden sie in der Menge.

Das Alter des Mannes schätzte Sandra spontan auf etwa das gleiche wie bei der Schuppen-Leiche.

„Gustav Thun – er ist dem umgestürzten Tannenbaum zum Opfer gefallen!“, erklärte ein uniformierter Kollege übereifrig und Sandra schüttelte fassungslos den Kopf.

„Na ja! Eigentlich sieht es aus, als war es die schwere Metallspitze des Baumes, die ihn erschlagen hat“, berichtigte Dr. Pellin. Er war sofort niedergekniet, um zwischen Nadelbaum und Leiche Eindrücke und Spuren zu sammeln.

Für die Kommissarin sah das alles wiederum nach einem Unfall aus.

Hier am Ende des Fischmarktes war es bedeutend ruhiger, fand Sandra und lehnte sich gegen die Rückseite eines WC-Wagens. Was war heute nur los? Zwei Leichen innerhalb weniger Stunden, das rückte die Hamburger Attraktion, Fischmarkt, nicht in bestes Licht. Obwohl, die Betreiber der Verkaufsstände und die Besucher selbst schienen sich daran nicht sonderlich zu stören. Bisher sah alles – vor allem für Nichtbeteiligte – nach Unfällen aus. Warum also aufregen?

❄

Abiramy Thun, Ehefrau des zweiten Toten, saß einsam und wie versteinert auf einer Bierbank, die man wohl in der Eile herbeigeschafft hatte. Es handelte sich um eine kleine und zierliche Frau philippinischer Abstammung, schätzte Sandra und stieß sich vom WC-Wagen ab. Sie schlenderte zu der Frau.

„Sandra Holz, ich bin Kommissarin, darf ich mich setzen?"

Die Frau schaute kurz auf, gab aber keine Antwort. Sandra ließ sich vorsichtig auf der Bank nieder – stets das Gleichgewicht im Blick.

„Können Sie mir vielleicht sagen, was passiert ist?"

Die Frau reagierte kurz mit leerem Blick und meinte dann in bestem Deutsch: „Eben stand er noch neben mir, dann lag er unter diesem riesigen Weihnachtsbaum." Ihr Atem verriet Alkoholkonsum, aber der Sprache nach war es sicher nur ein Glühwein oder ein Bier, das die Frau genossen hatte. Als ob sie Sandras Gedanken gelesen hatte, entschuldigte sie sich: „Es war zu warm für Glühwein. Aber mein Mann hat mich dazu gedrängt und nun ist er …!"

Dr. Pellin war zu ihnen getreten. „Sie sind die Witwe? Mein Beileid!"

An seinem Pietätsverhalten musste Pellin noch arbeiten, wunderte sich Sandra und war vorsichtig aufgestanden.

„Erzählen Sie, Pellin!"

„Da gibt es nicht viel. Der Mann wurde vom Baum beziehungsweise von diesem riesigen Eisenaufsatz an der Spitze am Kopf getroffen. Er stürzte fest auf die Pflastersteine und verstarb innerhalb weniger Minuten. Schädelbasisbruch – keine Chance."

Sturz! Pflastersteine! Irgendwie hatte Sandra diese Worte noch von eben im Ohr.

„Gibt es Gemeinsamkeiten? Sind die beiden Paare vielleicht zusammen gekommen?" Sofort trat ihr kriminalistischer Argwohn zutage.

„Habe ich geklärt", mischte sich der Einsatzleiter ein, der nach kurzer Zeugenbefragung der Frau wieder neben die beiden getreten war. „Keine Verbindung, unterschiedliche Hotels, die Dame ...", er zeigte auf das Häufchen Elend dort auf der Bank, „... ist aus einem Kaff bei Gummersbach. Aber jemand will gesehen haben, dass sich eine große Person mit Mütze am Baum zu schaffen gemacht hat." Erneut klingelte sein Handy. Erschrocken und mit den Schultern zuckend, drehte er sich weg.

„Schuppen?", fragte Sandra in Pellins Richtung.

„Wie meinen?" Der Rechtsmediziner war auf die Frage nicht vorbereitet, verstand aber innerhalb des Bruchteils einer weiteren Sekunde. „Nein, keine Schuppen. Aber jede Menge Tannennadeln."

Der Geruch von Zimtgebäck und Bratfisch verursachte bei Sandra Übelkeit, und Hilfe suchend schaute sie zum WC-Wagen. Doch dort hatte sich inzwischen eine große Menge wartender Frauen versammelt. Die Kommissarin lief zur linken Seite, überholte einen „geschäftstüchtigen" Mann, rannte die wenigen Sprossen nach oben und rief dem verdutzten Typen im weißen Kittel „Polizeieinsatz" zu. Dann verriegelte sie in Windeseile die letzte freie Kabine der Männertoilette.

❄

„Wasserleiche!", rief Einsatzleiter Gröberling gehetzt zu ihnen rüber. Den Namen hatte Sandra extra noch einmal von Pellin erfragt. Gerade war die Kommissarin vom WC zurückgekehrt. Sie hatte dem Toilettenmann ein Eurostück in den Korb gelegt, dem seine Verblüffung noch immer anzumerken war.

„Wasserleiche, der Eigentümer einer Barkasse hat die oder den Toten – eingeklemmt zwischen zwei Booten – entdeckt und ist schnell rübergerannt, um die Kollegen zu informieren."

Dr. Pellin machte sich augenblicklich auf den Weg zum nächsten Tatort.

Scheißtag!, dachte Sandra und wünschte sich vernünftige Weihnachtstage mit Frieden auf Erden.

„Das gibt es doch nicht. Drei Tote und es ist gerade mal hell!“ Sandra war außer sich. Sie stand an der Kai-Mauer und schaute zu, wie zwei Beamte der Wasserschutzpolizei eine – wie es von seiner Kleidung her schien – männliche Leiche an Bord einer Barkasse hievten. Dr. Pellin stand dabei und zeigte großes Interesse an den Abläufen.

Man hatte es dort tatsächlich geschafft, den Bereich großräumig abzusperren. Trotzdem leuchteten ständig Kameras und Handyblitze auf. Was hatten die Menschen nur davon, so etwas zu fotografieren? Das würde sie nie verstehen.

Sandra ließ die Kollegen in Ruhe arbeiten und stellte sich seitlich an einen kleinen Stand, an dem Bob Marley wiedergeboren war und Kaffee ausschenkte. Der Song „No woman, no cry“ dudelte in überhöhter Lautstärke und Sandra glaubte, man solle den Text besser in, „No men, no cry“ ändern. Sie aß einen Donut zum Kaffee, und sofort meldete sich ihre Magensäure. Ein Fischbrötchen wäre sicher besser gewesen, aber Fisch war ja nicht ihr Ding. Trotz des pikiert schauenden Standbesitzers warf sie den angebissenen Donut in den bereitstehenden Mülleimer. Eine als Weihnachtsmann verkleidete Person huschte an ihnen vorbei. Der Typ mit verfilztem, weißen Bart und zerknitterter roter Bommel-Mütze schenkte Bier aus, das er in einem plüschigen Rucksack auf dem Rücken versteckt hatte. Weihnachten auf dem Fischmarkt, das würde sie sicher nicht so schnell vergessen.

„Hallo Sandra!“, die Stimme gehörte doch ... Alexander Schweiss? Tatsächlich, der Kollege und 1. Hauptkommissar stand plötzlich neben ihr und hatte ein ihr bis dato unbekanntes, freches Grinsen im Gesicht.

„Was machst du hier, Alex?“

„Ich hörte von deinem Einsatz und wollte dich Heiligabend nicht alleine lassen.“

„Danke, Chef! Drei Tote auf dem Fischmarkt – Weltrekord?“

„Und wenn, dann ein trauriger!“, erklärte der kommissarische Leiter des LKA 41.

„Habe gerade mit diesem Pellin gesprochen, Sandra. Die Wasserleiche scheint stark alkoholisiert zu sein. Sieht nach einem Unfall aus.“

Die Kommissarin war nicht seiner Meinung. Drei Tote innerhalb von zwei Stunden. So etwas gab es nur in Tatort-Krimis, aber nicht im wirklichen Leben.

„Wie alt war der Verstorbene?“, fragte sie Pellin, der sich nach seinem Eintreffen hier sofort einen Latte Macchiato bestellt hatte.

„Etwa gleiches Alter wie die beiden anderen. Karl-Dieter Rohmund, ein gebürtiger Deutscher mit kanadischem Pass. Außer seinen Papieren haben wir einen durchnässten Frühstücksgutschein für den Fischmarkt oben in seiner Hemdtasche gefunden.“

Sandra schaute interessiert von ihrer Kaffeetasse auf. „Und ist er auch aus einem Kaff bei Gummersbach?“

Pellin schüttelte genervt den Kopf. „Wohl eher aus einer der vier kanadischen Provinzen. Geht das Getränk auf Kosten des Senats?“, wollte der Rechtsmediziner scherzend vom Barista wissen.

Bob Marley schaute böse und Pellin winkte entschuldigend ab.

„Siehst du, Alex, da haben wir es.“

Schweiss hatte sich ein Mineralwasser besorgt. „Was haben wir? Drei Leichen, davon zwei Unfalltote und eine mit Schuppen. Und der Gutschein zeugt auch nicht von krimineller Energie. Wenn wir ein Bündel falscher Geldscheine in seiner ...“

Sandras Blick sprach Bände und Schweiss unterbrach den Satz vorsorglich.

Die Kommissarin war verwundert darüber, wie gut man ihren Chef informiert hatte. Sie wollte ihn schon bitten, alleine weiterzuermitteln. Sehnte sie sich doch dringend nach ihrem warmen Bett.

„Wie ich gerade höre, wurde noch die Keycard des ‚Hotel Hamburg Altona‘ beim toten Rohmund aufgefunden. Also auch hier keine Gemeinsamkeit.“

„Aber alleine dass es – bis auf das Alter – keine Gemeinsamkeit gibt, ist doch schon auffällig. Das sieht mir sehr nach Verschleierungstaktik aus“, erklärte die Kommissarin.

Schweiss und der Rechtsmediziner schauten sich überrascht an. Bob Marley überreichte Pellin die fertige Kaffeespezialität und bewegte sich dabei – seine Rasta-Locken wild schüttelnd – im Takt der Reggae-Musik.

„Wo sind denn die Ehefrauen der beiden Toten?“

„Wir haben sie in einen Bulli der Kollegen gesetzt, einen mit Standheizung. Sie müssen sich ja nicht erkälten.“

❄

Die Witwen saßen nebeneinander im blausilbernen Polizei-Transporter, und es kam Sandra vor, als teilten sie sich gewissermaßen ihr Leid. Sie setzte sich auf die leere Sitzbank gegenüber.

„Sandra Holz, ich bin Kommissarin. Sie wissen ...?“ Eine der Frauen nickte, die andere schwieg.

„Wir möchten die Sache schnell aufklären.“ Fast hätte Sandra „es ist ja Weihnachten“ angefügt. Aber für diese beiden Familien würde das Weihnachtsfest ausfallen, da war sie sich sicher. Sie blickte auf ihr Handy, in das sie sich die Namen der drei toten Männer geschrieben hatte.

„Norbert Sellmann, Gustav Thun, Karl-Dieter Rohmund“, las sie laut vor. Es schien ihr, als habe Frau Sellmann gezuckt, als sie den Namen der Wasserleiche vorgelesen hatte.

„Sie kennen Karl-Dieter Rohmund?“, sprach sie Frau Sellmann an. Diese zuckte zusammen und nahm die Hände vom Gesicht.

„Kennen nicht, Norbert hat früher hin und wieder von einem Herrn Rohmund erzählt.“

„In welchem Zusammenhang?“

„Ich meine, es war seine Bundeswehrzeit.“

„Wo hat Ihr Mann die Bundeswehrzeit verbracht? Hier in Hamburg?“

Die Frau nickte. „Wir hatten uns gerade kennengelernt, 1982. Er war hier beim Nachschub, meine ich, in Jenfeld, als ... Wehrpflichtiger.“

Sandra wandte sich an die zweite, schweigende Frau: „Frau Thun, haben Sie diesen Namen schon einmal gehört?“ Sandra wiederholte ihn langsam, Silbe für Silbe: „Ka–rl Die–ter Roh–mu–nd?“

Die Angesprochene blickte wie in Zeitlupe in Richtung der Kommissarin. Dann verneinte sie.

„Und Sie beide kennen sich nicht? Sind sich nie begegnet?“

Die Frauen schauten sich kurz an und schüttelten dann – wie verabredet – den Kopf.

„War Ihr Mann auch bei der Bundeswehr?“, fragte Sandra Frau Thun.

Diese schaute zu ihr und nickte. „Ja, wir wollten schnell heiraten, damit Gustav der Bundeswehrzeit entgeht ... unsere kleine Emmalyn war damals gerade unterwegs. Ja, so lange sind wir schon zusammen. Ich war Tochter des philippinischen Militärattachés in Köln. Mein Mann und ich haben uns beim Studium ...!“ Sie schwieg nun und begann leise zu weinen.

„Entschuldigen Sie, ich muss Ihnen noch weitere Fragen stellen. Haben Sie beide es noch rechtzeitig geschafft zu heiraten, bevor ... bevor

Ihr Mann zum Bund musste?", bohrte Sandra vorsichtig weiter.

Frau Thun schüttelte den Kopf und ergänzte stöhnend: „Nein, dann war er weg – für fünfzehn lange Monate!"

„Wann genau war das?"

Frau Thun rieb sich die Augen und zuckte dann mit den Schultern. „Wir haben am 23. April 1983 geheiratet", flüsterte sie mit zittriger Stimme.

❄

Sandras Gehirn arbeitete auf Hochtouren, irgendetwas verband die drei Toten. Und damit glaubte sie, ein ganzes Stück weitergekommen zu sein. Sie rief ihren Kollegen Mikael Vitthudt an. Auch Vitthudt hatte Bereitschaft über die Festtage, doch Sandra hatte bisher großzügig darauf verzichtet, den jungen Kommissar herzubitten.

„MikVit, schau doch bitte mal nach, ob du im Internet etwas aus der Zeit vom Mai 1982 bis Mai 1983 findest. Drei Soldaten, vielleicht auch einer mehr, hier in Hamburg. Irgendein Ereignis, du weißt schon."

Vitthudt war sofort im Bilde und noch während Sandra Alexander Schweiss von ihren Vermutungen unterrichtet hatte, rief der junge Kollege zurück.

„24. Dezember 1982, Weihnachtsabend, gab es in Hamburg mal wieder eine größere Sturmflut, Sandra. Der Wasserstand der Norderelbe stand rund eineinhalb Meter über dem mittleren Hochwasser. Die Flut kam so schnell, dass einige Personen sich nur schwimmend aus ihren Fahrzeugen retten konnten. Es gab damals eine Tote. Und weißt du auch wo? Auf dem Fischmarkt!"

Sandras Herz erhöhte seine Schlagzahl.

„Ein Wagen, besetzt mit drei Bundeswehrsoldaten und einer jungen Frau, versank in den Fluten – direkt auf dem Fischmarkt. Die Männer, allesamt Schwimmer, konnten sich retten – die Frau, 21 Jahre alt, ertrank."

Sandra rannte zurück zum VW-Transporter. Die Frauen schauten sie ungläubig an, als sie die Schiebetür aufriss. „Haben Sie dieses Wochenende selbst geplant, oder ...!"

❄

Beide Frauen hatten der Kommissarin vom Gewinn des Fischmarkt-Wochenendes inklusive zwei Hotelübernachtungen erzählt.

Sandras Frage: „Konnten Sie sich das Wochenende aussuchen?“, beantworteten beide mit „Nein“. Der Termin „Heiliger Abend“ war vorgegeben. Auch eine Bahnfahrt 1. Klasse hatte man den Paaren geschenkt. Dazu ein opulentes Frühstück auf dem Fischmarkt, anzutreten pünktlich um sieben Uhr in der Früh. Welches Gewinnspiel, wussten beide Frauen nicht. Sie glaubten, ihre Männer hätten die Seriosität überprüft. Aber beide Paare hatten sich an alle Vorgaben gehalten und waren heute pünktlich hier eingetroffen.

„Hat das etwas mit dem Unfall unserer Männer zu tun?“, fragte Frau Sellmann ängstlich. Sandra zuckte mit den Schultern. „Möglich, aber Genaueres kann ich erst später sagen.“

Schweiss war Sandra nachgelaufen und hörte sich auf der Bank die Ergebnisse der Ermittlungen an.

„Das klingt, als wollte jemand die beiden ...“

„... oder die drei ...“, unterbrach ihn Sandra.

„... ja, auch die drei, hier an Heiligabend auf dem Fischmarkt versammeln.“

„Um sich zu rächen!“ Sandra war ganz in ihrem Element. Wieder rief sie Vitthudt an und bat ihn, nach Soldaten in Jenfeld zu recherchieren. „Vielleicht gibt es die Kaserne noch und du findest jemanden, der sich erinnert.“ Die Sache war inzwischen 35 Jahre her, aber man wusste ja nie.

„Wollen wir gemeinsam frühstücken, Sandra? Ich lade dich ein“, fragte Schweiss die Kollegin.

„Gerne, aber bitte nicht auf dem Fischmarkt.“

Schweiss grinste und Sandra ordnete den Abtransport der beiden Frauen in die Hotels an.

❄

Bei „Rado am Markt“, gegenüber des Fischmarktes, hatten sie lecker gefrühstückt und auch Rechtsmediziner Pellin war später noch zu Sandra und Alexander gestoßen. Als ob Vitthudt sie fertig essen lassen wollte, rief er genau in dem Moment an, als Hauptkommissar Schweiss zahlte.

„Glück gehört dazu!“, klang es durch den kleinen Smartphone-Lautsprecher. „In Hamburg-Jenfeld gab es nur die Lettow-Vorbeck-Kaserne. Sie wurde 1999 geschlossen. Im angegebenen Zeitraum befand sich dort die Nachschubkompanie 170. In einem Traditions-Forum stieß ich auf einen ehemaligen Spieß der Kompanie. Er konnte sich an den Vorfall erinnern. Er versprach, mich später zurückzurufen und nannte mir gerade die Namen der drei Beteiligten am Unglück, am Weihnachtsabend 1982 auf dem Fischmarkt: Norbert Müller, Gustav Köster und Karl-Dieter Rohmund."

❄

Kommissar Vitthudt hatte auch gleich den Namen der Ertrunkenen ermittelt. Bei der Frau handelte es sich um eine 21-jährige Friseurin aus Eidelstedt mit Namen Lisa Godewiek.

„Es muss sich, bis auf Rohmund, um andere Männer handeln." Schweiss zuckte – leicht enttäuscht über das Ergebnis – mit seinen Schultern.

Auch die Kommissarin schwieg für einen Moment.

„Aber Alex, wer heißt denn schon Gustav Thun?"

„Thun wie Thunfisch? Du meinst ...?"

„Genau, Thun und Sellmann haben vielleicht die Namen ihrer Frauen angenommen? Nach dem Unfall."

„Aus Selbstschutz? Mensch, Sandra, darauf wäre ich nie gekommen."

Sandra boxte ihrem Kollegen zärtlich in die Seite.

Schnell hatte sich die Kommissarin eine mögliche Namensänderung der beiden Männer durch einen Telefonanruf bei den Frauen bestätigen lassen. Tatsächlich hatten Norbert Müller und Gustav Köster ihre Namen bei der Eheschließung in den 80ern in Sellmann und Thun ändern lassen.

„Jetzt scheint mir alles klar. Eine Person hat die drei Paare, bzw. zwei Paare und Rohmund, hier auf den Fischmarkt gelockt, um sich an ihnen für den Tod von Lisa Gode... was weiß ich, zu rächen. Damals ein Fall von unterlassener Hilfeleistung?" Schweiss hüpfte fast vor Freude über seine Sätze, als sie draußen die Große Elbestraße überquert hatten.

„Genauso sehe ich das auch", erklärte Sandra. „Und den Fischmarkt hat er sich ausgesucht ..."

„... weil seine Verlobte, Tochter, Schwester oder nahe Verwandte hier – vor 35 Jahren – auf so tragische Art und Weise ums Leben kam." Die Ergänzung des Satzes kam von Dr. Pellin. Versuchte sich der Rechtsmediziner nun als Ermittler? Schweiss und Sandra schauten sich gleichzeitig verblüfft an und prusteten los.

„Aber, Pellin, dafür werden Sie nicht bezahlt!", Sandra lachte noch immer und vermutete, das Frühstück habe ihr zu neuer Lebensfreude verholfen. Plötzlich war es ihr egal, wie es hier roch und welche gruseligen Lieder man spielte. Würde sie doch noch ein Fan des Hamburger Fischmarkts werden?

„Aber warum rächt er sich so spät? Der Unfall ist mehr als drei Jahrzehnte her."

„Es muss für sie oder ihn schwer gewesen sein, die Männer zu finden. Zunächst hatten sie noch monatelang in der Sicherheit ihrer Jenfelder-Kaserne gelebt. Dann haben zwei ihre Namen geändert und sicher auch den Wohnort. Der Dritte – so scheint es – lebte Jahrzehnte in Kanada", referierte der 1. Hauptkommissar.

Genau dieser Meinung war auch Sandra.

„Ja, das klingt eindeutig einleuchtend." Sandra grinste über ihre letzten beiden Worte.

„Aber glaubt ihr, der Mörder verdient sein Einkommen auf dem Fischmarkt?" Diese Frage kam erneut vom Rechtsmediziner.

„Kann gut sein!" Hauptkommissar Schweiss zuckte übertrieben mit den Schultern, während sie wieder gemeinsam das Marktgelände betraten. Sofort hatte Sandra jegliche Aktivität erneut eingeholt, und ihr Puls fuhr Fahrstuhl.

„Ich weiss nicht, ob wir hier weiter ermitteln sollten. Man hat die Leichen abtransportiert, die Tatorte sind freigegeben", erklärte die Kommissarin. „Alle Adressen haben wir und da es sich damals nur um drei Männer gehandelt hat, wird es – sollten wir richtig liegen – heute wohl keine weiteren Toten mehr geben. Nun heisst es, den Mörder aus dem Kreise von Lisas Verwandten und Bekannten zu ermitteln."

Schweiss und Pellin nickten zustimmend.

„Schaut mal da!" Sandra war mitten im dichten Gedränge vor einem überdimensionierten Fischverkaufsstand stehen geblieben. Die Auslagen war nicht mehr ganz gefüllt, aber es hatte den Anschein, dass der Inhaber über reichlich Fischbestand verfügte. Darunter waren auch zwei große Fische, deren Art und Herkunft Sandra gänzlich fremd waren. Die Kommissarin zeigte auf das große Schild, das, angebracht über dem Stand, Auskunft zum Inhaber gab.

„Hendrik Godewiek, Eidelstedt", las die Kommissarin laut vor und ihre Stimme bebte.

❄

Der 1. Hauptkommissar Alexander Schweiss strich vorsichtig über die Haut eines der beiden Riesenfische in der Auslage.

Neben ihnen schrie sich ein weiterer Aalhändler um den Verstand: „Wichtig ist es, den Aal aus der Hülle zu nehmen – sonst fresst ihr das Plastik mit … beschwert euch später nicht ...!“ Der Rest ging in lautem Gelächter unter. Sandra amüsierte sich, während sie den Verkaufsstand musterte.

„Dort fehlen Schuppen!“, grinste Schweiss mit einem Blick zu Dr. Pellin und zeigte auf einen leeren Fleck auf der Fischhaut.

„Moment, ich kann aushelfen!“, erklärte der Rechtsmediziner und zog aus dem weißen Overall eine kleine Plastiktüte, in der es schuppig glitzerte.

„Was treibt ihr Zwerge da an meinen Fischen?“

Der Redner schien riesig, aber sicher lag es auch an seiner erhöhten Position. Er thronte regelrecht über den Beamten und war plötzlich und wie aus dem Nichts aufgetaucht. Sandra machte einen ehrfürchtigen Schritt zurück. Ihr Handy gab einen schrillen Ton von sich. Es musste sich um eine WhatsApp handeln, wusste die Kommissarin. Während sich Pellin und Schweiss über die Aussage des Mannes in Prinz-Heinrich-Mütze und Fischerhemd aufregten, öffnete Sandra die App. Ein Foto von MikVit war eingetroffen. Es zeigte einen grimmig schauenden Kerl mit Mütze und blau-weiß gestreiftem Fischerhemd. Darunter stand: „Lisa Godewiek war ein Heimkind, hatte damals nur noch den 17-jährigen Bruder, Hendrik Godewiek. Aber Vorsicht, Godewiek ist heute 52 Jahre alt, Fischhändler und wurde unter anderem schon einmal wegen schwerer Körperverletzung verurteilt.“

Die Kommissarin steckte das Handy weg, riss ihre Waffe aus dem Holster und hielt sie in Richtung des überraschten Fischhändlers.

„Herr Godewiek, ich verhafte Sie wegen Verdachts des mehrfachen Totschlags. Alles, was Sie sagen, kann und wird vor Gericht gegen Sie verwendet werden. Sie haben das Recht zu schweigen und das Recht auf einen Anwalt. Sollten Sie sich keinen leisten können, stellt Ihnen das Gericht einen zur Verfügung.“

Der riesige Godewiek war von einem Moment auf den anderen sichtlich in sich zusammengesunken.

Pellin ergänzte grinsend: „Kurz und gut – Sie haben das Recht, die Klappe zu halten.“

Unweit des Szenarios grölten alkoholisierte Fischmarktbesucher, falsch aber ausgelassen, das Weihnachtslied „Last Christmas“.

Nané Lénard **Die Spende**

Nané Lénard

Sie schmückte den Baum in Rot und Gold. Das sah am schönsten aus, fand sie. Schlicht, so ganz ohne Firlefanz, nur mit bernsteingelben LED-Kerzen besteckt, damit der Baum während der ganzen Nacht sorglos brennen konnte. Eine Schaltuhr mit Dämmerungssensor machte das Ganze perfekt. Irmgard setzte sich zufrieden in ihren Sessel und betrachtete ihr Werk. Sie konnte sich schon jetzt vorstellen, wie das Wohnzimmer nachher in wohliger Gemütlichkeit leuchten würde. Es war Heiligabend. Sie seufzte innerlich.

Die Pause, die sie sich gönnte, währte nicht allzu lang, denn sie hatte noch einiges zu tun. Ihre beiden Schwestern, die seit einigen Jahren verwitwet waren, würden ihr in diesen schweren Stunden Gesellschaft leisten. Es war das erste Weihnachten ohne Udo seit fast vierzig Jahren. Sie wusste, dass es nicht das letzte alleinige sein würde, denn ihr Mann lag auf der Intensivstation. Es gab keine Hoffnung, dass er jemals wieder aufwachen würde.

Aus der Küche duftete es nach Apfelstrudel, wie damals, als ihre Großmutter noch gelebt hatte. Ein typischer Weihnachtsduft, der bestimmt in der Wohnung hängen bleiben und auch ihre Schwestern Grete und Hanna an die gemeinsame Kindheit erinnern würde. Wehmut entwickelte sich manchmal allein durch den Geruch. Ein Leibgericht, ein Duft auf der Haut oder etwas anderes Vertrautes konnte es sein, bei dessen Wahrnehmung man erst erkannte, wie sehr man ihn vermisst hatte.

Sie spürte, dass Udo ihr fehlte, als sie mit seinen silbernen und violetten Christbaumkugeln zur Mülltonne ging und diese wegwarf. Es machte keinen Sinn, dass sie den Baum weiterhin nach seinen Vorlieben schmückte. Udo würde ihn nicht sehen. Das Lametta, das sie zuletzt aus dem Karton schüttete, legte sich wie eine Eisschicht auf die Kugelscherben. Es hatte zu schneien begonnen. Ganz leichte Flocken schwebten nach und nach auf das Wintergrün der Pflanzen. Irmgard hoffte, dass der Schneefall nicht zu stark werden würde, denn sie wollte noch ins Krankenhaus, bevor Grete und Hanna kamen.

Wenigstens musste sie sich um das Schneefegen nach wie vor nicht selbst kümmern. Sie hatte einen Hausmeisterdienst bestellt, der inzwischen die Arbeiten erledigte, die Udo nicht mehr leisten konnte. Das beruhigte.

Als sie den Apfelstrudel später aus dem Ofen nahm, sah sie, dass sie wohl doch zu Fuß gehen musste. Knapp zehn Zentimeter lagen inzwischen auf den sandsteingefüllten Gabionen, die sie vorletzte Woche hatte setzen lassen. Das lästige Schneiden der Thujahecke hatte endlich ein Ende. Sie hätte es allein sowieso nicht bewältigen können. Außerdem hatte sie diese Friedhofsgewächse noch nie leiden können. Und obwohl Udo sie gemocht hatte, würde er doch selbst keine Freude mehr an ihnen haben. Sie war froh über den Platz, den sie im Garten gewonnen hatte und entschied sich, auch die Hütte und das Gewächshaus im nächsten Jahr abzureißen.

Durch das Motorengeräusch vor ihrem Küchenfenster schreckte sie aus ihren Gedanken auf. Hausmeister Kowalski war mit dem Schneepflug angerückt und säuberte den Gehsteig. Irmgard seufzte zufrieden. Er war zuverlässig. Auch um Udos Mutter würde sie sich in Zukunft nicht mehr kümmern müssen. Für die alte Dame hatte sie eine Betreuerin aus Russland engagiert, die mit in das große Haus am anderen Ende der Stadt gezogen war. Alles war geregelt. Kowalski, der dort ebenfalls den Sommer- und Winterdienst erledigte, nickte ihr durch die Scheibe zu, wenn auch nur knapp. Der Schneefall gefährdete seinen Heiligen Abend. Ihren eigenen würde sie gemütlich mit Greta und Hanna genießen, nachdem sie aus dem Krankenhaus zurück war. Lange konnte sie sich sowieso nicht bei Udo aufhalten, denn die Gerüche, die in der Luft der Intensivstation hingen, machten ihr schwer zu schaffen. Meist floh sie nach kurzer Zeit und war erleichtert, wenn sie wieder auf der Straße stand und durchatmen konnte. Das Bild ihres Mannes an Schläuchen und Geräten war schlecht zu ertragen. Wie ein stummer Vorwurf lag er da.

Heute war das nicht anders. Eher schlimmer. Er sah grässlicher aus als in ihrer Vorstellung. Sie hatten einen Luftröhrenschnitt veranlasst und ihm eine Magensonde gelegt. Sein Kopf war unbrauchbar geworden. Das Gehirn lag nutzlos in seiner Schale, Mund und Nase waren überflüssig geworden. Die Augen lagen hinter den Lidern in einer Dunkelheit, von der es fraglich war, ob er sie selbst überhaupt wahrnahm und jeder Laut, der in seine Ohren drang, verhallte im Nichts. In dem Nichts, das er geworden war. Sie schauderte und wollte fort.

Der Fußweg nach Hause tat ihr gut. Die frische, reine Winterluft füllte ihre Lungen und schuf Raum für neue Gedanken. Wie sollte sie künftig die Zimmer in ihrem Haus aufteilen? Udos Schlafzimmer war schon jetzt zu einem Gästezimmer geworden, in dem heute ihre Schwestern übernachten würden. Seine Kleidung, die aussortiert im Keller stand, hatte sie gestern zum Roten Kreuz bringen wollen, aber da war niemand gewesen. Die Säcke mussten also noch über Weihnachten im Keller bleiben. Sie hatte sie zunächst in Udos Werkstatt gestellt, die nun auch nicht mehr benötigt wurde. Vielleicht konnte sie sein Werkzeug und seine Geräte verkaufen, überlegte sie, als sie durch den Schnee stapfte und dachte dabei an Kowalski.

Was für ein stimmungsvoller Heiliger Abend dies werden würde, wenn ihre Schwestern erst da waren. Fast wie früher, als sie noch Kinder waren. In diesen besinnlichen Stunden wollte sie alles ausblenden, was in den letzten vierzehn Tagen geschehen war. Sie hatte Hanna und Grete gebeten, weder über Udos Embolie zu sprechen noch über die Folgen, die sie haben könnte. Die Ärzte hatten ihr wenig Hoffnung gemacht, weil das Gehirn zu lange ohne Sauerstoff geblieben war.

Als sie hinter dem Hallenbad in den Totenweg einbog und später über den Jetenburger Friedhof ging, begann es zu dämmern. Sie musste sich beeilen, wenn sie nicht ganz im Dunklen ankommen wollte. Die Schwärze machte ihr Angst. Sie war unberechenbar. In ihren Garten hatte sie kurz nach Udos Wiederbelebung eine Laterne setzen lassen, die während der ganzen Nacht brannte und das Grundstück ausleuchtete. Kowalski sei Dank, dachte sie und schloss die Haustür auf.

Wärme und Heimatgefühl umfingen sie aus dem Duft des Zimtapfels, der sich mit dem des Kaminofens vermischte. Ihr Tannenbaum hatte schon zu leuchten begonnen. Jetzt noch schnell den Braten in die Röhre und die Suppe ein weiteres Mal umgerührt. Dann war alles bereit.

Zufrieden ließ sie sich auf das Sofa fallen. Es konnte bleiben, denn sie hatte es seinerzeit ausgesucht, obwohl es nicht Udos Geschmack gewesen war. Dieses eine Mal hatte sie sich durchgesetzt. Dafür würde sie seinen Fernsehsessel verkaufen. In ihm war Udo zusammengesackt an jenem Abend. Erst hatte sie gedacht, er sei eingenickt, doch als er undefinierbare Laute von sich gab, war sie vom Sofa aufgestanden. Unschlüssig stand sie in diesem Moment vor ihm. Er schien sich nicht bewegen zu können. Irmgard hatte den Eindruck, als ob Udo etwas sagen wollte, als sie die Fernbedienung unter seinem Arm hervorzog. Vielleicht war es auch nur der Kampf um Luft, der seine Lungen quälte. Sein verzerrtes Gesicht war schrecklich. Sie drehte sich weg, während es sich in eine Grimasse verwandelte und erstarrte. Als er endlich still war und sich nicht mehr bewegte, wartete sie noch fünf Minuten, bis sie den Notruf wählte. Eine lange Zeit. Sein Puls war nicht mehr fühlbar.

Nur sieben Minuten dauerte es, bis der Rettungswagen eintraf. Sie legten Udo auf den Boden, setzten ihm einen venösen Zugang, beatmeten ihn und holten ihn schließlich mit dem Defibrillator insoweit zurück, dass sein Herz die Arbeit mit der Unterstützung von Medikamenten wieder aufnahm. In Begleitung des Notarztes brachten sie ihn ins Krankenhaus Bethel. Sie waren einfach zu schnell gewesen.

Irmgard tippte auf Schlaganfall oder Herzinfarkt. Ein Zufall, eine Laune der Natur. Ganz fasziniert hatte sie anfangs vor ihm gestanden und das Schauspiel betrachtet. Seine starren, dann wieder wild umherwandernden Augen. Seine unkontrollierten Zuckungen. Seine Unfähigkeit sich selbst zu helfen. Ja, es hatte einen unwiderstehlichen Reiz besessen, Herr über Udos Leben oder Tod zu sein. Und jetzt sah es so aus, als ob ihr Plan doch noch aufgehen könnte. Vor zwei Tagen hatte sie die Papiere unterschrieben, die Udo weiterleben lassen würden – wenn auch in anderen Menschen und das nur stückweise. Sie hatte der Organspende ohne Einschränkungen zugestimmt, sobald die Hirnströme versiegt waren. Aber heute, gerade als sie wieder nach Hause gekommen war, hatte sie der Chefarzt der Neurologie angerufen und ihr quasi als Weihnachtsgeschenk verkündet, dass sich die Hirnaktivität verbessert hätte. Möglicherweise könnte Udo eingeschränkt weiterleben, wenn die Regeneration seiner cerebralen Schädigung noch etwas fortschreiten würde.

Was das denn bedeuten könnte, hatte die fassungslose Irmgard gefragt. Er wich ihr aus und sagte, nun wolle man erst mal abwarten, aber sie wusste es genau. Udo konnte nur existieren. Er würde ein Pflegefall werden. Und dann könnte er jahrelang im Koma liegen, bevor sein Sportlerherz aufgab. Die Folge waren enorme Kosten, die unweigerlich auf sie zukommen würden beim Verlust des Hauses. Sie konnte ihr Heim verlieren. Leise begann sie zu weinen. Der Neurologe bemerkte ihre Rührung und war erleichtert, dass seine Weihnachtsbotschaft so viel Freude bereitet hatte.

Irmgard legte den Hörer zur Seite und betrachtete die Skulpturen in ihrem Garten, die Udo gemacht und für Kunst gehalten hatte. Das rostige Eisen schimmerte unter dem Schnee im Licht der Laterne. Sie ließ das rote Tor einen Schattenumriss auf den weißen Grund werfen. Sein letztes Werk. Nur für sie hatte er dieses japanische Tor aus Holz gemacht. Es war, als ob er bei dessen Entstehung durch den Bogen hindurch in eine andere Welt getreten war. Weg von ihr. Wie zuvor durch seine Sportsucht. Endgültig. Es war seine Wahl gewesen, sie auf seine Art innerlich zu verlassen. Jetzt hatte sie ihre gewählt.

Als ihre Schwestern klingelten, riss Irmgard ihren Blick von dem Tor los und beschloss abzuwarten. Sie konnte später einen Gefrierbeutel mit ins Pflegeheim nehmen. Niemand würde Verdacht schöpfen, wenn ihr Mann auf einmal aufhörte zu atmen. Und falls doch, waren durch die Folie keine Faserspuren in der Lunge nachweisbar, wenn sie Udo mit dem Kissen erstickte. Aber das hatte Zeit. Jetzt würden sie Heiligabend feiern.

Nané Lénard

Eine Masche zu viel

Nané Lénard

Das Bild, das sich den Kommissaren bot, als sie das Fachwerkhaus von Familie Siebrecht betraten, war ein Bild des Jammers. Horst Siebrecht saß auf der untersten Treppenstufe seines Hauses und weinte. Das Telefon war ihm wohl aus der Hand geglitten, nachdem er die Beamten gerufen hatte. Es lag neben einem Damenpantoffel auf dem grünen Teppich, der sich die gesamten Stufen bis ins Obergeschoss hochzog. Doch dort konnte man momentan nur schwerlich hingelangen, denn auf der schmalen, alten Stiege lag Minna und starrte an die Decke aus Holzbalken, direkt in den Adventskranz. Ihr letzter Blick war verwundert, fast erstaunt, mit einem Anflug von Traurigkeit.

Es kam gelegentlich vor, dass Menschen bei der Ausübung ihres Hobbys verstarben, aber so?, dachte Hauptkommissar Wolf Hetzer, der nur zufällig in Hameln war, weil er seinen Kollegen Andreas Mahler besuchte. Halb dienstlich, zu einer Weihnachtsfeier. Als der Anruf kam, hatte er es sich nicht nehmen lassen, ihn trotz des Schneegestöbers zu diesem merkwürdigen Tatort zu begleiten. Sie würden später gemeinsam ins Lalu fahren. Der Mann am Telefon hatte wirres Zeug gestammelt, das sich erst erklärte, als sie vor Ort waren.

Aus Minna ragten fünf Stricknadeln, an denen eine halb fertige Socke hing. Jetzt verstanden sie, was Horst Siebrecht von Wolle und Nadeln gefaselt hatte.

Nur wenig Blut war entlang des Metalls ausgetreten und hatte die 4-fädige Regia rostbraun eingefärbt, was zum Muster gar nicht so schlecht passte, wie Hetzer unsinnigerweise denken musste. Die Situation war derart grotesk, dass sie unwirklich erschien.

Inzwischen hatte jemand den verstörten Ehemann in einen Nachbarraum geführt, wofür die Kommissare dankbar waren. Sie hofften, dass er sich etwas beruhigen würde, damit sie ihn befragen konnten. Bisher kannten sie nur Fragmente aus seinem wirren Stottern und versuchten sich zusammenzureimen, was hier vorgefallen war.

„Wenn ich Herrn Siebrecht richtig verstanden habe, ist seine Frau beim Hochgehen auf der Treppe gestürzt und vornüber in die Nadeln gefallen", sagte Mahler.

„Dann muss er sie umgedreht haben", erwiderte Hetzer.

„Wahrscheinlich, um ihr zu helfen", überlegte Mahler, „das fragen wir ihn gleich. Siehst du die kleinen Flecke hier auf dem Teppich?" Er zeigte auf die Stufe, auf der Minnas Schulter lag. „Ziemlich wenig Blut."

„Ja, und schon angetrocknet", nickte Hetzer, „sie muss schon ein Weilchen hier liegen."

„Wir wissen ja nicht, wie lange er dagesessen hat, bevor er jemanden verständigte", wandte Mahler ein.

„Er muss gleich erkannt haben, dass sie tot war. Sonst hätte er Hilfe geholt", sagte Hetzer.

„Oder sie ist gefallen, als er nicht zu Hause war und er hat sie erst später gefunden", schlug Mahler vor.

„Alles Mutmaßungen", seufzte Hetzer, „wir sollten versuchen mit ihm zu sprechen."

Dass dies ein guter Zeitpunkt war, fand auch der soeben eingetroffene Rechtsmediziner Dr. Joachim Brandt, der die letzten Worte der Kommissare gehört hatte und sich bereits über die Leiche beugte.

„Bumerangferse", war sein erstes Wort, das zu verständnislosen Blicken der Umstehenden führte, die dachten, es bezöge sich auf den Fuß der Toten, der ohne Pantoffel war. Er lachte. „Eine spezielle Stricktechnik der Hacke. Das weiß ich von meiner Frau", erklärte er und zog die Nadeln samt Socke aus dem Oberbauch, was gar nicht so einfach war. Sie steckten fester, als er gedacht hatte. Danach ließ er das unfertige Werk, von dem sich nicht mehr alle Maschen auf dem Nadelspiel befanden, in eine durchsichtige Plastiktüte gleiten.

Hetzer und Mahler fanden Horst Siebrecht in der Küche. Teilnahmslos saß er auf der Eckbank und starrte auf seine Hände, die unruhig über die Tischdecke strichen, als ob sie nicht zu ihm gehörten und ein Eigenleben entwickelt hatten.

„Herr Siebrecht", begann Mahler, „bitte entschuldigen Sie, aber wir müssen Ihnen einige Fragen stellen ..."

Siebrecht nickte und sah nicht auf.

„Wissen Sie, wann Ihre Frau gefallen ist?"

Er schüttelte den Kopf.

„Waren Sie außer Haus?"

Wieder Kopfschütteln.

„Haben Sie einen dumpfen Schlag gehört oder vielleicht einen Schrei?", mischte Hetzer sich ein.

Siebrecht zuckte mit den Achseln. „Vielleicht. Irgendwas muss mich geweckt haben."

„Und dann?", fragte Mahler.

„Ich hab mich umgedreht und weitergeschlafen", gab Horst Siebrecht an und sah zum ersten Mal auf.

„Wissen Sie, wo sich Ihre Frau aufhielt, als sie schliefen?", wollte Hetzer wissen.

„Für gewöhnlich sitzt sie im Sessel und strickt vor dem Fernseher", erklärte er, „manchmal nickt sie dabei auch ein."

„Und wo schlafen Sie? Auf dem Sofa?" Mahler fixierte ihn.

„Zu laut!", antwortete er.

„Was ist zu laut?"

„Das Nadelgeklapper. Metall auf Metall. Oder ihr Schnarchen. Ich gehe zum Mittagsschlaf hoch ins Bett."

„Den können Sie künftig im Wohnzimmer machen", sagte Hetzer und erforschte das Gesicht des Witwers, „dort wird es jetzt mucksmäuschenstill sein."

Es dauerte einen Moment, bis das Gesagte durch Siebrechts Ohren in dessen Gehirn gelangt war und ihm die absolute Stille suggerierte, die ihn künftig erwarten würde. Seine Hände stoppten mit einem Mal, als sei ihre Batterie versiegt. Dann erstarrte er und stierte geradeaus ins Nichts.

„Sie haben Ihre Frau also gefunden, als Sie aus dem Obergeschoss nach unten gehen wollten?", mutmaßte Mahler.

Siebrecht nickte.

„Wie lag sie denn da?", fügte der Kommissar an.

„Auf dem Bauch, nur ein Schlappen an."

„Und haben Sie sofort bemerkt, dass sie tot war?", wollte Hetzer wissen.

„Ich hab's beim Umdrehen gespürt."

Mahler stand auf, klopfte dem Mann beruhigend auf die Schulter und sagte ihm, dass sich gleich ein Arzt um ihn kümmern würde. Dann bedeutete er Hetzer mit einem Blick, dass er ihm folgen möge.

„Ziemlich zwecklos das Ganze", sagte er, als sie wieder im Treppenhaus standen und einen letzten Blick auf Minna warfen, der man gerade

Papiertüten über die Hände ziehen wollte, um Spuren zu sichern.

„Die Hände", rief Hetzer plötzlich, „müsste sie nicht im Fallen das Strickzeug losgelassen haben, um sich abzustützen?"

„Interessante Idee!", sagte Dr. Brandt, „das müsste man mal ausprobieren."

Wolf Hetzer nickte, zog sich eine seiner Socken aus und schlüpfte mit dem blanken Fuß wieder in den Schuh. Der Rechtsmediziner und sein Freund Mahler folgten ihm die Treppe hinauf, die in einem Winkel von 180 Grad weiter nach oben führte. Während Minna in einen Zinksarg verlagert wurde, simulierte Wolf ein Stück treppaufwärts ihren Sturz. Er nahm die Socke in beide Hände, hielt sie vor den Bauch und ließ sich in Richtung Stufen fallen. Doch so oft er es auch versuchte, immer lag das Kleidungsstück maximal auf Hüfthöhe, manchmal sogar noch tiefer. Mahler nahm als Sockenimitation eine Packung Taschentücher aus seiner Hosentasche und probierte es selbst aus. Mehrmals ließ er sich auf die Treppe sinken, einmal sogar mit Anlauf. Bei keinem der Kommissare lag das Fallobjekt in Höhe des Oberbauches, sondern immer deutlich weiter unten.

Dr. Brandt runzelte die Stirn und sagte: „Sehr eindrucksvoll. Es stimmt, wir haben den Schutzreflex nicht bedacht. Wenn sie sich abgestützt hat – und davon müssen wir ausgehen, falls sie nicht schwer betrunken gewesen ist und danach riecht es zumindest nicht – können die Nadeln auch kaum derart tief in ihr Gewebe eingedrungen sein."

„Meiner Meinung nach würden auch nicht alle fünf senkrecht im Bauch stecken, oder?", fragte Hetzer den Gerichtsmediziner.

„Was möglich ist, muss nicht unbedingt wahrscheinlich sein, kann es aber", sinnierte Dr. Brandt.

„Wie hätte man denn sein Strickzeug in der Hand, wenn man eine Treppe hinaufgeht?", fragte Mahler mit einem Schmunzeln. „Man würde es doch sicher nicht mit beiden Händen vor dem Bauch tragen. Eher schon zusammengerollt in einer Hand."

„Es sei denn, man geht strickend nach oben", sagte Wolf Hetzer mit breitem Grinsen. „Dann könnte man auch vergessen, sich abzustützen, weil man in sein Werk vertieft ist."

„Hier muss ich widersprechen", wandte Dr. Brandt ein, „meine Frau muss nicht auf die Maschen gucken, wenn sie strickt. Sie kann das blind."

„Womit wir wieder am Anfang wären", stöhnte Mahler.

In diesem Moment kam Horst Siebrecht um die Ecke. Sein Gesicht war fahl. Er murmelte etwas davon, dass ihm schrecklich schlecht sei und er sich übergeben müsse. Ein Beamter brachte ihn nach oben ins Bad und schloss taktvoll die Tür. Man hörte es würgen. Anschließend rauschte Wasser.

„Tja", sagte Dr. Brandt. Er hatte Horst mitleidsvoll hinterhergesehen, „ich glaube, es ist besser, ich spritze ihm noch etwas zur Beruhigung, wenn sich sein Magen erholt hat. Ich hoffe, dass wir mehr wissen, nachdem ich Minna von innen begutachtet habe."

„Auf jeden Fall alles merkwürdig", fügte Andreas Mahler hinzu, „auch wenn Siebrecht sehr betroffen wirkt."

Eine Weile schwiegen alle und hingen ihren Gedanken nach.

„Betroffen von ihrem Ableben oder dass er es verursacht hat?", fragte Hetzer mit zweifelndem Blick. Er sprach das aus, was alle dachten.

Und als ob jemand zugehört hätte, ging auf einmal mit einem lauten Knall im ganzen Haus das Licht aus.

Totenstille.

„Das war der Hauptschalter", sagte Mahler und funktionierte sein Handy zur Taschenlampe um.

Hetzer, der eine Ahnung hatte, zog seinen Freund Andreas am Ärmel und lief nach oben. Die Badezimmertür war verschlossen.

„Eintreten!", bat er den Beamten, der im jetzt dunklen Flur auf Siebrecht wartete.

Das Holz knirschte, dann flog die Tür auf und knallte gegen die Fliesen. Im fahlen Licht des Mobiltelefons sahen sie Horst leblos in der Wanne liegen mit einem Fön aus den Siebzigerjahren zwischen den Beinen. Hetzer zog den Netzstecker.

Dr. Brandt, der den Kommissaren dicht gefolgt war, konnte nichts mehr für ihn tun. Ein anderer Beamter hatte inzwischen die Hauptsicherung wieder umgelegt. Grelles Licht erhellte plötzlich die grausige Szene und ihr Blick fiel auf den Badezimmerspiegel. Dort stand mit Kajal geschrieben: „Ich war's nicht!" Er musste gespürt haben, dass man ihn insgeheim verdächtigte.

Mahler zuckte mit den Achseln. „Alles einpacken", sagte er, „der Fall hat sich erledigt. Ab zur Weihnachtsfeier ins Lalu! Ich kann jetzt einen ordentlichen Schluck vertragen."

Die Erben, die später das Haus ausräumten, staunten nicht schlecht. Überall lag Wolle. In jedem Schrank, in den Kommoden, ja selbst unter dem Bett und in den Küchenschränken. Nadeln fanden sich sogar in der Besteckschublade. Minna war stricksüchtig gewesen, so schien es jedenfalls. Den kleinen Zettel auf dem Boden einer Stricknadeldose hätten sie fast übersehen. Es war ihr Abschiedsbrief. Sie schrieb, ihr Mann Horst habe ihr das Handarbeitszeug wegnehmen wollen, weil er das Geklapper ihrer Nadeln ebenso wenig ertragen konnte wie die Wollflut im Haus. Da habe sie sich in das gestürzt, was ihr am nächsten am Herzen lag.

Andreas Schmidt

Tote Tante mit Schuss

Andreas Schmidt

Er brauchte Strukturen in seinem Leben. War einer von der Sorte, die ihr Auto tankten, sobald die Nadel der Anzeige unter die Hälfte rutschte, er lud sein Handy, bevor es mehr als zwanzig Prozent Akkuladung verlor, legte sich am Vorabend schon die Kleidung für den nächsten Tag zurecht. Ja, er überlegte sich abends schon, welchen Belag er am kommenden Arbeitstag auf seinem Pausenbrot haben würde, zelebrierte jeden Schritt, der immer gut vorbereitet war. Er tat das, um sich auf das, was kam, zu freuen. Und er plante alles bis ins letzte Detail, um sich auf alle Unwägbarkeiten vorbereiten zu können.

Das gab ihm Kraft, Ruhe und Stärke. Denn er war ein Perfektionist.

Ein Bekannter hatte ihm mal unterstellt, er leide unter einem zwanghaften Verhalten, nur weil ihm jede Spontanität völlig abging. Er war die längste Zeit sein Bekannter gewesen. Menschen, die nicht seiner Meinung waren, konnte er nicht gebrauchen in seinem Leben.

Umso mehr bewegte ihn die Mission, die ihm jetzt bevorstand. Dabei war nichts planbar, nicht einmal das Ende war vorauszusehen. Doch, in gewisser Weise schon. Ja, freute er sich diebisch, immerhin das Ende seiner Inszenierung stand bereits fest.

In Gedanken hatte er das Drehbuch für das Finale längst geschrieben. Doch die Unsicherheit, ob ihm die Umsetzung seines Drehbuches gelingen würde, machte ihn wahnsinnig. Nur der Gedanke daran, dass danach wieder Ruhe in seinem Leben einkehrte, ließ die Angst vor dem Ungewissen, dem Risiko, das er trotz aller Planungen nicht ausschließen konnte, in den Hintergrund rücken.

Bald würde er frei sein. Niemand beobachtete ihn, als er mit einem zufriedenen Grinsen auf den Lippen tief Luft holte.

„Ich bin mal kurz auf der Toilette", riss ihn ihre Stimme aus den Gedanken. Er blickte sie an. Wie schön ihr Gesicht im geheimnisvollen Licht der Kerze auf dem Tisch war.

Als er nicht antwortete, schob sie den Stuhl zurück, auf dem sie saß, und erhob sich.

„Ist gut", sagte er, mehr, um überhaupt etwas zu sagen, um ihr zu signalisieren, dass er ihr zugehört hatte.

Sie lächelte ihm zu, dann ging sie in Richtung Unterdeck des weihnachtlich dekorierten Restaurantschiffes. Im hinteren Bereich hatte es sich eine Gruppe gemütlich gemacht. Sie tranken literweise Wein und lärmten herum, doch sie störten ihn nicht, würden ihn nicht von seinem Vorhaben abhalten können. Seine innere Unruhe wuchs, als er sah, wie sie über die Treppen ins Unterdeck des Schiffes verschwand.

Durchhalten, machte er sich selber Mut. Gleich ist es überstanden. Er blickte ihr hinterher, betrachtete ein letztes Mal ihren wohlgeformten Hintern, der sich unter dem knielangen Rock abmalte, bewunderte ein letztes Mal ihre schönen Beine, die in dunklen Nylonstrümpfen steckten.

Als sie die Treppe herabstieg, blickte er sich um. Keiner der anderen Gäste interessierte sich für ihn. Gut so. Er wartete einen Moment, dann folgte er ihr ins Unterdeck. Der Zeitpunkt für den letzten Akt war gekommen.

❄

Wiebke sang leise mit, als die rauchige Stimme von Chris Rea mit „Driving Home for Christmas" aus den Lautsprechern des Autoradios erklang. Der einsetzende Schneefall und die Dunkelheit machten der jungen Kriminalkommissarin nichts aus. Der letzte Arbeitstag des Jahres lag hinter ihr, sie war in wenigen Minuten zu Hause in Ostenfeld und sie hatte gute Winterreifen auf dem Auto. Was also sollte jetzt noch schiefgehen?

So genoss sie die letzten Kilometer der Fahrt und erfreute sich an den festlich geschmückten Fenstern der geklinkerten Häuser, die ihren Weg säumten. Morgen war Heiligabend, und wenn alles gut lief, dann hatte ihr Freund Eike den Weihnachtsbaum schon in der Stube aufgestellt und den Schmuck vom Speicher geholt.

In diesem Jahr würden sie den Baum zum ersten Mal gemeinsam schmücken, dabei Glühwein trinken und die Zweisamkeit genießen, war sie doch die Ruhe vor dem Sturm: Morgen erwarteten Wiebke und Eike Norbert Ulbricht, ihren Vater, und dessen Lebensgefährtin Maja Klausen. Erst gestern hatte Wiebke mit ihrem Vater, dem pensionierten Kriminalhauptkommissar der Wuppertaler Kriminalpolizei, telefoniert. Der alte Kauz freute sich diebisch auf ein paar Tage im Norden.

Am Silvestermorgen war dann die Abreise geplant. Für Wiebke und Eike bot sich die Gelegenheit, noch ein paar Tage auf Sylt zu verbringen.

All diese Gedanken beschäftigten sie, als sie das Ortseingangsschild von Ostenfeld passierte. Plötzlich dachte Wiebke an Jan Petersen, ihren Kollegen. Im Arbeitsalltag bildeten sie ein Team. Natürlich tauschte man sich auch über private Dinge aus. Deshalb wusste Wiebke, dass Petersen die nächsten Tage alleine in seiner kleinen Wohnung in Husum verbringen würde. Er hatte niemanden, mit dem er das Fest feiern konnte. Und trotz seiner schnoddrigen großen Klappe tat Jan Petersen ihr leid. Doch sie hatte das Haus voll an Heiligabend, und wahrscheinlich würde Eike nicht begeistert sein, wenn sie ihren Partner einlud. Also verwarf Wiebke den Gedanken schnell wieder. Weihnachten war das Fest der Familie, nicht das Fest der Arbeitskollegen. Und trotzdem … ein seltsames Gefühl der Beklemmung ergriff von ihr Besitz, wenn sie an Petersen dachte.

Die Einfahrt kam in Sicht. Als Wiebke herunterschaltete und leicht das Bremspedal antippte, schlitterte der Wagen über die schneeglatte Straße. Schnell lenkte sie gegen und hatte in der nächsten Sekunde schon wieder die Kontrolle über das Auto. Heike, ihre Vermieterin, hatte die Lampen in der Einfahrt eingeschaltet. Der anheimelnde Lichtschein entlockte Wiebke ein glückliches Lächeln. Endlich war sie zu Hause.

❄

Mit einem einzigen Blick in sein regungsloses Gesicht sah sie, dass er es verdammt ernst meinte. Es gab kein Zurück mehr. Er erlaubte sich keinen Scherz mit ihr. Das hatte er nie getan, denn ihm war es immer ernst gewesen. Er war nicht der Typ für dumme Witze. Sie starrte auf die Mündung der Waffe in seiner Hand. Das brünierte Metall zeigte genau in ihre Richtung.

„Mach doch keinen Unsinn“, kam es über ihre Lippen. Sie ärgerte sich darüber, dass ihre Stimme zitterte. Sie war es nicht gewohnt, dass Mitmenschen ihre Schwächen spürten. Sie war es, die anderen schlaflose Nächte bereitete, sie war immer die Starke, die Überlegene.

Nicht so in diesem Moment. Da war sie schwach und ihm unterlegen. Allein das zu wissen, machte die Situation unerträglich. Fast hätte sie dabei vergessen, dass er die Waffe auf sie richtete.

„Ich mache keinen Unsinn", erwiderte er seelenruhig. „Tritt mal einen Schritt zurück, du stehst da nicht gut." Eine gestische Bewegung mit der Hand, die die Pistole hielt, ließ sie zurückweichen. Sie spürte einen kalten Wind am Rücken und die würzige Luft des Binnenhafens, in dem das Schiff seit Jahren lag. Die seitliche Luke im Unterdeck stand offen, wahrscheinlich wollte der Wirt so für frische Luft hier unten sorgen.

„Einen Schritt nach links." Er lächelte ihr zu. Doch es waren nur seine schmalen Lippen, die lächelten. Das Lächeln erreichte seine Augen nicht. Allein daran erkannte sie, dass es ihm verdammt ernst war. Sie hatte in den vielen Jahren ihres Berufes gelernt, die Körpersprache ihrer Gegner zu studieren – und sie zu analysieren.

„Was soll das?", fragte sie, mehr, um Zeit zu gewinnen.

„Stell keine Fragen", erwiderte er, hielt die Hand hoch, zielte, blinzelte mit dem rechten Auge über die Zielvorrichtung der Waffe. Das leise Klicken, als er die Pistole entsicherte, drang überlaut an ihre Ohren. Das Gelächter und das Stimmengewirr der anderen Gäste im Oberdeck klangen wie aus weiter Ferne an ihre Ohren.

Es gab keine Hilfe hier unten.

Sie war auf sich allein gestellt. Zischend sog sie die Luft durch die Nase ein und überschlug ihre Chancen, ihm zu entkommen. Es gab nur eine einzige Möglichkeit: Der Sprung durch die Luke ins Hafenbecken.

In dem Moment, als sich sein Finger um den Abzug krümmte, spannte sie die Muskeln an und stieß sich ab. Rücklings fiel sie aus dem Schiff ins eiskalte Wasser. Sie drehte und wendete sich im freien Fall, sah kurz die dunkle Fassade des Rathauses, dann die festlich geschmückten Häuser im Hafen, dann den Nachthimmel über sich. Das alles ereignete sich im Bruchteil einer Sekunde, dann landete sie mit einem platschenden Geräusch im eiskalten Wasser. Kaum eingetaucht, spürte sie einen brennenden Schmerz in der Brust. Ihr war, als würde der Körper von innen heraus explodieren. Sie verkrampfte, fasste sich an die Brust, fühlte das Blut zwischen ihren Fingern, sah, wie sich das Blut mit dem Wasser mischte und spürte, wie ihr schwindelig wurde.

Dann tauchte sie mit dem Gesicht ins Wasser ein. Sie spürte die Kälte, die sich unter die Hitze mischte und ihre Muskeln lähmte, schmeckte das Brackwasser des Hafens und fühlte, wie ihr die Sinne schwanden. Als sie ein letztes Mal tief einatmete, verdrängte das eindringende Wasser den Schmerz der Schussverletzung, die er ihr trotz des Rettungsversuches noch hatte zufügen können.

Sie hatte den kurzen Kampf verloren, ohne den eigentlichen Sinn für ihren Tod verstanden zu haben. Im nächsten Augenblick fühlte sie sich schwerelos, dann wurde sie von einer alles verschlingenden Dunkelheit umhüllt.

❄

Sekundenlang stand er an der offenen Seitenluke der „Nordertor“ und blickte hinaus. Erst, als Schritte die Treppe heruntertrampelten, registrierte er, dass er immer noch die Pistole in der Hand hielt. Hektisch ließ er die Waffe unter dem Pullover verschwinden, stopfte den noch warmen Lauf zwischen Gürtel und Jeans, roch an seinen Händen. Sicher würde man Schmauchspuren feststellen. Er musste sich reinigen.

Eine junge Frau kam die Treppe herunter. Mit einem einzigen Blick stellte er fest, dass sie zu der munteren Truppe im Oberdeck gehörte. Wahrscheinlich eine der letzten Weihnachtsfeiern in diesem Jahr, dachte er.

Als sie auf seiner Höhe angekommen war, lächelte sie ihm zu. Offenbar ahnte sie nicht, was sich hier eben ereignet hatte. Gut so, es lief wieder alles nach Plan, dachte er und erwiderte das Lächeln der Fremden. Als sie in den Damentoiletten verschwunden war, eine Tür knallte und eine Klobrille hochgeklappt wurde, trat er an die Luke. Ein letztes Mal vergewisserte er sich mit einem Blick über die Schulter, dass er wirklich alleine war, dann schaute er hinaus in die Nacht. Es hatte zu schneien begonnen, von irgendwoher schallte „Stille Nacht“ über das Wasser. Im Binnenhafen herrschte tatsächlich Stille. Sie war nicht mehr zu sehen. War sie untergetaucht?

Tauchten Menschen unter, wenn sie tot ins Wasser fielen, oder trieben sie an der Oberfläche? Er verfluchte, dass er das nicht vorher gegoogelt hatte. Doch jetzt war es zu spät. Er hatte es vollbracht. Er atmete tief durch und wandte sich mit einem erleichterten Seufzer von der Luke ab. Als er die Spülung auf der Damentoilette hörte, machte er, dass er auf die enge Herrentoilette kam. Es war nicht nötig, dass die Frau ihm noch einmal über den Weg lief.

❄

Missmutig starrte Kriminalhauptkommissar Jan Petersen durch das kleine Wohnzimmerfenster hinaus auf die verschneite Süderstraße. Seit Stunden taumelten dicke Schneeflocken aus dem wolkenverhangenen Abendhimmel über Husum. Wind war aufgekommen. Die Autos in Richtung Ostenfeld fuhren im Schritttempo, wahrscheinlich waren die Straßen spiegelglatt. Kurz dachte er an seine Kollegin Wiebke, die den ganzen Tag davon gesprochen hatte, wie sie die bevorstehenden Weihnachtstage verbringen würde.

Das kratzende Geräusch eines Schneeschiebers, den ein Nachbar lustlos über den Bürgersteig schob, hatte Petersen geweckt.

Nach dem dritten Flens war er nach einem langen Arbeitstag auf dem Sofa in seiner kleinen Stube eingeschlafen. Er hatte keine Angst, etwas zu verpassen, schließlich war er alleinstehend. Warum also die Feiertage nicht mit einem Nickerchen beginnen?

Aus dem Radio in der Küche schallte „Last Christmas“ von Wham durch die Wohnung. Petersen wusste gar nicht mehr, wie oft er diesen elenden 80er-Jahre-Ohrwurm heute schon bei R.SH gehört hatte.

Petersen hasste Weihnachten. Morgen war es wieder so weit. Alle hingen mit ihrer Familie herum und schlugen sich die Bäuche voll, als gäbe es kein Morgen mehr. Sie haben wenigstens eine Familie, dachte Petersen launisch, als ein Mann im dunklen Mantel am Fenster vorbeimarschierte. Er schleppte sich mit einem Weihnachtsbaum ab, der in einem Netz steckte wie ein Rollbraten. Einen Weihnachtsbaum habe ich auch noch nicht, dachte Petersen. Wozu auch? Er würde die Festtage wohl mal wieder alleine verbringen. Selbst Wiebke hatte seit einem halben Jahr einen festen Freund. Nur er war immer noch der einsame Wolf, der immer Verbrecher jagte, ohne sich um sein Privatleben zu scheren.

Seit Wochen mied Petersen die Geschäfte in der Innenstadt, weil Husum durchdrehte. Die Leute kauften in ihrer vorweihnachtlichen Torschlusspanik allen möglichen Plunder für ihre Lieben. Die ganze Welt war im Kaufrausch. Petersen hatte niemanden, den er beschenken konnte. Vielleicht, so dachte er melancholisch, war das auch gut so. Seufzend löste er sich vom Blick auf die verschneite Straße und marschierte durch das dunkle Wohnzimmer in Richtung Küche, um sich am Kühlschrank noch ein Flens zu besorgen. Nüchtern war das alles nicht zu ertragen. Menschen, die sich das ganze Jahr nicht sahen, verbrachten Stunden im Lichterglanz in trauter Gesellschaft, um sich bei einem Festessen die Bäuche vollzuschlagen, und machten auf heile Welt.

Scheiß heile Welt, dachte Petersen. Die Welt wurde immer bekloppter, davon konnte er als Polizist ein Lied singen. Heute hatte er seinen letzten Arbeitstag im muffigen Büro der Husumer Polizeiinspektion gehabt. Der Resturlaub musste genommen werden, bevor er verfiel. Petersen hätte auf den Urlaub genauso gut verzichten können. Ja, er hätte auf das Weihnachtsfest verzichten können. Aber ihn hatte niemand gefragt.

Auf dem Weg in die Küche störte ihn das Klingeln seines Telefons, das im Flur in der Ladestation auf der IKEA-Kommode steckte.

„Wer stört?“, fragte Petersen mürrisch. Nachdem er den Hörer zwischen Ohr und hochgezogener Schulter geklemmt hatte, setzte er seinen Weg in die dunkle Küche fort und öffnete den Kühlschrank. Die Kälte ließ ihn erschaudern. Morgen würde er einkaufen müssen, denn außer gekühltem Bier befand sich nicht mehr allzu viel im Kühlschrank. Na toll, Großeinkauf an Heiligabend. Das klang nach einem ausgedehnten Nahkampf im örtlichen Einzelhandel.

„Claude hier, beweg deinen Arsch hierher, aber sofort!“, riss ihn eine sonore Männerstimme aus den trüben Gedanken.

Petersen grinste. „Gibt es eine Weihnachtsfeier auf der ‚Nordertor‘?“ Das blau-weiße Restaurantschiff im Husumer Binnenhafen war eine kleine Institution bei Touristen und Einheimischen, sein Besitzer bekannt wie der sprichwörtliche bunte Hund.

„Ich hab hier eine tote Tante für dich.“

„Danke, ich bleibe beim Bier, du solltest das wissen.“

„Döspaddel“, schnaufte Claude. „Ich meine nicht den Kakao mit Rum, sondern eine tote Frau im Hafenbecken.“

Petersen ordnete seine Gedanken, so schnell es ging. Als Tote Tante bezeichnete man in Nordfriesland eine heiße Schokolade mit Schokostreuseln, Sahne und Alkohol, die in den Wintermonaten besonders bei Touristen beliebt war – wahrscheinlich lag das an dem witzigen Namen. „Moment“, sagte Petersen und sog die Luft durch die Nase ein. „Du machst Witze, oder?"

„Petersen, alter Junge, denkst du, ich bin so makaber?"

„Jo. Also, was ist los?"

„Es gibt eine tote Frau neben dem Schiff. Sie gehörte zu meinen Gästen."

„So schlecht ist dein Essen doch gar nicht, dass allen übel wird und sie über Bord gehen", entgegnete Petersen.

„Jan – hör auf damit, ich mache keine Witze", rief Claude, jetzt hörbar erregt.

„Okay." Petersen nickte, was Claude am anderen Ende der Leitung natürlich nicht sehen konnte. „Was ist passiert?"

„Ich weiß es nicht", antwortete der Besitzer der „Nordertor". „Aber die Frau und ihr Freund waren meine Gäste."

„Ein Paar zum vorweihnachtlichen Candlelight-Dinner. Gut, wo ist der Mann, der zu deiner toten Tante gehört?"

„Weg", rief Claude. „Er ist spurlos verschwunden. Meinst du, er hat was damit zu tun?"

„Könnte sein."

„Und jetzt?"

„Komm ich. Ich bin in zehn Minuten da, sorg du dafür, dass niemand dein Schiff verlässt, alter Seebär!" Petersen war jetzt hellwach.

Er drückte die Kühlschranktür unverrichteter Dinge wieder zu. Das Flens musste warten.

Er unterbrach die Verbindung und wählte die Nummer seiner Kollegin, Kommissarin Wiebke Ulbricht.

❄

Er fuhr, als wäre der Leibhaftige hinter ihm her. Dicke Schneeflocken taumelten aus einem wolkenverhangenen Winterhimmel. Gierig fraßen sich die Lichtlanzen der Scheinwerfer durch die Nacht. Immer wieder schlitterte der Wagen über die glatte Fahrbahn, doch er nahm den Fuß nur kurz vom Gas, wenn die Antischlupfregelung einsetzte, um das Fahrzeug in der Spur zu halten. Ein Unfall wäre jetzt das Letzte, was er gebrauchen konnte. Auf der Bundesstraße 5 herrschte kein Verkehr. Alles war nach Plan gelaufen. Nachdem er das Auto aus dem Parkhaus geholt hatte, war er über die Gaswerkstraße in Richtung Schobüll gefahren, hatte den Weg nach Nordstrand gewählt, bis er sicher gewesen war, nicht verfolgt zu werden. Erst dann hatte er an dem Parkplatz angehalten, einige Minuten innegehalten und das weitere Vorgehen noch einmal durchdacht. Erst danach hatte er den

Wagen gewendet, war durch Husum gefahren, um sich auf die B 5 in Richtung Heide einzuordnen.

Als er den Abzweig nach Büsum passiert hatte, war er guter Dinge. Die Anspannung fiel von ihm ab, und er atmete ein paar Mal tief durch, ließ das Seitenfenster herunter und genoss den Wind, der in den Wagen geweht wurde. Rechts hob sich das einem Schiff nachempfundene Gebäude des Multimar Wattforums vom Dunkel der Nacht ab, dann passierte er die Eider. Lange dauerte es nicht mehr bis zur Autobahn. Sobald er die A 23 erreicht hatte, würden sie ihn nicht mehr aufhalten können.

Ein Blick auf die Uhr im Armaturenbrett verriet ihm, dass er gut in der Zeit war. Sobald er nach Hause kam, würde er duschen, sich umziehen und ein paar Stunden Schlaf genehmigen, bevor er morgen zum Dienst ging. Niemand würde ihn verdächtigen, da war er sehr sicher.

Dass er sich irrte, wurde ihm klar, als plötzlich eine Polizeikelle im Scheinwerferlicht auftauchte. Der Polizist hielt einen Leuchtstab hoch und forderte ihn auf, anzuhalten.

Wut kam in ihm auf, erst im zweiten Moment mischte sich Panik unter die Wut auf den Polizisten. Mit einer Polizeikontrolle am letzten Tag vor Heiligabend hatte er wirklich nicht gerechnet. Und das machte ihn rasend vor Wut.

❄

„Nee, oder?" Eike blickte sie enttäuscht an, als Wiebke das Telefon sinken ließ. „Du musst jetzt nicht noch mal los, oder?"

Wiebke zuckte unbeholfen die Schultern. „Ich fürchte doch", erwiderte sie. Es hätte alles so schön sein können. Eike hatte den Baum aufgestellt, Kugeln, Deko, die Lichterkette und Schmuck auf dem Tisch ausgebreitet. Aus der Küche wehte ein würziger Duft von Glühwein in die Stube. Der Braten im Ofen duftete verführerisch. Eike trug eine Weihnachtsmannmütze aus Filz. Komischerweise steht ihm das alberne Ding, dachte Wiebke. Im Radio in der Küche spielte R.SH Weihnachtslieder.

„Das war Petersen, richtig?" Eike stellte eine Schachtel mit Weihnachtsbaumkugeln auf den Tisch. Eine steile Falte stand auf seiner Nasenwurzel. Er machte keinen Hehl aus seinem Unmut, und Wiebke konnte ihn gut verstehen. Manchmal glaubte sie sogar, dass ihr Freund auf Petersen eifersüchtig war. Kein Wunder, verbrachte sie im Normalfall doch mehr Zeit mit ihrem Kollegen als mit Eike. Das lag aber nicht nur an ihrem Beruf: Als Leadsänger der Rockband Sleepless war er viele Tage im Jahr auf Tournee, und sie sahen sich über einen längeren Zeitraum nicht. Umso wichtiger war es ihnen, die Freizeit gemeinsam zu verbringen. Und da störte der Anruf von Petersen ganz gewaltig.

Eike schäumte vor Wut. „Kann Jan das nicht mal alleine regeln?", fragte er, als Wiebke ihm erzählt hatte, was sie von Petersen wusste. „Ich meine … er ist alleinstehend, Weihnachten bedeutet ihm nichts, und wahrscheinlich langweilt er sich."

„Eike", sagte Wiebke, „ich weiß, das klingt wie im Fernsehen, aber es ist mein Job. Und die Tote im Hafen gehört zu meinem Job."

„Ja, ja", grollte Eike, „das Böse schläft nie, was?"

„So ist es." Wiebke lächelte. Sie trat zu ihm, stellte sich auf die Zehenspitzen und hauchte ihm einen Kuss auf den Mund. „Ich beeil mich."

Dann nahm sie die Jacke vom Haken und verließ das Haus. Manchmal hasste sie ihren Job, und an solchen Tagen verstand sie allzu gut, weshalb sich ihre Mutter vor vielen Jahren von ihrem Vater getrennt hatte. Norbert Ulbricht war wie sie gewesen: Immer am Ball, sobald sich ein Verbrechen ereignet hatte. Da musste das Privatleben immer hintenanstehen. Und Wiebkes Mutter hatte die Konsequenzen gezogen und war Hals über Kopf mit der damals noch kleinen Wiebke nach Norddeutschland verschwunden. Als Wiebke in den noch warmen Wagen stieg, hoffte sie inständig, dass ihr ein ähnliches Schicksal mit Eike erspart blieb.

❄

Zu schnell gefahren war er nicht. Mit dem Auto war auch alles in Ordnung gewesen. Ihr Idioten, dachte er, als die Polizeikontrolle im Rückspiegel seines Wagens kleiner wurde und er wieder Fahrt aufnahm. Wenn ihr wüsstet, dass im Handschuhfach noch die Pistole liegt. Sie hatten seine Fahrzeugpapiere kontrolliert und ihn gefragt, ob er in den letzten Stunden Alkohol oder Betäubungsmittel konsumiert hatte.

Nein, was das anging, war seine Weste rein.

Die Polizisten machten Dienst nach Vorschrift. Sie wollten alle schnell nach Hause zu ihren Frauen und Kindern, um das Weihnachtsfest zu feiern. Alles, was sie jetzt bei einer Verkehrskontrolle feststellten, bedeutete mehr

Arbeit für die Beamten. Also war die Kontrolle entsprechend lasch verlaufen.

Er lachte laut, lachte, hieb vor Erheiterung mit der Hand auf das Lenkrad, kicherte und gluckste, bis ihm die Tränen vor Lachen in die Augen traten und ihm die Sicht erschwerten.

Dann hatte er die Autobahn erreicht. Bis Hamburg waren es knapp 150 Kilometer. Das war zu schaffen. Der Schneefall ließ auch wieder nach, und als ihm auf der Gegenfahrbahn ein Streufahrzeug mit rotierendem, orangefarbenen Licht entgegenkam, wägte er sich in Sicherheit. Langsam beruhigte er sich. Noch vor Pinneberg hatte er seine Gedanken geordnet. Eigentlich war alles gut verlaufen. Kurze Zeit später wurde er eines Besseren belehrt. Als er das flackernde Blaulicht im Rückspiegel sah, das sich schnell näherte, registrierte er, dass er sein Ziel noch lange nicht erreicht hatte. Jetzt lachte er nicht mehr.

❄

Wiebke wehte ein schneidender Wind ins Gesicht, als sie eine Dreiviertelstunde später aus dem Wagen stieg, den sie am Neuen Rathaus unweit des Hafens geparkt hatte. Die Straßen waren glatt gewesen, so hatte die Fahrt von Ostenfeld hierher etwas länger als gewohnt gedauert. Als Wiebke den Einsatzort erreichte, hatte Jan Petersen die Lage bereits im Griff. Zwischenzeitlich hatte er die Verstärkung mobilisiert und Rettungstaucher angefordert; auch die Kriminaltechnik hatte bereits die Arbeit aufgenommen. Der Löschzug der Freiwilligen Feuerwehr war aus Schobüll angerückt und leuchtete die Szenerie jetzt mit leistungsstarken Scheinwerfern aus. Kein Wunder, dass dieses skurrile Spektakel trotz später Stunde ganze Heerscharen von Schaulustigen an den Hafen lockte. Die Gaffer standen da und filmten mit ihren Handys.

Kopfschüttelnd stapfte Wiebke durch den Schneematsch zu der Polizeiabsperrung. Das blau-weiß schraffierte Plastikband knatterte im Wind. Sie vergrub die Hände in den Taschen ihres Mantels und blickte sich suchend um.

Dann entdeckte sie Petersen. Ihr Partner stand telefonierend jenseits der Absperrung am oberen Ende der Slipanlage der alten Husumer Werft. Hier hatten die Einsatzkräfte ihr Quartier aufgeschlagen. Ein uniformierter Polizist nickte ihr zu und drückte das Absperrband herunter, sodass Wiebke mit einem großen Schritt passieren konnte. Als sie sich zu ihrem Partner gesellte, erkannte sie an seiner Seite Claude Bruhn, den Besitzer der „Nordertor".

„Moin", sagte sie und rang sich ein Lächeln ab.

„Moin", erwiderte Claude. „Schietwetter bringste mit."

„Büsch'n Wind", entgegnete Wiebke und winkte ab.

„Und 'n büsch'n Schnee", mischte sich Petersen ein, der das Telefonat beendet hatte. „Moin", sagte er, „schön, dass du es einrichten konntest."

„Spar dir die Sprüche, ich hab einen Braten in der Röhre."

„Wie bitte?" Petersen machte große Augen und betrachtete Wiebkes Bauch.

„Idiot – den Festtagsbraten für Heiligabend. Mein Vater kommt morgen mit Maja Klausen aus Hameln, wir wollen die Weihnachtstage zusammen verbringen."

„Und da schließt sich der Kreis", unterbrach Petersen sie ohne eine Spur von Reue.

Wiebke verstand ihren Partner nicht. „Was ist passiert?", fragte sie, während sie den Blick über das Hafenbecken schweifen ließ. Die Reihe von glänzenden Weihnachtsbäumen auf der gegenüberliegenden Seite und die festlich geschmückten Fenster der Hafenkneipen bildeten einen skurrilen Kontrast zum Einsatzort. Die Taucher hatten eben eine Gestalt aus dem Wasser gezogen und betteten sie gerade auf eine Bahre. Der Notarzt wartete bereits und stürmte los, um mit der ersten Leichenschau zu beginnen.

„Wasserleiche", erwiderte Petersen knapp und deutete mit dem Kinn auf die Rettungstaucher. Er wollte gerade berichten, was er von Claude erfahren hatte, als einer der Taucher zu ihnen kam und ihm eine Geldbörse in die Hand drückte. „Die haben wir bei der Frau gefunden", sagte er, dann wandte er sich wieder ab, um dem Mediziner zu assistieren. Wiebkes Blick streifte das untere Ende der Slipanlage, wo die Sanitäter und Kriminaltechniker damit beschäftigt waren, die Leiche zu untersuchen. Die „Hildegard" lag wie eine uneinnehmbare Festung am oberen Ende. Eben rollte ein Rettungswagen auf das Areal. Gespenstisch zuckte das Blaulicht durch die Winternacht der Grauen Stadt.

Petersen nahm die Brieftasche und schlug sie auf. Zu seiner Verwunderung fand er darin einen Personalausweis, den Führerschein und Visitenkarten.

„Oha", machte er und pfiff durch die Zähne.

„Was ist oha?", fragte Wiebke.

„Unsere Tote ist Rechtsanwältin."

„Und?"

„Nichts und. Gabriele Leicht, 54 Jahre jung, aus Wuppertal."

„Wuppertal?", unterbrach Wiebke ihn. Sie war in der Schwebebahnstadt geboren und aufgewachsen, bevor ihre Mutter sich von ihrem Vater Norbert Ulbricht, einem allzu ehrgeizigen Kriminalhauptkommissar der Wuppertaler Kripo, getrennt hatte, um hier im Norden ein neues Leben anzufangen.

„Jo." Petersen nickte. „Wär das nichts für deinen alten Herrn?"

„Norbert ist längst in Rente", antwortete Wiebke.

„Wie dem auch sei." Petersen wandte sich an Claude, der an einem Zigarillo zog. „Dann erzähl Wiebke mal, was du weißt, Käpt'n."

Claude holte tief Luft, runzelte die Stirn, dann erzählte er: „Das war so … ich habe das Schiff voller Gäste, darunter eine muntere Gesellschaft. Man trank reichlich Wein, ich musste ins Unterdeck, um einen neuen Karton zu holen. Dabei führte mich mein Weg vorbei an der offenen Luke neben den Toiletten. Wie zufällig warf ich einen Blick hinaus ins Hafenbecken – und entdeckte die Tote."

„Du weißt also, dass sie tot war?", unterbrach Wiebke ihn.

„Nun ja, der Verdacht lag nah: Sie lag auf dem Rücken im Wasser, die Augen weit aufgerissen, und rührte sich nicht."

Wiebke nickte. „Weiter", forderte sie ihn auf.

„Nichts weiter. Ich habe gleich Jan angerufen, und jetzt sind wir hier."

„Die Frau …"

„War unter meinen Gästen, ja", beendete Claude den von Wiebke angefangenen Satz. „Sie kommt dreimal im Jahr nach Husum. Der Mann, der sie begleitet, ist aber wohl nicht ihr Mann, sondern ihr … nun ja, ihr Liebhaber."

Wiebke hob eine Augenbraue. „Du kanntest sie also?"

Claude schien kurz nachzudenken. „Wenn sie Urlaub hatte, war sie zu Gast auf meinem Schiff. Aber kennen …" Er blies die Luft hörbar aus, „kennen ist zu viel gesagt."

„Wo ist ihr Begleiter?", fragte Wiebke.

„Verschwunden."

„Wie – verschwunden?"

„Nun ja, er war plötzlich weg, meine Mädels wunderten sich, weil sie davon ausgingen, dass die beiden bei uns die Zeche geprellt haben." Claude grinste schief. „Wenn es das nur gewesen wäre, hätten wir jetzt einen ruhigeren Abend."

Petersen, der mit seinem Smartphone hantierte, blickte auf. Der bläuliche Schein des Displays tauchte sein kantiges Gesicht in ein geisterhaftes Licht. „Die Gute war nicht sonderlich beliebt. Eine Scheidung machte sie gern zu einem juristischen Rosenkrieg – zu Ungunsten der Ex-Männer ihrer Mandantinnen." Er blickte kurz auf. „So steht es in diversen Rechtsforen über unsere Tote."

„Mich interessiert eher ihr Freund", überlegte Wiebke. Sie wandte sich an Claude. „Mehr weißt du nicht von den beiden?"

„Ich frage meine Gäste nicht aus", konterte er.

„Verständlich." Wiebke nickte. „Weißt du denn, wo sie üblicherweise wohnte, wenn sie im Urlaub hier war? Ich meine, als Stammgast hat man oft das gleiche Domizil, oder?"

Claude dachte kurz nach, dann nickte er. „Sie hatte immer eine Ferienwohnung in Wobbenbüll. Ich kenne die Vermieterin." Er zwinkerte den Polizisten vergnügt zu und zückte das Handy. „Gleich weiß ich mehr."

„Wie sah ihr Mann … oder besser, ihr Freund denn aus?", hakte Wiebke nach, während Claude wohl dem Freizeichen lauschte.

„Untersetzt, Ende fünfzig, graues, dichtes Haar, blaue Augen wie einst Hans Albers."

„Bingo", sagte Wiebke und schaute Petersen an. „Fahndung?"

„Läuft."

„Die Befragung der anderen Gäste an Bord der ‚Nordertor'?"

„Ist im Gange, die Kollegen sind schon dabei." Petersen grinste breit und schwieg, als sich Claudes Gesprächspartner am anderen Ende der Leitung meldete. Wiebke hatte die Hoffnung auf ein besinnliches Weihnachtsfest noch nicht aufgegeben.

„Jetzt wär es schön, wenn du deinen alten Herrn ganz unbürokratisch noch mal mobilisieren könntest." Petersen zwinkerte ihr zu. „Er kennt doch bestimmt Hinz und Kunz in Wuppertal, oder?"

„Ich häng mich rein", versprach Wiebke und wandte sich ab. Die Spur der Frauenleiche führte also nach Wuppertal. Manchmal war die vorweihnachtliche Welt eben doch ein Dorf, dachte sie, während sie die Handynummer ihres Vaters wählte.

❄

„Das ist Wiebke", sagte Maja Klausen und hielt Norbert Ulbricht das Handy hin. Er hatte es im Wohnzimmer von Majas Wohnung an der Pyrmonter Straße in Hameln liegen lassen, während die beiden ihre Koffer für die Fahrt nach Husum packten. Der Hauptkommissar a.D. runzelte die Stirn, nahm das Smartphone und wischte über die grüne Fläche auf dem Touchscreen. Er hasste diese modernen Dinger und hoffte darauf, zu Weihnachten ein ganz einfaches Handy mit echter Tastatur zu bekommen. Eines der alten Generation, mit dem man nichts konnte, außer zu telefonieren und damit SMS zu schreiben.

„Kind", sagte Ulbricht. „Ist etwas passiert?"

„Das kann man wohl sagen." Wiebke klang angefressen.

„Ist der Braten angebrannt, die Geschenke nicht rechtzeitig zum Fest geliefert worden, oder ist euch der Weihnachtsbaum beim Schmücken umgekippt?", ging Ulbricht alle vorweihnachtlichen Schreckens-Szenarien in Gedanken durch.

„Weder noch", erwiderte Wiebke. „Wir haben eine Leiche im Husumer Binnenhafen. Die Frau stammt aus Wuppertal."

„Wir sind bei Maja in Hameln, haben die letzten Tage zum Weihnachts-Shopping in der Rattenfängerstadt genutzt und waren auf dem Klüt, um den Blick über das Weserbergland zu genießen. Es hat gestern geschneit, und die Landschaft sieht aus wie …"

„Papa, warte", unterbrach Wiebke ihn. „Es gibt Arbeit, und ich brauche deine Hilfe."

„Sophie Stein ist meine Nachfolgerin im Wuppertaler Polizeipräsidium", erinnerte Ulbricht seine Tochter. „Sie wird dir helfen, um …"

„Morgen ist Heiligabend, Papa, hier läuft ein Mörder herum, der eine Rechtsanwältin aus Wuppertal erschossen hat." Mit wenigen Sätzen schilderte Wiebke ihm, was sie in der Kürze der Zeit über Gabriele Leicht erfahren hatten. „Sie hat sich mit ihrer Art nicht gerade beliebt bei den Männern gemacht, Papa."

„Gut – was kann ich tun?" Ulbricht sank auf die Sofalehne und warf Maja einen vielsagenden Blick zu. Seine Freundin lehnte mit verschränkten Armen im Türrahmen. Als er das Telefonat mit seiner Tochter beendet hatte, atmete Maja aus. „Oh je", sagte sie. „Es sieht aus, als müsstest du einige Hebel in Bewegung setzen, um den Mörder zu fassen."

„Mag sein", nickte Ulbricht und trat mit grimmiger Miene ans Fenster. „Aber bevor der Mörder nicht gefasst ist, werden wir kein Weihnachten feiern können."

Es war seine letzte Schicht vor den Feiertagen. Nur noch wenige Fahrgäste saßen in seiner Schwebebahn. Zoch unterdrückte ein Gähnen. Die lange Fahrt von der letzten Nacht steckte ihm in den Knochen, doch er ließ sich nichts anmerken. Bis jetzt war alles gut gelaufen, also setzte er alles daran, dass es so blieb.

Er hatte aufgeräumt, konnte wieder durchatmen. Es war an der Zeit, sich auf das Wesentliche zu besinnen. Dazu gehörte ein friedliches Weihnachtsfest mit seiner Frau. Niemand würde ihn mehr davon abhalten, er hatte sich eines Besseren besonnen und einen Cut gemacht. So, wie er es brauchte. Immer geradlinig, immer strukturiert. Es fühlte sich gut an.

Als an der Station Hauptbahnhof drei Männer und eine stämmige blonde Frau die Schwebebahn betraten, schnürte sich seine Kehle zu. Die Truppe verhielt sich so unauffällig, dass es dem routinierten Schwebebahnfahrer schon auffiel. Sie unterhielten sich miteinander und warfen immer wieder Blicke nach vorn, zum Führerstand. Fahrkartenkontrolleure waren es nicht – die kannte Zoch.

Hans Zoch schloss die Türen der neuen, blassblauen Schwebebahn und ließ den Zug anrollen, nachdem er das „Strecke frei"-Signal erhalten hatte. Im nächsten Augenblick wurde die Bahn von der grauen Nacht der Stadt geschluckt und bahnte sich wie ein überdimensionaler Lindwurm seinen Weg zur nächsten Station.

Es war die letzte Runde zwischen Oberbarmen und Vohwinkel für Hans Zoch.

Gut, dass gleich Feierabend war, denn er war müde von der langen Fahrt, die hinter ihm lag. Nur wenige Stunden Schlaf hatte er gefunden, bevor er den letzten Dienst in diesem Jahr als Schwebebahnfahrer angetreten hatte. Immer wieder warf Zoch bange Blicke nach hinten, in das Innere seiner Schwebebahn.

Die vier schienen in ein intensives Gespräch verwickelt zu sein. Es war auffallend, dass sie dabei den Fahrerstand nicht aus den Augen ließen.

An einen Überfall dachte Zoch nicht, denn er führte keine Fahrgeldkasse mit sich. Und eine Schwebebahn zu entführen, entbehrte jeder Logik: Das Wahrzeichen der Stadt war an das Gerüst gebunden und für eine Spritztour denkbar ungeeignet. Dennoch schienen die drei Männer und die Frau etwas im Schilde zu führen.

Er wurde unruhig. Da war etwas, das nicht nach Plan lief.

Die Fahrt verlief ohne weitere Zwischenfälle. Erst, als Zoch die Bahn in die Endstation Vohwinkel steuerte, kam Bewegung in die Gruppe. Während die letzten drei Fahrgäste den Zug verließen, kamen die vier nach vorn und öffneten den Fahrerstand. Zoch wurde es heiß und kalt. Er warf einen bangen Blick nach links, doch der Leitstand der Station war unbesetzt.

„Herr Zoch?“ Die blonde Frau legte eine Hand auf seine Schulter.

„Worum geht es?“, fragte der Fahrer, ohne sich umzublicken.

„Mein Name ist Sophie Stein, Kripo Wuppertal.“ Sie hielt ihm von hinten die Dienstmarke unter die Nase. „Sie sind festgenommen.“

„Verhaftet?“ Schweiß glänzte auf Zochs hoher Stirn. „Warum das?“

„Sie stehen unter dem dringenden Tatverdacht, den Mord an Gabriele Leicht begangen zu haben.“ Einer von Sophie Steins Kollegen, ein kerniger Typ Ende vierzig, nickte mit dunkler Miene. Er stellte sich als Karl Brauer vor und präsentierte ihm Handschellen. „Müssen wir Sie damit sichern, oder leisten Sie unseren Anweisungen Folge?“

„Nein, ich mache keinen Ärger“, erwiderte Hans Zoch leise. Sein Blick war starr nach vorn gerichtet. Er war diszipliniert genug, das jetzt auch noch zu Ende zu bringen. Das schuldete er sich selbst. Er brauchte diese Strukturen. Und er war sich durchaus darüber im Klaren, das Spiel verloren zu haben. Er wusste immer, wie weit er gehen konnte.

Vor ihm lag die Wagenhalle der Schwebebahn. Frisch gewaschene Bahnen hingen dort in Reih und Glied am Gerüst.

„Ich muss die Strecke frei machen, sonst bekomme ich Ärger“, flüsterte er. „Und wenn Sie mich mitnehmen, dann bitte ohne Aufsehen.“

„Das wäre auch in unserem Interesse“, stimmte Sophie ihm zu. Sie deutete mit dem Kinn nach vorn. Über ihnen verschob sich ein Gleis wie von Geisterhand. Als die Weiche umgestellt war, konnte die Bahn ins Depot rollen. Hans Zoch hatte die Befürchtung, dass dies die letzte Fahrt mit dem Wuppertaler Wahrzeichen gewesen war.

❄

„Wie seid ihr denn auf diesen Schwebebahnfahrer gekommen?“, fragte Wiebke ein paar Stunden später. Die Stube ihrer Dachgeschosswohnung in Ostenfeld glänzte festlich. Aus der Küche wehte ein würziger Bratenduft durchs

Haus, unter dem Weihnachtsbaum glitzerten Geschenke. Maja Klausen und Norbert Ulbricht trugen festliche Kleidung, während Wiebke und Eike es sich gemütlich gemacht hatten: Sie trugen Jogginganzüge.

Eike hatte ihr vorgeschlagen, Jan Petersen zum Essen einzuladen. „Ihr seid ein Team", hatte er gesagt, „und du bist traurig, weil du weißt, dass er alleine unterm Tannenbaum sitzt."

Petersen hockte auf dem Sofa und nuckelte an einem Flens. Er war sichtlich zufrieden, an Heiligabend nicht allein sein zu müssen. Wiebke überlegte kurz, ob zwischen Eike und Petersen eine Männerfreundschaft entstehen könnte. Wahrscheinlich aber wohl nicht. Die beiden waren zu verschieden, um gute Kumpel zu werden.

„Wie war das denn jetzt in Wuppertal?", fragte Petersen.

„Kommissar Zufall war ausschlaggebend", eröffnete Ulbricht ihm. „Die Welt ist ein Dorf, aber das solltest du ja nun wissen. Und es war nur ein einziger Anruf bei Sophie, die alles andere in die Wege leitete." Ulbricht kicherte. „Man merkt halt, dass sie beim BKA als Profilerin gearbeitet hat, bevor sie nach Wuppertal kam, um die Erste Kriminalhauptkommissarin beim KK 11 zu werden."

„Mach es nicht so spannend, Papa", mahnte Wiebke.

„Hans Zoch war nicht der liebende Familienvater und Ehemann, den er oft vorgab", begann Ulbricht zu berichten. Er prostete Petersen zu. „Du machst das richtig: Bleib frei, mein Junge, dann kann dir nicht passieren, was Zoch passiert ist." Ulbricht wandte sich wieder seiner Tochter zu. „Hans Zochs Ehe lief nicht gut, schon seit vielen Jahren nicht."

„Also ein Opfer von Gabriele Leicht?"

„Nee, das heißt, keines im beruflichen Sinne."

„Ich kapier das nicht", gab Wiebke zu.

„Der Mord an der Rechtsanwältin war nicht die Rache eines gehörnten Ehemannes, der sich für einen unfairen Scheidungsprozess revanchieren wollte." Ulbricht nahm einen Schluck aus der Flasche. „Zoch ist einfacher Schwebebahnfahrer. Er hatte ein Verhältnis mit unserer Rechtsanwältin. Sie kamen dreimal im Jahr nach Husum, um hier ihre Liebe auszuleben, ohne von irgendwelchen ungebetenen Zeugen beim Turteln erwischt zu werden."

„Und?"

„Er plante, seine Frau zu verlassen, um mit Gabriele Leicht ein neues Leben zu beginnen. Doch er hat die Rechnung ohne die Wirtin gemacht."

„Sie hat Schluss gemacht?“, riet Wiebke.

„Schluss nicht gerade. Aber sie hatte nicht vor, mit Zoch ein gemeinsames Leben zu führen. Wahrscheinlich war der Schwebebahnfahrer nicht gut genug für die Anwältin. Die gemeinsamen Auszeiten genügten ihr, doch er wollte mehr.“

„Nicht gut gelaufen“, grinste Petersen.

„Kann man wohl sagen“, stimmte Maja Klausen zu. „Manchmal sind Frauen eben härter als ihr Kerle. Wir wissen, was wir wollen – und was nicht.“

„Da hab ich aber Glück gehabt“, brummte Ulbricht. Dann schaute er seine Tochter nachdenklich an. „Offenbar hat er sich einen Plan zurechtgelegt. Die beiden waren für ein paar Tage in Husum, bevor es nach Hause in den tristen Familienalltag zurückging. Er machte gute Miene zum bösen Spiel und ließ sich nichts anmerken. Als sie auf die Toilette der ‚Nordertor‘ ging, passte er sie im Unterdeck ab, um sie zu erschießen.“

„Und den Schuss hat keiner der anderen Gäste bemerkt“, erinnerte sich Wiebke an die Ergebnisse der Befragungen.

„Zoch hat einen Schalldämpfer benutzt. Seine Geliebte stürzte, durch die Kugel getroffen, ins Wasser – der Rest ist bekannt.“

„Wie ging es weiter?“, bohrte Petersen. „Was haben die Kollegen in Wuppertal gemacht, um den Fall abzuschließen?“

„Zoch hatte das Problem, nach seiner überstürzten Flucht aus Husum in eine Polizeikontrolle zu geraten.“

„Dabei ist er auffällig geworden?“

„Bei der Untersuchung fiel nichts auf. Erst, als er weiterfahren wollte und den Polizisten ein defektes Rücklicht an seinem Auto auffiel, sind sie hinterher. Mit Blaulicht und allem Pipapo.“ Ulbricht lachte amüsiert. „Zoch dachte gleich an das Schlimmste, ihm sind die Nerven durchgegangen. Er riss das Handschuhfach auf und präsentierte den völlig überraschten Kollegen die Tatwaffe.“ „Er hat gestanden?“, fragte Petersen. „Das hätte ich doch mitbekommen.“

„Er hat nicht gestanden, nur die Pistole gezeigt.“

„Und?“, bohrte Wiebke nach. Ihre Wangen waren tiefrot vor Aufregung. „Reicht das nicht für eine Untersuchung?“

„Zoch ist Mitglied in einem Schützenverein und hat den großen Waffenschein. Blöd nur, dass die Waffe geladen war und eine Patrone im Magazin fehlte, das machte die Kollegen von der Autobahnpolizei stutzig. Sie schrieben eine

Anzeige, die bei der Wuppertaler Staatsanwaltschaft landete."

„Aber warum konnte er unbehelligt weiterfahren? Wir hatten doch eine Fahndung rausgegeben", fragte Wiebke an Petersen gewandt. Ihr Kollege zuckte die Schultern. „Was weiß ich? Sind halt Dithmarscher Kohlköppe, kein Wunder, dass die Verbrecher ziehen lassen."

„Und dann kam er unbehelligt weiter bis nach Wuppertal?" Wiebke konnte es nicht fassen."

„Ja." Ulbricht nickte. „Aber die Staatsanwaltschaft war auf Zack. Und dorthin hat Sophie wohl gute Verbindungen." Der alte Kommissar griente. „Sie hatte wohl mal was mit Oberstaatsanwalt Schaumert."

Maja, die das Ganze mitbekommen hatte, mischte sich ein: „Sophie hat das schnell zusammengeführt und ihn in der Schwebebahn noch festgenommen. Jetzt sitzt er in U-Haft, bis das Ergebnis der DNA-Tests und die ballistische Untersuchung vorliegen."

„So schnell kann es also gehen." Petersen schnaubte. „Und trotzdem wurde ihr ein gehörnter Ehemann zum Verhängnis."

Eike betrat die Stube. Mühsam balancierte er ein Tablett mit Tassen. Es duftete nach heißer Schokolade.

„Redet ihr schon wieder von der Arbeit?", fragte er vorwurfsvoll und stellte das Tablett auf dem Esstisch ab.

„Jetzt nicht mehr", versprach Wiebke und hauchte ihm einen Kuss auf die Wange.

„Das ist schön, dann können wir ja jetzt zum gemütlichen Teil kommen", freute sich Eike und reichte die Tassen herum.

„Ich habe uns zum Beginn des Heiligabends eine Tote Tante gemacht." Er grinste stolz in die Runde.

Wiebke und Petersen lachten. „Na", sagte Wiebke und pustete in den Kakao. „Hoffentlich ist das keine Tote Tante mit Schuss, wir dürfen jetzt nämlich nicht mehr über die Arbeit reden."

Klaus-Peter Wolf

Warnung

Klaus-Peter Wolf

Am schlimmsten sind weiße Weihnachten. Im Frühling geht es mir immer gut. Ich bin dann wie befreit.

Den Sommer kann ich sogar genießen. Ja, so unwahrscheinlich es sich anhört, ich sitze dann gerne draußen im *Café ten Cate* oder vor der Gaststätte *Mittelhaus*, trinke Milchkaffee und gucke den schönen Frauen nach.

Hier in Norden sind viele Touristinnen. Im Juli und August werden entweder ihre Röcke immer kürzer oder ihre Beine immer länger.

Ich stehe auf schöne Beine. Letzten Sommer habe ich mich sogar verliebt. Ja, ich! Sie war verheiratet und ihr Mann schrecklich eifersüchtig.

Im Herbst fange ich langsam an, nervös zu werden. Der kalte, feuchte Wind bringt mir so eine Vorahnung. Ich halte es dann im Haus nicht aus. Ich tigere nachts durch die menschenleeren Straßen. Ich ziehe mich bewusst nicht warm an. Es ist, als würde ich der kalten Jahreszeit trotzig die Zunge herausstrecken, wenn ich in Jeans, T-Shirt und Sandalen losmarschiere.

Ich heize auch meine Wohnung nicht. Ich will nicht akzeptieren, dass der Scheißwinter kommt. Wenn alle Eiscafés längst geschlossen haben, esse ich am liebsten Fruchtbecher mit Sahne, Spaghettieis oder wenigstens ein Vanilleeis mit heißen Kirschen.

Trotzdem lässt sich dieser Irrsinn nicht aufhalten. Irgendwann – jedes Jahr, so kommt es mir vor, ein paar Tage früher – taucht in den Supermarktregalen das erste eklige Weihnachtsgebäck auf. Spekulatius. Printen. Lebkuchenherzen. Vanillekipferl. Spritzgebäck. Pfeffernüsse.

Ich könnte kotzen.

Dann spielen sie plötzlich überall diese Schwachsinnsmusik. Dieser grässliche Singsang mit Glöckchen und Geigen. Man kann nicht einmal Brötchen holen, ohne von dem Mist belästigt zu werden, deshalb kaufe ich im Herbst, bevor der Terror losgeht, viel auf Vorrat ein.

Ich habe mein Wohnzimmer leer geräumt. Wer zum Teufel braucht einen Wohnzimmerschrank? Wozu? Um ein paar Gläser aufzubewahren? Oder für diese albernen Porzellanfiguren? Für leere Blumenvasen?

In meinem Wohnzimmer halten sechs Tiefkühltruhen meine Vorräte frisch. Gut, in einer liegt ein Mann, aber in den anderen sind Pizzen und Fertiggerichte.

Ich liebe Fischstäbchen. Ich war schon als Kind ganz jeck darauf. Immer, wenn ich es wieder getan habe, mache ich mir zwei, drei Riesenpfannen voll. Es gibt einen Trick, wie sie goldgelb und knusprig werden und nicht so pappig, als hätte meine Mutter sie verdorben: Man muss Butter nehmen.

Wenn ich es hinter mir habe, und immer nur dann, baue ich mir aus heißen Fischstäbchen ein Haus, direkt neben dem Ofen auf dem Küchentisch.

Nein, kein Knusperhäuschen mit Zuckerguss und Spitzdach, wie es alle Schwachsinnigen in dieser Zeit tun, sondern einen Flachdachbungalow, wie wir einen hatten, bevor alles gepfändet wurde.

Ich streue natürlich keinen Puderzucker darüber und klebe keine Süßigkeiten aufs Dach. Nein. Ich nehme Krabben. Ungepult. Und Remoulade statt Zuckerguss. Zitronenscheiben, Pfeffer und Salz.

Dann lasse ich mein Fischhaus auch nicht vollstauben und ich werfe es nicht im Sommer ungegessen weg, wie die meisten Weihnachtsidioten. Nein, ich verspeise es, solange es noch warm ist. Und dazu ein Bier – aus der Flasche, versteht sich.

Letztes Jahr, als wieder jeder Sender, egal ob öffentlich-rechtlich oder privat, dieses Halleluja-wir-lieben-uns-Gesülze brachte, bekam ich schon Gelüste, einen ganzen Kinderchor zu meucheln. Aber dann habe ich doch nur den bescheuerten Flachbildschirm ins Aquarium geworfen. Da hat wenigstens noch mein Harnischwels Spaß daran.

Es sieht gut aus. Viel besser als die Plastikpflanzen oder diese künstlichen Höhlen und versunkenen Schiffe.

Nein, ich ermorde keine Kinderchorleiter und auch nicht ihre eunuchenhafte Brut. Ich töte Weihnachtsmänner. Jedes Jahr einen.

Leider kann ich sie nicht alle killen. Würde dies bescheuerte Fest abgeschafft, könnte ich vielleicht ein ganz normales Leben führen. Tagsüber zur Arbeit gehen, abends meine Frau vögeln und am Wochenende mit den Kindern Zeichentrickfilme sehen. Aber so …

Jedes Jahr muss einer dran glauben. Dabei töte ich Männer nur ungern. Frauen wären mir viel lieber. Ich fasse sie lieber an. Männerkörper mag ich nicht. Die meisten Männer riechen unter der roten Robe nach Schweiß, Knoblauch oder Rasierwasser. Das ist schon ironisch, wenn einer so einen riesigen weißen Bart hat und dann nach Rasierwasser riecht.

Gestern habe ich wieder so einen Schmierlapp abgestochen. Mein Messer glitt in ihn rein wie in warme, breiige Scheiße.

Wenn üble Säufer auslaufen, stinken ihre Körperflüssigkeiten, als würde man eine verdorbene Fischkonserve – Jahre über dem Verfallsdatum – öffnen.

Er hieß Johannes Kläringer. Seine Saufkumpane nannten ihn Jogi. Er ist zweimal geschieden, hat drei Kinder von drei Frauen, für deren Unterhalt er nicht zahlt. Er arbeitet nur noch schwarz und offiziell lebt er von dieser Hartz-Verarschung. Als ob davon einer wirklich leben könnte …

Zwei Kinder, die von seinen geschiedenen Frauen, wollen überhaupt nichts mehr mit ihm zu tun haben. Die Jasmin aber, die läuft ihm nach wie ein geprügelter Dackel seinem Herrchen.

Er hat sie, wie alle anderen, verstoßen, aber sie ringt um seine Liebe, das arme Kind. Sie wird wohl die Einzige sein, die an seinem Grab weint. Sofern es jemals eine Beerdigung geben wird.

Woher ich das alles über die Scheißtypen weiß, die ich kaltmache?

Nun, ich lege nicht einfach irgendwelche verkleideten Männer mit weißen Bärten um. Nein, ich beobachte jeden Weihnachtsmann ein ganzes Jahr lang. Wobei ich zwischen Nikoläusen, Weihnachtsmännern oder diesen Kinder verarschenden Werbefuzzis in den roten Klamotten keinen Unterschied mache.

Ich lege Akten an und entscheide dann im Wiederholungsfall nach Aktenlage. So mancher, der es eigentlich verdient hätte, ist meinem Messer entgangen, weil er nur einmal in diesem Weihnachtswahnsinn den Oberarsch gespielt hat und dann nie wieder.

Die meisten sind aber Wiederholungstäter, machen es jedes Jahr. Die hole ich mir, wenn sie wieder ins Kostüm schlüpfen. Immer am Tag vor dem Heiligen Abend.

Ich ziehe dazu selbst diese verlogene Kluft an und dann, nachdem ich ihnen ihr bisschen Leben genommen habe, stecke ich sie in meinen Jutesack. Ich finde, das ist ein gebührender Abgang für so einen weißbärtigen Trunkenbold. Ab in den Sack.

Innen habe ich zwei blaue Müllsäcke, damit das Blut nicht durchsuppt. Aber außen ist es ein typischer Nikolaussack, mit Engelbildchen drauf und einem roten Schleifchen.

Dieser Kläringer blutet jetzt bei mir in der Küche aus. Er hätte eigentlich noch im Kindergarten seine dämlichen Fragen stellen sollen:

„Warst du denn auch immer schön brav?"

„Kannst du denn auch ein Gedicht aufsagen?"

Den gleichen Mist habe ich ihn auch gefragt.

Nein, brav war er nicht und bei „Advent, Advent, ein Lichtlein brennt" hat er sich verhaspelt. Tja, das war's dann für ihn.

Weil er seinen Job im Kindergarten nicht angetreten hat, macht das heute für ihn Frau Müller-Schallenreich.

Jetzt werde ich sie ein Jahr lang beobachten und ihr Leben durchforsten. Wenn ich wieder so viele Sünden finde, dass die Waage in Richtung Bestrafung ausschlägt, dann hoffe ich für sie, dass sie nicht zu viel Gefallen am Weihnachtsmänner-ich-verarsche-die-Kinder-Spiel gefunden hat. Sie könnte sonst die erste Frau sein, die in meiner Kühltruhe landet.

Warum ich dir das alles erzähle?

Hast du nicht letztes Jahr den Nikolaus gespielt? Und willst du es dieses Jahr noch einmal tun?

Denk drüber nach. War dein Leben so rechtschaffen, dass es meiner Überprüfung standhält?

Du denkst jetzt, das alles ist ein Witz? Aber ich beobachte dich schon.

Ich würde es mir an deiner Stelle noch einmal in Ruhe überlegen …

Nané Lénard

Tannenblut (nach einer wahren Begebenheit)

Nané Lénard

Das Grün der Nadeln und ihr Duft waren ein Segen, dachte Olga, als sie den Tannenbaum gemäß der russischen Tradition überaus üppig schmückte. Man hatte ihn nicht abwaschen können, und trotzdem roch er herrlich nach Baumharz.

Sie behängte ihn mit allem, was sie hatte. Gleich würden die Kinder kommen. Es war Silvester. Sie feierte immer noch an diesem Tag, wie es in Russland üblich war, auch wenn die Nachkommen diese Tradition nicht fortführten und längst ihre eigenen Gewohnheiten pflegten. Gemeinsam aß man, bestaunte den Baum und beschenkte sich.

Leider würde Igor in diesem Jahr nicht mitfeiern können. Die Kinder hatten es bedauert, dass er ausgerechnet kurz vor dem Jahreswechsel schon nach Minsk gefahren war, wohin Olga in wenigen Tagen nachreisen würde. Die Krankheit einer entfernten Tante hatte seinen vorzeitigen Aufbruch notwendig gemacht. Aber niemand war wirklich traurig, denn Igor war ein strenger Mann und seit einiger Zeit schwierig im Umgang. Das Alter hatte ihn mürrisch und ungnädig werden lassen.

Ohne Igor – man mochte es sich kaum eingestehen – wurde es ein ausgelassener und fröhlicher Abend, obwohl Olga von der Nacht zuvor unendlich müde war. Sie hatte so viel geputzt und geschrubbt, dass ihr die Haut an den Fingern wund geworden war. Aber nach einigen Gläsern Wodka spürte sie das gar nicht mehr. Sie erfreute sich an dem Treiben ihrer Enkelkinder Aleksej und Nadja, die auf dem Boden saßen und mit lautstarker Untermalung eine Eisenbahn fahren ließen.

Gegen 23 Uhr war der Wodka alle. Draußen waren bereits die ersten Knaller zu hören. Dimitri und Sascha hatten sich gerade wieder an den Tisch gesetzt, um noch etwas zu essen, während ihre Frauen auf dem Balkon rauchten. Ihre Kehlen waren trocken.

„Aleksej", rief Dimitri und warf einen Seitenblick auf Olga, „geh mal in den Keller und hol noch zwei Flaschen mit diesem Etikett." Er hoffte, sein Vater Igor würde sie nicht gezählt haben, bevor er gefahren war. „Nimm den Schlüssel aus der Wohnungstür, damit du wieder reinkommst."

Der Junge gehorchte. Es war besser, folgsam zu sein. Er hoffte auf weitere Geschenke, wenn sie zu Hause waren. Ein Liedchen trällernd ging er die Stufen zum Keller hinab. Aleksej hätte es niemals zugegeben, dass er dort unten in den muffigen Räumen ein komisches Gefühl hatte. Es war irgendetwas zwischen Angst und Faszination. Hinten im Regal sah er die Flaschen stehen, aber es wäre bestimmt mutig von ihm, wenn er auch in die anderen dunklen Räume ging. In dem einen stand Großvaters alter Schlitten und ein ausgestopfter sibirischer Fuchs. Den hatte er schon immer unheimlich gefunden. Er wollte nachsehen, ob der noch da war und ob er ihm auch heute noch einen Schreck einjagen konnte.

Vorsichtig schlich er den Gang entlang und öffnete die Tür. Sie knarrte leise. In diesem Raum war die Luft noch stickiger. Aleksej konnte kaum atmen. Ja, der Fuchs war noch da und rechts an der Seite standen schwarze Plastiksäcke. Was da wohl drin sein mochte? Neugierig näherte sich der Junge und blickte auf eine silberne Perücke. Ob seine Großeltern auch zum Fasching gingen? Oder bekam Opa etwa eine Glatze? Aleksej zog an den Haaren und wunderte sich, dass sie irgendwie festhingen. Er strengte sich an. Zog mit aller Kraft. Schließlich war er schon elf und hatte Muskeln vom Volleyball. Als er jedoch plötzlich in das bleiche Gesicht von Igor starrte, ließ er die Haare abrupt los. Schreien konnte er nicht. Jeglicher Laut war ihm in der Kehle stecken geblieben.

Als die Beamten Olga später befragten, kam heraus, dass sich Igor Anfang Dezember eine Axt gekauft hatte, die er ständig mit sich herumtrug und auch mit ins Bett nahm. Wann immer Olga nicht so spurte, wie er es verlangte, hatte er ihr gedroht, indem er über die Klinge strich und sie dabei mordlustig ansah. Die Rentnerin litt unter Todesangst. Ihren Kindern wollte sie nichts Schlechtes über den Vater sagen. Aber sie musste sich retten.

Es war der Tag vor Silvester, als Igor den Baum hereingeholt und ihn mit seiner Axt bearbeitet hatte. Olga wusste, dass sie nur einen Versuch hatte. Als er neben dem Stamm kniete, ergriff sie die Axt, die an der Wand lehnte und schlug zu. Er sackte zur Seite. Blut spritzte auf den Tannenbaum und überallhin. Sie wusste nun, warum Operationskleidung immer grün war. Darauf sah man Blut am wenigsten. So war es auch hier beim Weihnachtsbaum. Man sah und roch die Sprenkel nicht. Er konnte bleiben.

Olga wusste hinterher nicht mehr, wie es ihr gelungen war, den Toten ins Bad zu ziehen und die folgenden Notwendigkeiten zu überstehen. In den nächsten Stunden zerteilte sie Igor und steckte ihn portionsweise in große, schwarze Müllsäcke, die sie nach und nach in den Keller trug. Dort ging niemand hin, außer ihr. Davon war sie überzeugt.

Den Beamten erzählte sie im Verhör nichts von ihrem Leben, das zum Schluss wohl eine Folter gewesen sein musste. Sie schwieg einfach. Es tat ihr auch nicht leid, dass sie Igor erschlagen hatte. Das Einzige, was sie sich nicht verzeihen konnte, war, dass der kleine Aleksej seinen Großvater entdeckt hatte. Kein Kind sollte so etwas sehen müssen.

Eines Morgens fand man sie erhängt in ihrer Zelle.

Nané Lénard

Wintersonnenwende

Nané Lénard

Der Morgen hatte frostig begonnen. Es hätte ein schöner Wintertag werden können, doch heute entlud sich in einem inneren Inferno, was sich in den vergangenen Herbstmonaten angestaut hatte. Es drängte mit aller Macht ans Licht. Witzigerweise war es ein Freitag, der 13. im Dezember gewesen, als Holger wieder eingefallen war, dass auch er ein Leben hatte. Er sehnte sich nach einem Weg aus der Düsternis.

Acht Tage war dies nun her, und er beobachtete Melanie, die heimlich über das Sideboard im Wohnzimmer strich, aus den Augenwinkeln. Ja, er hatte Staub gewischt, durchfuhr es ihn wie ein Blitz, und der wohlbekannte Kloß im Hals stellte sich wieder ein. Ob sie ihn für so blöd hielt, dass er nicht bemerkte, wie sie auch in die Schubladen sah oder am Klodeckel roch?

Melanie kontrollierte ihn von morgens bis abends, obwohl sie selbst nichts zu ihrer beider Wohlbefinden im gemeinsamen Haushalt mehr beitrug. Er hatte längst begriffen, dass sie nicht aus Schwäche in ihrem Rollstuhl saß, sondern aus purer Faulheit. Im Spätsommer war sie noch selbst gelaufen. Doch angeblich hatte es ihr immer größere Probleme bereitet, im Haushalt zu arbeiten. Sicher, das verstand er, denn sie war so oft krank gewesen. Aus lauter Liebe hatte er ihr immer mehr abgenommen, bis sie sich schließlich für überhaupt nichts mehr verantwortlich fühlte.

Irgendwann war er neben seiner Arbeit bei der Stadtverwaltung auch noch mit Putzen, Kochen und Waschen beschäftigt gewesen, während sie vom Rollstuhl aus Anweisungen gab, wie er seine Aufgaben zu erledigen hatte. Wahrscheinlich hätte er sich auf ewig in sein Schicksal gefügt und auch gar nicht weiter darüber nachgedacht, wenn nicht sein alter Kumpel Heinz an jenem Freitag zum Kaffee gekommen wäre. Beim Verabschieden hatte er ihm ketzerisch ins Ohr geflüstert, dass die Sklaverei doch schon seit Längerem abgeschafft worden sei. Erst da hatte er begonnen, über seine Situation nachzudenken. Heinz hatte recht. Melanie nutzte ihn aus, sie erniedrigte ihn, beschimpfte ihn und ließ ihn seelisch am langen Arm verhungern, denn über den Frondienst hinaus wollte sie nichts mit ihm zu tun haben. In ihren Augen lag auch keine Zuneigung mehr, wenn sie ihn ansah, nur das Funkeln der Macht.

Seine Versuche, sich ihr zu widersetzen oder um Verständnis zu werben, scheiterten kläglich. Melanie machte ihm Vorwürfe, strafte ihn mit Missachtung und Liebesentzug. Holger litt wie ein geprügelter Hund und erkannte, dass sie immer die Oberhand behalten würde. Entweder er gehorchte, oder er befreite sich von ihr. Aber niemand hätte Verständnis für einen Mann gehabt, der sich von seiner pflegebedürftigen Frau trennte, die im Rollstuhl saß. Und niemand außer ihm hatte die Tritte gesehen, die sie dem alten Hund aus lauter Bosheit in den Bauch versetzte. Der treue Gefährte ertrug alles und wimmerte nur leise, bis er ihn einschläfern lassen musste. Holger brach es das Herz. Aus ihm heraus sickerte eine unglaubliche Wut.

Ihm blieb keine andere Wahl, beschloss er an jenem denkwürdigen Freitag, dem 13., – sie musste weg! Dann begann er zu planen.

Der frostige Morgen des 21. Dezember sollte Melanies letzter werden. Wintersonnenwende. Zeitenwende. Von diesem Moment an wurden die Tage heller, in jeder Hinsicht.

Holger hatte Urlaub genommen. Er beobachtete sie beim Frühstück aus den Augenwinkeln und sah, dass ihre Lider bereits zuckten. Als der beginnende Tag den Himmel über Bückeburg in ein fahles Licht tauchte, meinte sie verschwommen und zeitweilig doppelt zu sehen. Irgendetwas würde mit ihren Augen nicht stimmen, schimpfte sie und bat Holger nachzusehen. Da sei nichts, beruhigte er sie mit einem Hinweis auf ein mögliches astronomisches Phänomen und hatte endlich Gewissheit, dass sein Plan aufgehen würde. Ihre Pupillen waren wie bei einer Drogenabhängigen erweitert. Nun war alles nur noch eine Frage der Zeit. Er konnte warten.

„Gib mir was zu trinken", befahl sie ihm einige Zeit später im unheimlichen Licht. Die Natur draußen hatte den Atem angehalten. Alle Stimmen schienen verstummt zu sein. Er gehorchte und reichte ihr ein Glas Wasser, das sie ihm aus der Hand riss. Gierig zitternd trank sie, aber das Schlucken fiel ihr bereits schwer. Sie hustete und würgte. Dabei ließ sie das Glas fallen.

„Mach das sofort weg", verlangte Melanie und tat sich erkennbar schwer, die Worte auszusprechen. „Wasser llllläuft rein, Laminat quiii… auf."

Er schüttelte den Kopf und lächelte innerlich. „Du solltest dich lieber erst hinlegen", schlug er besorgt vor.

„Ja, vielleich… bessa", stotterte sie. „Mir is so übel."

„Ich hole dir einen Eimer", sagte Holger, stützte sie und führte sie zum Sofa. Dort deckte er sie zu. Als er wiederkam, sah er ihr in die Augen und fragte: „Hast du gestern Abend etwa schon von dem halbwarmen Gulasch genascht, das auf dem Herd stand, als ich schnell noch Kartoffeln aus dem WEZ geholt habe?"

Sie nickte, weil ihr das Sprechen schwerfiel.

„Und, hat dir das Hundefutter geschmeckt?", wollte er mit einem süffisanten Grinsen wissen.

Ihr Blick erstarrte und wurde böse.

„Keine Sorge, mir habe ich ein anderes Gulasch gekocht. Das hast du gar nicht bemerkt", erklärte er. „Bist doch kaum noch in der Küche."

„Du Schwein!", entfuhr es ihr zitternd.

„Die Dose Rinti mit echten Rindfleischbrocken stand schon ein bisschen länger offen im Keller, weißt du. Der alte Hund ist schon ein Weilchen tot, und da kommst du ja nicht hin", sagte er beiläufig. „Ich fand, es hat im Topf trotzdem noch ganz gut gerochen."

Sie würgte, erbrach sich in den Eimer und wurde von schweren Krämpfen geschüttelt. „Telelon", forderte sie mit schwacher Stimme und immer neuen Hustenanfällen. Sich aufrichten konnte sie nicht mehr.

„Ist zu spät", sagte er ungerührt. „Nix mehr zu machen. Die Lähmung schreitet fort. Du wirst gleich ersticken oder dein Herz setzt aus. Eins von beidem." Dann stand er auf. „Du verzeihst, dass ich das weder wissen noch mit ansehen will?"

Sie schnappte nach Luft. „Mödä", ächzte sie, während Tränen über ihr Gesicht liefen.

„Och, keine Sorge, das weißt nur du", gab er zurück. „Sie werden in dem übriggebliebenen Gulasch im Kühlschrank Botulinumtoxin finden, aber nur ganz wenig. Ich habe ein bisschen von deinem Essen untergemischt. Ein bedauerlicher Vorfall, so eine Lebensmittelvergiftung."

Dann verließ er den Raum, legte sich im Schlafzimmer aufs Bett und stellte den Fernseher laut. Im Gehen hörte er sie noch ein paar

Mal krächzen und röcheln. Als die Sonne in voller Lichtstärke am Himmel schien, stellte er das Gerät aus und lauschte. Alle Geräusche in der Wohnung waren verstummt, nur die Vögel draußen sangen wieder. Jetzt würden die Tage endlich heller werden.

Lothar Schöne

Spezialität des Hauses

Eine kratzige Stimme sagte neben mir: „Va bene, va bene, va bene."

Es war schon kalt geworden und Weihnachten rückte näher. Ich stand mit hochgeschlagenem Mantel auf dem Wochenmarkt von Olevano Romano, einem kleinen Ort südlich von Rom und kramte gerade in meinem Wortschatz, um der Marktfrau in perfektem Italienisch mitzuteilen, dass ich die Granatäpfel kaufen wollte. Wer drängte sich da so unverschämt in meine ureigene Sprachhemmung? Ich drehte mich zu der Stimme und entdeckte einen unrasierten Endfünfziger mit wilder grauer Mähne. Er nickte der hübschen Verkäuferin zu, worauf die meine Granatäpfel unverzüglich in eine Papiertüte steckte und danach ihm ebenfalls eine Tüte reichte, in die sie einige Orangen gepackt hatte. Ich zahlte, während er keinerlei Anstalten in dieser Richtung machte, und das Marktmädchen es offenbar auch nicht erwartete, sondern ihm großzügig einen schönen Tag wünschte.

„Ich habe gleich bemerkt, dass Sie Deutscher sind", teilte er mir in tadellosem Deutsch mit, „und mir eine kleine Hilfe erlaubt."

„Grazie", knurrte ich, um wenigstens eine Kleinigkeit meines grandiosen Italienischs anzudeuten.

„Sie sind Stipendiat oben in der Villa, was?"

Ich nickte, und er stellte sich vor. Peter Eigenbauer heiße er, und vor mehr als zwei Jahrzehnten sei er ebenfalls als Stipendiat hierhergekommen. Nachdem auch ich ihm meinen Namen genannt hatte, fragte er mich, ob ich einen Kaffee mit ihm trinken wolle, und kurz darauf saßen wir etwas fröstelnd auf der Veranda der Casa Luigi mit einem wunderbaren Blick in die Ebene. Ich erfuhr, dass er hier im „Hinterzimmer Roms“, wie er sich ausdrückte, hängen geblieben sei. Aber ganz freiwillig, er liebe das „Mezzo“, wie er sagte, hier fühle er sich wohl, hier lebe er auf. In die Metropole fahre er mit seiner Vespa wenigstens einmal in der Woche, aber Rom sei anstrengend, eine unerschöpfliche Stadt. Ich stimmte ihm zu, ich dachte genauso wie er, natürlich zog mich Roma an, ich genoss es, in der Stadt zu flanieren, bewunderte das Kolosseum ebenso wie das Pantheon oder die Via dei Fori Imperiali – aber ich kehrte ebenso gern wieder nach Olevano zurück, dieses in zweihundert Meter Höhe an einen sanften Berg geklebte Dorf, das aus der Ferne aussah, als sei es lediglich gemalt. Im Sommer war es die reinste Wohltat, nach der dumpfen Stadthitze die erfrischende Brise hier draußen wieder zu schnuppern. Jetzt handelte es sich um eine erfrischende Kühle.

Warum er hiergeblieben sei? „Schau dich doch um“, erwiderte er (wir waren inzwischen zum Du übergegangen), „und du kannst dir selbst die Antwort geben.“

„Bella Italia“, sagte ich, und er nickte.

„Das Leben hier ist einfach, die Sonne scheint normalerweise, die Frauen sind schön, du hast eine tolle Stadt vor der Nase, und die Leute in Olevano sind miraculoso.“

„Ah“, brummelte ich, „miraculoso.“

„Wunderbar“, übersetzte er und fuhr fort: „Ich hab schon in Paris gelebt, in Nizza und Lissabon, aber Rom ist besser und Olevano setzt allem die Krone auf.“

Ich nickte und war angetan von seinen Worten. Dann nahm ich einen Schluck von meinem Cappuccino und dachte daran, wie einfach das Leben doch sein kann, und wie manche Leute alles richtig machen, während andere sich im meist kalten Deutschland die Füße und vielleicht sogar den Kopf abfrieren.

„Aber sag mal“, fiel mir etwas Wichtiges ein, „braucht man nicht auch hier ein bisschen ... Geld?“

„Was glaubst du, wie ich existiere?“, fragte Eigenbauer theatralisch und sah mich mit großen Augen an.

„Von deinen Honoraren?“, probierte ich es, „du hast vor hundert Jahren einen Bestseller geschrieben, der sich nach wie vor glänzend verkauft.“

Peter Eigenbauer lachte kurz auf und schickte mir einen grimmigen Blick. Er räusperte sich und sagte nur ein Wort: „Naturalien.“

„Naturalien“, wiederholte ich und kam mir etwas begriffsstutzig vor.

„Wir machen hier Geschäfte in Naturalien", erklärte er, „ich geb dir was, du gibst mir was, verstehste?"

„Ich habe gewisse Schwierigkeiten", gestand ich, „vermutlich hat die Globalisierung schon ihre Spuren bei mir hinterlassen ..."

„Kapitalistische Scheiße", fiel er mir ins Wort, „die Sache ist so, ich streiche meinem Nachbarn den Zaun, der ist Bäcker, und ich muss für mein Brot nichts zahlen."

„Herrlich", entgegnete ich, „hoffentlich hat er genug Zäune."

Mein Gesprächspartner überhörte das und fuhr fort: „Ein anderer Nachbar ist Weinbauer. Dem helfe ich bei der Traubenlese. Dafür bekomme ich ein paar Kisten Wein von ihm." Er beugte sich zu mir vor, als wolle er mir Vertrauliches mitteilen: „Das Tollste passierte im letzten Herbst. Ein anderer guter Bekannter von mir ist Arzt in einer römischen Klinik. Er hat viel zu tun dort und kommt nur am Wochenende zurück. Ich sehe derweil nach seinem Haus hier, füttere die Hunde und führe sie aus, er gibt mir Geld, damit ich dafür sorge, dass sein Kühlschrank nicht leer ist, wenn er zurückkommt. Und so weiter und so fort. Im letzten Oktober bekam ich plötzlich Schmerzen im Unterbauch. Mein Dottore untersuchte mich. Blinddarm. Er operierte ihn heraus – ich musste keinen Cent dafür zahlen."

Allmählich überzeugte mich mein neuer Bekannter von seiner Art des Wirtschaftens, ich verwünschte den Mammon und stieß einen wilden Fluch auf den Kapitalismus aus, und als wir uns trennten, verabredeten wir ein Essen in einem Restaurant Olevanos, mit dessen Inhaber Peter Eigenbauer ebenfalls Naturalien-Geschäfte tätigte.

Zum Treffen in der Trattoria Bellavista brachte ich meinen Malerkollegen Holger mit, der im Erdgeschoss unserer Stipendiaten-Villa mit Farben um sich wirft und im größten seiner fünf Räume derzeit ein Gemälde erstellt, das den gesamten Fußboden ausfüllt, sodass ich ihm Botschaften nur durchs Fenster zurufen kann. Er selbst wandelt derzeit lediglich in Socken durch die Räume, und in seinem Gemälderaum pflegt er nur auf Fußspitzen zu gehen. Ich sehe Holger jeden Tag, allerdings nicht in einer unserer riesigen Wohnungen, sondern auf der weitläufigen Terrasse, wo wir sogar jetzt in dicken Pullovern unter Feigenbäumen frühstücken, und er nicht müde wird, das Licht des Mezzogiorno zu rühmen.

„Atme das Licht!", ruft er mir jedes Mal zu, wenn ich am späten Vormittag schlaftrunken aus dem Bett zur Terrasse hinuntertaumele. „Das ist nicht bloß ein anderes Licht als in Frankfurt, das ist überhaupt Licht!"

„Deshalb hat schon Goethe mehr Licht gefordert", klärte ich ihn auf, „in Frankfurt und Weimar war's ihm zu dunkel."

„In ganz Deutschland ist's zu dunkel!", erwiderte er.

Holger schien mir auf jeden Fall die richtige Ergänzung für unser Duo, er würde mit Sicherheit ein paar neue Aspekte in das Naturalien-Gespräch mit Peter Eigenbauer einbauen. Als ich Eigenbauer vor der Trattoria mit ihm bekannt machte, zeigte sich unser Vorvorgänger in der Stipendiaten-Villa hocherfreut über den Neuling, schüttelte dem Maler Holger ausgiebig die Hand und warf ihm ein paar Fachausdrücke an den Kopf, um klarzustellen, dass er sich in seinem Metier ebenso gut auskannte wie in der Schriftstellerei. Dann schob er uns zur Tür hinein.

Die vermeintliche Trattoria erwies sich Ristorante, als recht nobles Lokal, jedenfalls war das keine Imbissbude, wie ich vermutete, wo man eine Pizza auf die Hand geknallt bekommt. Ein Kellner führte uns zu unserem Tisch auf der Veranda, und wir genossen einen Blick übers Tal, das dem Namen des Restaurants Bellavista alle Ehre machte. Für die Speisen, die wir vorgesetzt bekamen, kam nur ein Wort infrage: superb. Unser Gespräch plätscherte munter dahin, wir prosteten uns mit einem vorzüglichen Montepulciano zu, und als der dritte Gang kam, spitzte Peter Eigenbauer die Lippen. Er hatte für uns Frischlinge die Spezialität des Hauses geordert. Es war ein Fleischgericht, sah aus, als sei es von einer Lende, drapiert in einer köstlich duftenden Soße. Neugierig schnitt ich ein kleines Stück ab und probierte.

„Ungewöhnlicher Geschmack, aber gut", merkte ich an, „was ist es?"

„Hase", antwortete Peter Eigenbauer, „kein Karnickel, sondern Hase. Freilaufender Hase. Die Italiener sind Jäger, müsst ihr wissen. Zur Jagdzeit auf keinen Fall in den Wald gehen."

„Und wann ist Jagdzeit?", fragte Holger.

„Das ganze Jahr", antwortete Peter.

Holger kostete ebenfalls ein Stück vom Fleisch und war nahezu hingerissen. Es fehlte nicht viel, und er hätte Beifall geklatscht. Auch mir mundete das Fleischgericht immer besser, obwohl mich eine gewisse Nachdenklichkeit befiel. Hase, dachte ich, ist selten, fast immer bekommt man nur Stallhasen, und so ein possierliches Tier zu essen, widerstrebt mir eigentlich. Überhaupt sollte man nicht so viel Fleisch essen. Und wenn man dabei noch an die industrielle Abschlachterei denkt, die quiekenden Schweine, die armen Rinder, die federlosen Hühner – da kann man über die Jagd hier in Italien eigentlich nur froh sein. Dieses Häslein auf meinem Teller konnte sich an einem hoppeligen Leben in freier Wildbahn erfreuen, bis ein Schuss es von seinem Erdendasein erlöste. Irgendwann, dachte ich, sind wir schließlich alle mal dran, und meist geht es viel übler zu Ende. Nach solch profunden Überlegungen wandte ich mich wieder mit gutem Appetit meinem Mahl zu.

Holger fragte gerade unseren Ehemaligen, wie es um seine poetische Produktion aussähe. Natürlich schreibe er, antwortete Peter, sogar jeden Tag, er habe ein festes Pensum und einen Roman in Arbeit, da würden sich die Verlage die Finger nach lecken. Er hatte sich übrigens im Gegensatz zu uns einen Rehrücken bestellt, und nach einem weiteren Biss fügte er grimmig hinzu: „Jedenfalls hätten sie das vor zwanzig Jahren getan."

„Wie meinst du das?", wollte Holger wissen.

„Hast du ihn noch nicht aufgeklärt?", wandte sich Peter Eigenbauer an mich, „wandelt dieser Künstler im Stande des Unwissens?"

„Ja, ja", stimmte ich zerknirscht zu, „die Verlagslandschaft hat sich bestimmt verändert."

Eigenbauer lachte bitter auf: „Das nenn ich die Untertreibung des Jahres, mein Guter." Er schickte mir einen garstigen Blick: „Aber vielleicht bist du zu jung dafür, um die richtigen Worte zu finden." Er machte eine theaterreife Pause und wandte sich zu Holger: „Früher wurde man prominent durch Bücher, heute muss man prominent sein, damit ein Verlag das Buch macht."

Mein Malerkollege schaute verdutzt auf, und Peter Eigenbauer raunzte ihn an: „Kasse machen! Der Kapitalismus galoppiert. Wer einmal in der Woche seinen Schädel ins Fernsehen reckt, kann jeden Dünnschiss verkaufen. Ein feines Buch wird daraus gemacht, und es gibt genug Idioten, die das kaufen."

Holger sah bestürzt auf sein Essen, aber nicht das hatte ihm die Sprache verschlagen, sondern die Worte von Peter Eigenbauer.

„Verleger sind Moneymaker", fuhr Eigenbauer unerbittlich in seiner Tirade fort, „wenn sie ein Geschäft wittern, machen sie es. Wenn aber ein Manuskript keine Euro-Rakete in ihrem Geldschrankgehirn zündet, werfen sie es in den Müll."

„Stimmt das?“, fragte mich jetzt Holger mit naivem Blick.

„Na ja, ganz verkehrt ist das nicht“, antwortete ich in versöhnlichem Ton.

Doch Eigenbauer wollte das nicht hören: „Machen wir uns doch nichts vor“, erklärte er, „Autoren wie Hölderlin, Mörike oder E.T.A. Hoffmann würden heute hoffnungslos verhungern. Die wären chancenlos, kein Hahn würde nach ihnen krähen.“

„Ja also …“, merkte ich vorsichtig an, „die waren auch zu ihrer Zeit schon ein Minderheitenprogramm ...“

„Na und!“, knurrte Eigenbauer, „heute sind sie Klassiker.“

„Aber werden sie auch gelesen?“, wagte ich einzuwerfen und dachte dabei an meinen ehemaligen Professor, der mir noch vor Kurzem mit zitterndem Bärtchen erzählte, dass in seinem Hölderlin-Seminar wieder mal nur vier Studenten saßen. Und sollte ein Autor, ging es mir durch den Kopf, nicht für seine Zeitgenossen schreiben statt für Unbekannte in ferner Zukunft – die vielleicht gar keine Leser mehr sind, sondern sich nur ein paar Sätze im Internet herausklauben?

Peter Eigenbauer richtete sich auf, sein grauer Schopf schien zu glühen: „Es ist nicht wichtig, ob sie gelesen werden. Wichtig ist nur, dass sie gelesen werden können!“

Die Tischrunde wurde allmählich etwas zäh, fand ich, und das Gespräch drohte auszuarten. Unser Vorvorgänger entpuppte sich als Idealist, er wollte offenbar die Welt nach seinem Gusto, sie war es nicht, also hatte er sich vorgenommen, den Schädel an ihr einzurennen. Vor solchen Eiferern musste man sich in Acht nehmen. Vielleicht sollte ich das Gespräch auf ein anderes Gleis schieben.

Doch da ließ sich Holger hören: „Viele Künstler werden erst nach ihrem Tod berühmt.“

Eine sehr überflüssige Bemerkung war das, die unseren Altvorderen erst recht auf die Palme bringen würde. Wie vermutet, legte er sofort los und stieß wüste Beschimpfungen gegen all jene aus, die verhinderten, dass große Autoren nicht zu ihren Lebzeiten schon in Saus und Braus leben können. Und die Schuldigen daran seien nicht nur Verleger, sondern auch Kritiker, Medien und vor allem das Publikum. „Du wirfst Perlen vor die Säue!“, rief er, „aber die Säue fressen lieber Abfall.“

Perlen kann man eigentlich nur schlecht essen, die sind mehr was zum Schlucken, dachte ich, sagte aber stattdessen: „Ach, da kommt der

Nachtisch! Jetzt bin ich gespannt, welche Köstlichkeit du hier für uns ausgewählt hast."

Es sah wahrhaftig wunderbar aus, was der Kellner da kunstvoll auf großen Tellern kredenzte. Zabaglione mit Himbeeren – aber was für eine Zabaglione! Ich überschüttete nach dem ersten Löffel Peter Eigenbauer mit Komplimenten. Holger, dem es offenbar genügte, erst nach seinem Ableben berühmt zu werden, ließ ab von weiteren dummen Bemerkungen, ja jetzt, wo der Nachtisch serviert wurde, besann er sich auf Schmeicheleien das Essen betreffend, sodass unser Stipendiaten-Vorvorgänger Eigenbauer seinen Grimm vergaß, zufrieden nickte und so wie wir den Löffel kreisen ließ.

„Warum hast du eigentlich nicht auch die Spezialität des Hauses genommen, den Hasen?", fragte ich ihn.

„Ach, den Hasen hab ich schon so oft hier gegessen."

„Hat er dir nicht geschmeckt?"

„Doch, doch", erklärte Peter Eigenbauer kurz angebunden, „aber man muss auch mal was anderes ausprobieren."

Kurz darauf kam ein starker Espresso und mit ihm erschien ein kleiner Herr mit olivfarbenem Teint am Tisch, der Eigenbauer wie einen alten Freund mit Handschlag begrüßte. Es war der Chef des Restaurants, und unser Alt-Stipendiat stellte uns ihm vor.

„Hat es Ihnen geschmeckt, Signori? Sind Sie zufrieden?", wollte der kleine Herr wissen.

„Miraculoso", antwortete ich, und Holger schob nach: „Grande". Damit hatte sich unser Wortschatz fürs Erste erschöpft, und wir lächelten dem Chef dankbar zu. Der wechselte ein paar Sätze mit Peter, und soweit ich heraushörte, ging es um Hasen und die Spezialität des Hauses, offenbar benötigte er Nachschub. Dann verabschiedete er sich formvollendet von uns und entfernte sich.

„Bringst du ihm die Hasen?", fragte ich Peter Eigenbauer.

„Ja, ja", erwiderte er, „ich jage auch, du weißt ja, die Naturalwirtschaft."

Unsere Stimmung stieg, als zum Abschluss jedem von uns ein Grappa aufgetischt wurde. Grappa und Grappa ist, wie der Kenner weiß, beileibe nicht das Gleiche. Es gibt Grappas, bei denen man sich nach dem ersten Schluck auf den Boden wirft und vor Schmerzen den Bauch hält. Es gibt aber auch Grappas, die so mild und zart sind, dass sie dem Gourmet wie himmlischer Nektar vorkommen. Von dieser Art war der uns vorgesetzte Grappa. Ein wundervolles

Destillat, das ich versonnen noch eine Weile nachkostete.

Als die Rechnung kam, stellte ich verwundert fest, dass nur die Getränke darauf standen. „Das Essen geht auf meine Kosten", erklärte unser Ehemaliger mit großer Geste, „ihr zahlt lediglich die Getränke."

Ich war begeistert. Sowohl von der Rechnung als auch von Peter Eigenbauer. So läuft die Naturalwirtschaft eben, dachte ich, Peter liefert diesem Ristorante echte Hasen, dafür kann er hier mit uns kostenlos speisen. Dieser Gedanke berauschte mich so, dass ich ins Grübeln kam, wie ich die Naturalwirtschaft einsetzen könnte, wenn ich wieder in heimatlichen Gefilden wandelte.

„Leute", sagte Peter unternehmungslustig, „jetzt lad ich euch in mein Haus ein, und wir trinken noch einen Schluck von meinem Hauswein."

Ich war etwas verwundert. Ein Haus besaß er also auch? Meine Hochachtung vor seiner Art des Wirtschaftens stieg ins Unermessliche, mit der Naturalwirtschaft kam man offenbar sehr, sehr weit. Dem Kapitalismus müsste ich wohl nach dieser Erfahrung den Totenschein ausstellen. Der Warenverkehr funktionierte eindeutig auch ohne Geld. Und seine leuchtende Ikone war Peter Eigenbauer in Olevano Romano nahe Rom.

Er wohnte am Ortsrand, es dunkelte bereits, war aber dennoch hell, denn etwas Schnee war auf die Felder gefallen. Nach einer Viertelstunde strammen Fußmarsches erreichten wir einen Hügel, auf dem in der Tat so etwas wie ein Haus stand. Offen gesagt, es handelte sich eher um eine Bretterbude, die sich windschief an den Boden klammerte, um nicht den nahen Abhang herunterzurutschen. Peter stieß eine lose in den Angeln hängende Tür auf und winkte uns nach. Zögernd betraten wir das Häuschen, in dem völlige Finsternis herrschte, blieben aber gleich am Eingang stehen. Mir war ein wenig gruselig zumute. Hörte ich da nicht ein Fiepgeräusch? Und es roch auch ziemlich muffig, gelüftet wurde hier wahrscheinlich nur alle Schaltjahre. Holger hielt sich hinter mir, was mir als ausgezeichnete Vorsichtsmaßnahme erschien. Vielleicht krochen uns irgendwelche Echsen vom Boden her an, vielleicht flog uns demnächst ein Geier entgegen, der uns irrtümlich für Aas hielt. Dieser Gedanke beunruhigte mich erheblich, sodass ich einen Schritt zurückzutreten wollte, was aber misslang, da Holger sich mir entgegenstemmte. Offenbar wollte er auf keinen Fall vorne stehen.

Unser Gastgeber rumorte im Dunkeln, bis schließlich eine Kerze aufflammte und dann noch eine. Jetzt konnten wir in unstetem Licht eine Kammer erkennen, in der ein grober Holztisch an der Seite nahe einem Waschbecken stand. Eigenbauer stellte die Kerze auf den Tisch, die zweite Kerze entpuppte sich als Stumpf, der wohl bald sein knappes Leben aushauchen würde. Die beiden armseligen Leuchter flackerten unruhig vor sich hin – dabei war es doch ganz windstill. War das hier etwa ein verwunschenes Haus, in dem Luftgeister spukten? Peter Eigenbauer selbst war verschwunden. Wortlos verschwunden im dunklen Hintergrund. Mir war danach, ebenfalls zu verschwinden, aber in die andere Richtung nach draußen, nur fort von hier in die frische Luft der Nacht. Doch seltsamerweise blieben wir ratlos an der Tür stehen und getrauten uns nicht weiterzugehen. Wohin war unser Gastgeber verschwunden? Gab es hier ein Kellergewölbe, dunkle und spinnenverhangene unterirdische Gänge, in denen nur er sich auskannte? Ein Untergrund vielleicht, in denen er seine Tausch-Naturalien aufbewahrte, die toten Hasen? Und wer weiß, was noch.

Holger flüsterte mir zu: „Wie gut wir's doch haben in unserer Villa." Ich flüsterte entschieden, doch genauso leise zurück: „Elektrisches Licht ist doch was Schönes."

Mir kam der Gedanke, unserem Gastgeber ins Dunkle nachzurufen, was er von hell leuchtenden Glühbirnen hielt, eine Erfindung, die man gar nicht hoch genug schätzen könne, doch in dem Moment hörte ich ein Geräusch im schwarzen Hintergrund – ein grässliches Fiepen und kurz darauf einen metallischen Schlag. Ich wich zurück, der hinter mir stehende Holger war schon halb aus der Tür getreten. Was war das eben?

Doch da trat Peter Eigenbauer von hinten wieder in den flackernden Kerzenschein. Seine Miene zeigte einen grimmigen Zug: „Kommt doch rein! Was steht ihr an der Tür herum?" Er hob die Hände hoch, in der sich zwei Flaschen Wein befanden.

„Ah, du hast Wein geholt", sagte ich, „einen metallischen Wein."

Peter ging auf meine ironische Anspielung nicht ein, stattdessen rief er uns zu: „Setzt euch! Ich mach gleich ein Feuer an." Dann zog er aus dem Waschbecken drei Wassergläser, die sogar im flackernden Licht der Kerzen aussahen, als hätten sie in der Bronzezeit zum letzten Mal so etwas wie eine Spülbürste gesehen. Aber dergleichen anzumerken, wäre mir nicht eingefallen, schließlich waren wir Gäste, und unser Altvorderer liebte die Naturalwirtschaft, ja, im Grunde hatte er sie wieder zum Leben erweckt. Einen solch kreativen Menschen konnte man nicht mit Nebensächlichkeiten behelligen.

Holger schob sich jetzt nach vorne, er hielt die Gefahrensituation offenbar für bereinigt und teilte verlogen mit: „Schön hast du's hier, so ungefähr hat Cézanne auch gewohnt."

„Das verwechselst du mit Renoir", erwiderte Peter meinem Malerkollegen, stellte Weinflasche und Gläser auf den Tisch und goss ein.

„Setzt euch endlich, macht's euch bequem und genießt mein Prachthaus!"

Ich schluckte und dachte: Wie alle Schriftsteller liebte Peter eben die Übertreibung. Allmählich wurde es wärmer, und der Rotwein, den wir tranken, war zu meiner Überraschung nicht übel. Beim zweiten Glas fand ich ihn bereits ganz köstlich.

„Die Flasche hat kein Etikett", erklärte Eigenbauer, „wisst ihr warum?"

Er wartete keine Antwort ab, sondern gab sie selbst: „Sie stammt von dem Winzer, dem ich bei der Ernte helfe. Naturalien – ihr wisst schon."

„Schmeckt ziemlich gut", teilte ich mit, während Holger sich bereits aus der etikettlosen Flasche sein Glas nachfüllte.

„Ziemlich gut?", murrte unser Gastgeber, „der ist ausgezeichnet, du trinkst einen Premiumwein, halt ohne Etikett."

Holger stimmte ihm sofort zu, man merkte ihm an, dass er sich an die trostlose Umgebung schnell angepasst hatte. Und allmählich gewöhnten sich meine Augen ebenfalls an das schummerige Licht. Mir fiel auf, dass von der Decke Ketten hingen. Was konnte das bedeuten? War das Haus vielleicht eine Art Kerker, in dem politische Gefangene gefoltert wurden? Vermutlich Kapitalistenschweine, die sich gegen die Naturalwirtschaft stemmten.

„Sag mal, wieso hängen hier Ketten von oben runter?" fragte ich den Hauseigentümer unumwunden, „ist das hier ein sadomasochistisches Etablissement, folterst du hin und wieder üble Kapitalisten, oder lässt du dich selbst ab und zu anketten und auspeitschen?"

Eigenbauer lachte: „Gar nicht schlecht, Herr Kollege, deine Fantasie gefällt mir. Du wärst wahrscheinlich fähig, einen Krimi oder eine Horrorgeschichte über mein Haus zu schreiben." Er machte eine Kunstpause: „Aber leider ist deine Vermutung verkehrt. Ganz verkehrt …"

Er senkte die Stimme und sprach nicht weiter, und ich dachte: Der Mann kann als Autor nicht so übel sein, er weiß, wie man Spannung herstellt. Laut sagte ich allerdings mit naiver Stimme: „Über dein Haus und dich zu schreiben wäre mir ein Hochgenuss, allerdings müsste ich etwas mehr über diese Ketten wissen, die von der Decke hängen."

Eigenbauer hob sein Glas, lächelte und prostete mir zu, als hätte er soeben einen dicken Vertrag mit seinem zukünftigen Verleger ausgehandelt. Auch ich hob mein Glas, verscheuchte jeden Gedanken an seine Verschmutzung, und wir stießen miteinander an. Der Wein schmeckte mit jedem Schluck besser, musste ich zugeben. Auf jeden Fall sollte ich ihm Respekt vor seiner Naturalwirtschaft bezeugen, das würde ihn wahrscheinlich zum Reden bringen. Ich wollte gerade zu einem neuerlichen Kompliment für seinen etikettlosen Wein ausholen, als er von selbst zu reden begann.

„Du willst was über die Ketten wissen? Warum nicht. Vielleicht schreibst du mal was drüber."

„Könnte ich mir gut vorstellen", erwiderte ich, „wenn du redest, schreibe ich."

Peter Eigenbauer lachte, dann sagte er: „Imponiert mir, wie du sprichst. Mit dir kann man wahrscheinlich prima Geschäfte machen."

„Naturalwirtschaft?", fragte ich, „davon hast du mich schon längst überzeugt. Ich würde sogar sagen, dass ich zu deinem Jünger geworden bin."

Eigenbauer grinste mich an, und ich merkte, dass ihm gefiel, was ich sagte. Holger allerdings, nachdem er mehrmals laut geschmatzt hatte, fühlte sich nun bemüßigt, auch etwas zu unserem Gespräch beizusteuern.

„Mich hast du ganz und gar überzeugt!", stellte er mit Inbrunst fest, „wenn ich nicht so vernarrt in die Malerei wäre, würde ich mir per Naturalwirtschaft auch so ein prächtiges Haus zulegen."

Musste Holger so übertreiben? Musste er Eigenbauers Vokabel übernehmen und diese windschiefe Bude ein prächtiges Haus nennen? So zu reden war verdächtig und könnte unseren Altvorderen ins Schweigen treiben.

Zu meinem Erstaunen erwiderte der aber nüchtern: „Mit der Malerei verdienst du nix, was?"

Holger nickte betrübt und schenkte sich bereits aus der zweiten Flasche etwas Wein nach, während ich darüber nachsann, wie ich Eigenbauer zu den von der Decke hängenden Ketten zurückbringen konnte.

„Ja", sagte ich mit nachdenklicher Stimme, „Maler haben's nicht gerade einfach. Aber auch wir Schriftsteller müssen uns nach der Decke strecken … Apropos Decke, Peter, du wolltest mir doch was über die Ketten erzählen, damit ich …“

Eigenbauer unterbrach mich: „Hab's nicht vergessen, mein Lieber! Die Ketten, die Ketten! Du hast ja schon eine Idee dazu gehabt, war aber ganz verkehrt. Ich bin kein Sado-Maso-Typ. Bevor du dir den nächsten Schluck von meinem vorzüglichen Wein genehmigst, musst du mir noch eine Idee offerieren.“

Der Bursche wurde mir unheimlich. Jetzt musste ich mir den Wein sogar durch Ideen verdienen. Die Sache wurde allmählich lästig. Ich warf einen Blick zu Holger: „Was meinst du denn? Wird die Malerei besser, wenn man eine Leinwand an Ketten hochzieht und auf dem Rücken liegend malt?“

„Du meinst“, fragte der neugierig, „man zieht sich hinterher und malt dann so wie manche Künstler in der Renaissance?“

„Raffael hat so einige Fresken in römischen Kirchen gemalt!“, erklärte unser Gastgeber dem Maler Holger gebieterisch, „bitte sei etwas genauer, wenn du über die Renaissance sprichst.“

Der nickte folgsam und griff wieder nach seinem Glas.

„Das war doch ein Scherz mit der Malerei an Ketten“, sagte ich und wies auf unseren Gastgeber, „Peter Eigenbauer, diese Ikone der Naturalwirtschaft, ist doch kein Maler, er ist ein Schriftsteller.“

„Na und“, maulte Holger, „er könnte auch im Liegen und an der Decke schreiben.“

Eigenbauer fing an zu lachen, es war ein brummiges, kollerndes Lachen, das tief aus dem Zwerchfell kam, ich sah ihn an, rollte die Augen und konnte mir ebenfalls ein Schmunzeln nicht verkneifen.

„Test bestanden!“, rief Eigenbauer mir zu, „du kannst dir von meinem köstlichen Wein nachgießen.“

Das tat ich sofort, wir prosteten uns zu, und nachdem ich einen wohlverdienten langen Schluck genossen hatte, sagte ich: „Peter, jetzt aber raus mit der Sprache! Ich platze vor Neugier. Wozu sind die Ketten?“

Er setzte sein Glas mit einer graziösen Bewegung ab und erwiderte: „Du warst nah dran. Gar nicht schlecht deine Überlegung …“

Ich fiel in seine Rede: „Ziehst du dich an den Ketten hoch, um zu schreiben?“

Er hob wie ein Geistlicher begütigend die Hände: „Gemach, gemach. Ich ziehe nicht mich hoch, sondern mein Bett.“

Holger ließ ab vom Wein und fragte entgeistert: „Dein Bett?“

„Du meinst die Matratze, die da im Dunkeln liegt?“, wollte ich wissen.

Peter Eigenbauer wiederholte: „Ich ziehe mein Bett an den Ketten hoch an die Decke.“

Holger schob sein Glas von sich, als wäre das an dieser Antwort schuld. Nur nichts mehr trinken, schien seine Devise zu sein. Doch auch mich machte Eigenbauers Erklärung ratlos. Warum zieht man sein Bett zur Decke? Schlief er am Ende auch unterm Dach? Hatte ich es bei ihm mit einem ganz speziellen Psycho-Fall zu tun? Meine Gedanken überschlugen sich: Würden wir aus dieser Bude überhaupt lebendig herauskommen? Oder verschimmelten wir an Ketten hochgezogen unter einem löchrigen Dach? Und würden von unserem Stipendiaten-Dasein nicht mal unsere Leichname übrig bleiben? Die beiden sind eines Nachts fortgeblieben und nie wieder gesehen worden. Eben, eben, sie verwesen nämlich unter einem Dach in einer windschiefen Bude fernab aller Zivilisation.

Ich rückte meinen Stuhl vorsichtig nach hinten, doch da begann unser irrwitziger Gastgeber wieder zu sprechen. Ich hörte genau auf den Klang seiner Stimme, um eventuellen Wahnsinn sofort zu erkennen. Man weiß ja nichts von seinen Mitmenschen, man denkt, es sind nette Menschen, die nichts Böses im Schild führen, dabei hat man keine Ahnung von ihrer Deformation, kennt sie nicht, bis man in eine solche Situation geworfen wird. Nachts in einem windschiefen Häuschen, das nur dürftig von zwei Kerzen erhellt wird, von denen die eine gerade verlischt, als hätte sie der jähe Tod ereilt, und die andere unruhige Schatten an die Wand wirft, Schatten, bei denen man nicht sicher ist, ob es die eigenen sind.

Da hob Peter Eigenbauer seine Stimme und sprach mit nüchterner Stimme: „Wir haben hier Ratten, sehr hungrige Ratten. Vor denen muss man sich in Acht nehmen. Die fressen alles auf, was ihnen in die Quere kommt. Die hassen mich. Lebensmittel muss ich gut verschließen. Meine Matratze war schon mal angenagt.“

„Aha“, sagte ich und ließ meinen Blick durch das Halbdunkel schweifen. Sah ich da etwa einen Rattenschwanz verschwinden, waren da nicht dunkle Löcher in der Wand, aus denen kleine Augen hervorleuchteten? Und was lag dort hinten im Halbdunkel auf dem Fußboden? Es sah aus wie ein Holzbrett ...

„Ja, ja“, teilte Peter mit, der meinem neugierigen Blick gefolgt war, „ich habe hier Rattenfallen aufgestellt. Sie sehen aus wie Mausefallen, sind aber fünfmal so groß. Ich hab hier schon Ratten entdeckt von der Größe einer Wildkatze. Kleinere Fallen wirken nicht, die haben die Biester einfach abgeschüttelt. Unglaublich. Normalerweise brechen die Fallen ihnen das Genick, aber bei denen ..." Er zog die Schulter in die Höhe.

„Schon gut", sagte ich und war froh, dass wir bereits gespeist hatten. Solche Rattengespräche können einem auf den Magen schlagen. Aber eine Frage wollte ich ihm doch noch stellen: „Warum hassen die dich?"

Eigenbauer warf mir einen nachdenklichen Blick zu: „Dich würden sie auch hassen."

„Aber ich bin doch ein verträglicher Zeitgenosse", widersprach ich.

„Ist denen egal. Du kannst ja mal in meinem Haus hier übernachten."

Mich gruselte bei seinen Worten, und ich hoffte inständig, dass mir nicht die Haare zu Berge standen, doch mutig teilte ich mit: „Warum nicht."

„Vor Kurzem war meine Freundin aus Zürich hier", fuhr Peter fort, „sie ist plötzlich abgereist. Na ja, das rustikale Landleben war nichts für sie. Meine Naturalwirtschaft hat sie auch nicht kapiert. Eigentlich schade, denn sie ist eine kluge Frau, mit ihr konnte ich wunderbar fachsimpeln."

„Hat sie hier auch übernachtet?", fragte Holger, und seine Frage klang fast wie ein Vorwurf.

„Natürlich!", antwortete Peter mit Nachdruck, „natürlich haben wir hier geschlafen und am Morgen das Licht des Mezzogiorno genossen."

Mein Malerkollege war beruhigt, die Kette, mit der man die Matratze hochzieht, schien vergessen. Das Licht! Das Licht am Morgen, das war's! Endlich wieder beim wahren Thema. Wir leerten die zweite Flasche des Rotweins ohne Etikett und noch eine, die Eigenbauer irgendwie hervorzauberte, und als Holger und ich die windschiefe Bude verließen, lud uns Peter Eigenbauer für die Woche darauf zum Spaghetti-Essen ein.

„Mal was Einfaches", sagte er, „ganz fleischlos – ich bin der beste Spaghetti-Koch in ganz Süditalien."

Er lachte wieder kollernd und ein nächtlicher Windstoß wehte sein graues Haupthaar zur Seite, dass er wie eine schief gezeichnete Figur im Türrahmen stand.

Auf dem Heimweg stützten wir Stipendiaten der Gegenwart uns gegenseitig, denn der gute Naturalwein zeigte gewisse Wirkungen. Mir gingen meine Befürchtungen durch den Kopf – sie waren völlig überflüssig. Dieser Eigenbauer war kein Psycho, vielmehr hatte er sich die Naturalwirtschaft erobert. Vielleicht ein wenig zu sehr, wie man an unserem Sprechvermögen erkannte. Es hatte durch den Weingenuss ein wenig gelitten.

„Deer hat Rattennn", lallte Holger, „na und? Er iss ein Rattenköönig. Waas iss schon dabei?"

„Seherr richtich", antwortete ich, „dafüür haben wiir Skorpione."

„Unsere Haustieere sind Skoorpioone", bestätigte Holger, „sie sind sehr klein, aber man köönte sie an 'ner Leine füühren."

„Kann maan eigentlich Skorpioone verkaufen", wollte ich wissen, „ich deenk da an die Natuuralwirtschaft! Verstehste?"

„Beim nähächsten Mal gibt es bloß Spaghetti bei ihm", teilte Holger mit, „gaanz und gar fleischlos."

Ein paar Tage später machten wir uns zu Peter Eigenbauers Haus am Abhang auf. Wahrscheinlich erwartete er uns schon. Es war ein düsterer Spätnachmittag, in den Straßen Olevanos lag schmutziger Schnee, auf den Feldern war er noch weiß, aber verharscht. Auch nieselte es ein wenig an diesem Tag. Wir stapften mit Regenschirmen vorsichtig den Feldweg entlang, und als es den Hügel hochging, glitten wir ein paar Mal aus, bis wir endlich vor seiner Hütte standen. Die Tür hing wie beim letzten Mal lose in den Angeln. Wir klopften höflich – keine Antwort. Wir riefen seinen Namen – keine Reaktion. Schließlich traten wir ein. Draußen trübte eine diesige Atmosphäre die Stimmung, aber wenigstens war es noch so hell, dass genug Licht in das Kerkerzimmer fiel. Seltsamerweise sah man keine Ketten von der Decke hängen. Sein Bett, die Matratze, lag unten. Von Peter Eigenbauer keine Spur. Wir schauten uns um, der Raum hatte mehr Tiefe als vermutet. Drei Rattenfallen sahen wir, doch ohne Inhalt. Seitlich an der Wand, etwas versteckt neben einem Kleiderschrank fanden wir zwei tote Ratten, riesige Exemplare, etwa so groß wie Hasen. Ihre Augen schienen uns zu mustern, als seien die Tiere noch lebendig. Sie hingen kopfüber mit eingeschlagenen Nägeln an ihren Schwänzen.

Uns schauderte es. Und als wir die Bettdecke auf der Matratze zurückschlugen, fanden wir ein paar Knochen. Sie waren völlig abgenagt und kamen uns ein wenig groß für Tierknochen vor. Wir schauten sie ratlos an, getrauten uns aber nicht, sie in die Hand zu nehmen. Wo

war nur Peter Eigenbauer? Hatte er eine neue Variante der Naturalwirtschaft in seinem sadomasochistischen Domizil ausprobiert?

Am Tag darauf schien wider Erwarten die Sonne, als wolle sie uns auf das Weihnachtsfest vorbereiten, und das Licht des Mezzogiorno war herrlich, wie Holger und ich auf unserer Terrasse feststellten. Ich dachte an die Spezialität des Hauses und beobachtete sogar einen Hasen, wie er unter Olivenbäumen davonhoppelte. Doch Peter Eigenbauer, diese Ikone der Naturalwirtschaft, haben wir weder an diesem Tag noch in jenem Winter wiedergesehen.

Renate Folkers

Aus der Haft entlassen

Renate Folkers

Sina Hansmann lebt mit ihrem Mann Sönke und den Töchtern Friederike und Freya im Norden von Husum. Die Mädchen sind zwölf und vierzehn Jahre alt. Beide besuchen das Gymnasium.

Vor zwei Wochen ist Sönke aus der Justizvollzugsanstalt Neumünster entlassen worden. Ein wenig ungewohnt und fremd fühlt es sich für Sina an, ihn wieder zu Hause zu haben. Besonders die Mädels reagieren zurückhaltend. Ein vorsichtiges Beschnuppern von allen Seiten.

Die Zeit im Gefängnis hat Sönke verändert. Er ist schweigsam, oft gedankenverloren und wirkt in sich zurückgezogen.

Wegen Verbreitung kinderpornografischer Schriften und Bilder war Hansmann in Haft gekommen.

Für Nachbarn, Freunde, Arbeitgeber, für alle war es ein Schock gewesen und ihre Reaktionen machten der Familie zu schaffen. Sönke Hansmann ein Pädophiler! Sina hatte es wie ein Erdbeben empfunden, das ihr bisheriges Leben in Schutt und Asche legte. Alles, was die Bilderbuchfamilie Hansmann auszeichnete, war plötzlich ein Nichts.

Bis zu dem Tag, als die Wahrheit ans Licht gekommen war, hatten die Kinder ihr glückliches Leben in einem harmonisch-liebevollen Zuhause genossen. Ihre stark ausgeprägte soziale Kompetenz half ihnen bei der Bewältigung der mit der schlimmen Nachricht einhergehenden Situation.

Die Nachbarn hatten sie mit Anrufen, Beschimpfungen, Ausgrenzungen und Schmierereien an den Hauswänden traktiert. Sina hatte überlegt, den Wohnort zu wechseln. Vonseiten der Mädchen wurde jedoch mit erstaunlich erwachsener Begründung interveniert. Sie würden zu ihrem Vater stehen und nicht vor Beschimpfungen und Anfeindungen der Leute davonlaufen wollen. Sina war den Lehrerinnen ihrer Töchter dankbar. Im Unterricht wurde die Familiensituation thematisiert und im Klassenverband hatten Friederike und Freya eine große Empathie erfahren. Das machte sie stark. Sina war erleichtert gewesen, und gemeinsam hatten sie beschlossen zu bleiben.

Im Kolleginnenkreis wurde Sina gemieden und gemobbt. Als Erzieherin die Frau eines Pädophilen zu sein, schien untragbar und so kam es dem Dienstherrn gerade recht, dass im benachbarten Stadtteil, ein paar Straßenzüge weiter, ein neuer Kindergarten seine Tore öffnete. Die Neuanmeldungen an Sinas Einrichtung gingen erheblich zurück. So ließ sich ihre Stelle mit dieser Begründung einsparen. Sina wurde entlassen.

Wann immer es möglich und erlaubt war, hatte Sina ihren Mann besucht. Ebenso hatte sie ihm einmal die Woche einen Brief geschrieben. Doch was waren schon ein Besuch von zwei Stunden im Monat und Briefe, in denen stand, dass die Familie zu einem hielt und man geliebt wurde? Geliebt, lächerlich. Sina Hansmann war einunddreißig, als es zu der Verurteilung gekommen war. Viel zu jung, ihr zwei Jahre Lebenszeit mit zwei Kindern und ohne Mann zuzumuten.

Sina schiebt ihren Einkaufswagen zurück in den Unterstand. Bevor sie nach Hause fährt, will sie im Backshop noch einen Kaffee trinken.

Hoffentlich habe ich nichts vergessen, denkt sie und verfolgt gedankenverloren, wie sich die Kaffeesahne langsam mit dem Getränk vermischt. *Das Fest wird uns einander wieder näherbringen*, hofft sie. *Im Augenblick sind wir alle mit der Situation ein bisschen überfordert. Weihnachten ist eine gute Gelegenheit, sich wieder aneinander zu gewöhnen und gemeinsam etwas zu unternehmen.* Eine echte Vorfreude will sich allerdings so gar nicht einstellen. Immer wieder schiebt sich der merkwürdige Zwischenfall vom gestrigen Abend in den Fokus.

Etwas früher als gewöhnlich war Sina von ihrer Putzstelle nach Hause gekommen. Sönke saß in einem Weihnachtsmannkostüm am Laptop in der Küche. Zwischen Erstaunen und Verwunderung hatte sie etwas sagen wollen, doch war ihr Mann ihr zuvorgekommen.

„An diesem Weihnachten werde ich meine Mädels mit etwas Besonderem überraschen", hatte er gesagt. Zu seiner Kostümierung gab er keine Erklärung ab.

Wahrscheinlich hat er sich etwas Außergewöhnliches ausgedacht. Sönke als Weihnachtsmann verkleidet ist schon recht ausgefallen, allerdings auch sehr befremdlich, hatte Sina gedacht, und das Gefühl gehabt, dass es ihm irgendwie peinlich gewesen war. Ein wenig nervös war er ihr vorgekommen, so, als fühlte er sich ertappt. Sie hatte geschwiegen, ihm aber lächelnd einen erwartungsvollen Blick zugeworfen.

Als es vor zwei Jahren zu seiner Verhaftung gekommen war, hatte sie sich geschworen, an seinem beinahe flehenden Versprechen, sich von kinderpornografischen Seiten fernzuhalten, nicht zu zweifeln. Gestern allerdings waren die schrecklichen Erinnerungen und Bilder von damals plötzlich wieder aufgetaucht.

Wieso sitzt Sönke in dieser Verkleidung in der Küche vor dem Laptop?, geht es ihr wieder und wieder durch den Kopf. Wie eine Dunstglocke breiten sich Zweifel und eine beängstigende Stimmung über Sina aus. Irgendetwas ist nicht in Ordnung, sagt ihr das Bauchgefühl.

Zum Glück nur ein Traum

Nane Lüders ist begeistert. Handwerkliches Geschick hat der Beamte der Husumer Kripo immer schon bewiesen, aber das hier setzt allem Bisherigen die Krone auf. Noch einmal betrachtet er sein Werk von allen Seiten. Beinahe zärtlich streicht er über die Rundhölzer der Armlehnen und stellt mit Genugtuung fest, dass die Holzzapfenverbindungen meisterlich gelungen sind und der matte Anstrich in Friesenblau dem Ganzen etwas Gemütliches, Heimeliges verleiht.

Kannst nicht meckern, die hätte ein Möbeltischler nicht besser hingekriegt, denkt Nane bei sich und stellt sich vor, wie Frauke am Heiligen Abend die Friesenbank vor dem Weihnachtsbaum enthüllen wird. Das wird eine Freude, nicht nur für Frauke.

Hinter dem Haus könnte ein guter Platz dafür sein. Von dort aus kann man an lauen Sommerabenden der Sonne beim Untergehen zuschauen ..., träumt Nane vor sich hin. *Schluss jetzt,* ruft er sich zur Ordnung. *In drei Tagen ist Weihnachten und kein lauer Sommerabend!*

Nun muss er aber fix nach oben, um nicht zu riskieren, dass Frauke ihn in der ihr eigenen Beharrlichkeit mit Fragen löchert, was er im Keller so lange treibt. Er würde nicht garantieren, dann sein Geheimnis für sich behalten zu können.

Als er die Kellertür öffnet, steigt ihm der köstliche Duft nach Frikadellen in die Nase. Ihm läuft das Wasser im Mund zusammen. Fraukes Frikadellen, ein Gedicht. Ob sie wohl auch gestovte Kartoffeln und Omas Gurkensalat dazu gemacht hat? Er fällt beinahe die Treppenstufen hinauf.

„Frauke! Das duftet bonfortionös. Ich habe es im Keller nicht mehr ausgehalten. Mir ist das Wasser im Mund zusammengelaufen."

In der Küche angekommen, gesellt sich zu dem Duft nach Röststoffen tatsächlich der Geruch nach frischer Gurke und Dill. Alles für ein leckeres Abendessen steht parat.

„Frauke!?" Nane wirft einen Blick ins Wohnzimmer, ruft noch einmal ihren Namen.

Zum Klönschnack bei der Nachbarin wird sie nicht sein. Mit Sicherheit hätte sie dann die Herdplatten nicht angelassen. Gewiss ist sie oben im Haus oder bei den Mülltonnen. Moment, was ist denn das?

Als Nane am Treppenaufgang steht, fällt ihm durch die offen stehende Tür zum Windfang seine am Boden liegende Jacke und der von der Garderobe herabhängende Schal auf. Er betritt den Vorflur und wittert augenblicklich, dass hier etwas nicht stimmt. Erst jetzt registriert er Schuhsohlenabdrücke auf den dunklen Fliesen. Weder er noch Frauke betreten die Wohnung mit Straßenschuhen. Große Fußspuren, noch feucht und gut sichtbar. Nane schaut genau hin. Dank des Sandes, den er wegen des Glatteises vor dem Hauseingang verstreut hatte, lassen sie sich bis in die Küche verfolgen. Er geht zurück zum Herd. Der Pfannenwender liegt mitten auf dem Kochfeld zwischen Pfanne und Topf. Etwas, das Frauke so niemals hinterlassen würde. Der Wender steckt stets ordentlich in einem eigens dafür bereitstehenden alten Milchtopf, auf dem in blauer Schrift „Küchenkrams" geschrieben steht.

Es muss jemand im Haus gewesen sein.

Wie in Trance schaltet Nane die Kochfelder aus. Ihm bricht der Schweiß aus, er greift nach der Stuhllehne, um dem flüchtigen Schwindelgefühl entgegenzuwirken.

„Verdammt!", brüllt er, „was ist hier passiert? FRAUKE!"

In Hausschuhen läuft er in den Hof, dann in den Garten. Ungewöhnliches kann er nicht entdecken, kehrt schließlich mit durchnässten Sohlen ins Haus zurück.

Mit Füßen, schwer wie Blei, schlurft er ins Wohnzimmer. Erst einmal die Gedanken voreinander bringen, die um alles Mögliche kreisen und die Fantasie vorantreiben. Sorge und Panik schnüren ihm die Kehle zu. Er kann kaum atmen. *Wo mag Frauke stecken?!*

Jemand muss sie entführt haben, aber warum? Er ist kein vermögender Mann, den man erpressen könnte. Feinde hat er auch nicht, soweit er weiß, und Frauke allemal nicht. Sie könnte keiner Fliege etwas zuleide tun.

Ich muss die Kollegen verständigen!, schießt es Nane durch den Kopf. Er wählt die Nummer seines Teamkollegen Oke Brandt und beginnt nervös im Wohnzimmer auf- und abzulaufen. Die herabrollenden Schweißtropfen brennen in seinen Augen, wo sie sich mit Tränenflüssigkeit vermischen. Nane bleibt am Fenster stehen, schnäuzt sich die Nase und stiert in den Garten, der, durch die Weihnachtsbeleuchtung erhellt, ihm in dieser Situation frostig, kalt und gespenstisch vorkommt.

Er zuckt zusammen, als das Telefon läutet. Vielleicht ist es Frauke. Zittrig sind die Finger, als sie hektisch nach dem Mobiltelefon in der Hosentasche fischen. Nummer unbekannt. Er drückt die grüne Taste. „Nane Lüders." „Tut, tut, tut", klingt es aus dem Lautsprecher. „Hallo! Hallo!"

Kurz danach läutet es an der Haustür. Nane lässt den Kollegen Brandt und zwei Frauen von der Spurensicherung ins Haus. Während er und Oke sich ins Wohnzimmer zurückziehen, erledigen die Frauen akribisch in Küche, Flur und Windfang ihre Arbeit.

„Ich muss doch mal nachsehen, ob die Deerns auch gründlich arbeiten", meint Nane nach einer Weile nervös. Von Unruhe getrieben steht er bereits an der Tür zum Flur.

„Nane, die sind doch nicht erst seit gestern bei der Spusi. Nun setz dich mal wieder hin, du zerstörst möglicherweise brauchbares Material, wenn du ihnen in die Quere kommst. Müsstest du eigentlich wissen!"

„Und du hast nichts gehört, was dir verdächtig oder ungewöhnlich vorgekommen ist?"

„Nee, hab ich nicht. Ich sagte doch, dass ich im Keller an Fraukes Weihnachtsgeschenk zugange war. Da habe ich immer die Tür zu. Also nicht nur zu, sondern auch verriegelt. Soll doch 'ne Überraschung sein, meine selbst gebaute Friesenbank. Heute ist sie fertig geworden.

Als ich nach oben kam, hat mich der köstliche Duft nach Frikadellen in die Küche gelockt. Die Herdplatten waren an, aber Frauke war nicht zu finden. In der Küche nicht, im Wohnzimmer nicht und na ja." Nane reibt sich die Augen.

„Es ist zum Verrücktwerden! Ich hab sinniert und sinniert. Mir will niemand einfallen, der ein Interesse haben könnte, Frauke zu entführen und weshalb. So kurz vor Weihnachten."

„Wir sind durch", hört Nane die Kollegin Gesche Neumann sagen, als sie den Kopf zur Wohnzimmertür hereinsteckt. „Wir sehen uns draußen noch nach Spuren um und legen dann 'ne Nachtschicht für dich ein", ergänzt Hilke Hauser. „Halt die Ohren steif, Nane."

„Ich melde mich, sobald wir mit der Auswertung fertig sind", verabschiedet sich Oke. „Sag, wenn meine Frau und ich etwas für dich tun können. Wir finden heraus, wer es war, versprochen!"

„Ja", antwortet Nane teilnahmslos. Er begleitet die Kollegen hinaus und schließt hinter ihnen die Haustür, achtet nicht auf die Unordnung, die die Frauen von der Spurensicherung hinterlassen haben. Erschöpft lässt er sich im Wohnzimmer in den Sessel fallen.

Der schrille Ton seines Smartphones lässt ihn zusammenzucken. Er muss wohl ein bisschen eingeduselt sein. „Oke, was gibt's?"

„Leider nichts Zielführendes, Nane. Sämtliche gesicherten Spuren bringen uns für den Moment nicht weiter. Nur so viel: Der Täter oder die Täterin muss Handschuhe getragen haben. Schleifspuren von der Küche in Richtung Haustür lassen vermuten, dass Frauke betäubt und aus dem Haus geschleppt, also auf dem Boden entlang gezogen wurde. Die Reifenspuren auf dem Grundstück stammen vermutlich von einem Geländewagen. Das ist im Augenblick alles."

Nane tropft der Schweiß von der Stirn. Er drückt die rote Taste, will davonrennen, kann sich aber nicht einen Zentimeter von der Stelle bewegen. Vor seinen Augen beginnt es zu flimmern. Der stechende Schmerz in der Brust ist heftig. Um ihn herum wird es dunkel.

Im Krankenhaus

„Hallo, Herr Lüders! Herr Lüders, aufwachen, Sie haben Besuch!" Nane schnappt nach Luft und öffnet einen Spaltbreit die Augen. Von hellem Licht geblendet, erkennt er neben sich eine Frau im weißen Kittel und hinter ihr und einem dicken Strauß roter Bartnelken, aufgefüllt mit Zweigen von Seidenkiefern, kommt Fraukes Gesicht zum Vorschein.

„Ich habe dir deine Lieblingsblumen mitgebracht", sagt sie, indem sie sich zu Nane herabbeugt und ihm einen Kuss auf die Stirn drückt. „Du hast mir einen ganz schönen Schrecken eingejagt, Nane, und Gott sei Dank großes Glück gehabt. Wie geht es dir? Hast du Schmerzen?"

„Schön, dass sie dich gefunden haben, Frauke." Nane greift nach Fraukes Hand. Er will sie drücken, verzieht jedoch schmerzverzerrt das Gesicht. „Wer war es, weiß man schon, wer dich entführt hat? Bin ich im Krankenhaus? Was mache ich hier? Wer hat mich hierher gebracht? Hatte ich einen Herzinfarkt? Das Stechen in der Brust war unerträglich, dann wurde ich ohnmächtig. Den Gedanken, dass dich jemand entführt hat, konnte ich nicht verknusen, Frauke. Ich wäre beinahe verrückt geworden. Doch lieber ohnmächtig als verrückt. Aber nun bist du ja wieder da und ich, wie es aussieht, auch. Erzähl mir doch, was passiert ist."

Frauke schaut mit bangen Augen die Schwester an. Hat Nane sein Gedächtnis verloren?

„Sie wurden überfallen, Herr Lüders. Man hat Sie gestern Abend mit einer Platzwunde am Kopf auf der Neustadt am Eingang zum Schlosspark gefunden. Auf dem Nachhauseweg vom Kino hat ein junges Paar Sie dort liegen sehen und den Notarzt gerufen."

„Man hat was?! Hab ich gar nichts von mitbekommen. Was habe ich auf der Neustadt zu suchen? Was ist mit mir? Und Frauke wurde gar nicht entführt? Oh mein Gott, was für ein Glück!"

„Ich besorge mal eine Vase für die schönen Blumen, Herr Lüders. Doktor Larssen kommt gleich vorbei, er wird Ihnen alles erklären."

Ermittlungen

Auf der Husumer Dienststelle herrscht an diesem Morgen rege Betriebsamkeit. Der Fall des Kollegen Lüders erregt die Gemüter. Alle sind sich einig, dass die Sache auch wesentlich schlimmer hätte ausgehen können.

Am Tag des Geschehens hatte sich Nane nach Feierabend mit dem Kollegen Otto Schröder von der Schutzpolizei in einem Lokal auf der unteren Neustadt zu einem Plausch verabredet. Gegen 17:30 Uhr waren sie aufgebrochen. Otto lief die Neustadt hinunter, Richtung Innenstadt. Nane wollte zur Bushaltestelle am Kreishaus, also in die entgegengesetzte Richtung. Nanes Fahrrad war in Reparatur, deshalb wollte er mit dem Bus nach Hause, hatte der Kollege Schröder zu Protokoll gegeben.

Von der Stationsschwester hatte Oke sich Lüders' Kleidung aushändigen lassen und sie an die „hauseigene KTU", wie sie scherzhaft genannt wurde, gegeben. Ganz in Ordnung war das zwar nicht, aber wer wollte etwas dagegen haben? Für einen einfachen Abgleich musste man in diesem ganz besonderen Fall die Sachen nicht extra nach Kiel befördern, der konnte auf der hiesigen Dienststelle vorgenommen werden. Das Ergebnis stand noch aus.

Jan-Malte und Birgit Ewers, das Pärchen, das den Krankenwagen gerufen hatte, war am frühen Nachmittag befragt worden. Sie waren nach einem Kinobesuch auf dem Nachhauseweg. Vor dem Kino hatten sich mehrere junge Leute aufgehalten, die sich offensichtlich uneinig darüber waren, welchen Film sie anschauen wollten. Um der Menschenansammlung auszuweichen, hatte das Paar direkt die Straße überquert, Lüders auf dem Gehsteig entdeckt und den Krankenwagen alarmiert.

Aufgefallen war ihnen, dass direkt hinter dem Zaun im Park etwas geraschelt hatte, das sich bei näherem Hinsehen als Mensch in einem Weihnachtsmannkostüm entpuppte. Vermutlich hatte dieser in die Büsche gepinkelt, sich dann aber rasch entfernt.

Der mag vielleicht etwas mitgekriegt haben, sinniert Oke Brandt vor sich hin, *könnte möglicherweise zur Aufklärung beitragen. Ich werde mit Nane reden. Vielleicht ist ihm jemand im roten Mantel aufgefallen. Über den Rundfunk und die Husumer Nachrichten werde ich um Mithilfe aus der Bevölkerung bitten.*

„Hey Oke, wir haben an Lüders' Klamotten Spuren gefunden, die eine Übereinstimmung mit einer DNA in unserer Datenbank aufweisen", platzt der Kollege Simon in Brandts Büro.

Keine Erinnerung

Oke betritt das Krankenzimmer von Nane Lüders. Der sitzt bei hochgefahrenem Kopfteil aufrecht im Bett.

„Moin, Nane, siehst ja schon wieder ganz munter aus. Von wem hast du dir denn das Fell versohlen lassen?", frotzelt Oke und nimmt Platz auf dem Stuhl neben Nanes Bett.

„Von wegen Fell versohlen lassen. Nix hab ich mitgekriegt. Weiß weder wie ich dahingekommen bin noch was ich auf der Neustadt zu suchen hatte. Ein Pärchen, das zufällig vorbeigekommen ist, soll mich gefunden und den Krankenwagen gerufen haben.

Was meinst du, Oke, habe ich den Verstand verloren? Der Doc sagt, das kommt vor. Die Erinnerung wird zurückkommen. Ist aber unheimlich, das sag ich dir. Ich kann mir nicht vorstellen, wer mir an die Gurgel wollen würde."

„Ich auch nicht, Nane. Mach dir keine Sorgen. Das wird wieder und wir kriegen raus, wer's war. Verlass dich drauf. Ich wollte nur mal schnell Grüße von der Dienststelle vorbeibringen. Wir sind froh, dass nicht Schlimmeres passiert ist. Sieh zu, dass du vor Weihnachten wieder auf die Füße kommst. Gute Besserung, alter Haudegen. Ich melde mich, wenn es etwas Neues gibt."

Abend am Stammtisch

Einen so aufregenden Stammtisch wie heute hatten Jens-Uwe, Martin und Thade lange nicht erlebt. Vom Höcksken aufs Stöcksken waren sie gekommen und schließlich bei der Rückkehr ihres Nachbarn Sönke Hansmann, der kürzlich aus der JVA entlassen worden war, hängen geblieben. Aufgrund der vielen Biere, die ihre durstigen Kehlen hinuntergeflossen waren, hatten sie Jens-Uwes Bemerkung *Sönke Hansmanns widerwärtige kriminelle Entgleisung* diskutiert und waren darüber beinahe in Streit geraten. Mit jedem weiteren Bier war die Brisanz gestiegen. Es war nicht Bösartigkeit, die die Männer antrieb, sondern Empörung. Zunächst herrschte Einigkeit, die Welt ein kleines bisschen besser zu machen, indem sie ihrem Nachbarn einen Denkzettel verpassten. Doch kurz darauf drifteten die Meinungen auseinander.

Jens-Uwe winkt dem Ober und gestikuliert, dass sie zahlen wollen.

„Meine Frau ist ihm vorgestern begegnet. Der Feigling hat die Straßenseite gewechselt und nicht einmal gegrüßt", ereifert sich Martin. „So einer ist doch der Abschaum der Gesellschaft. Zwei Jahre, das muss man sich mal vorstellen. Gefährlich sind sie, diese Kinderfi-verführer. Und alles, was die, bis sie hinter Gitter wandern, noch nicht wissen, das wird ihnen im Knast beigebracht. Die kommen doch versauter da raus, als sie reingekommen sind. Wobei ich mir das gar nicht vorstellen will.

Zwei Jahre! Das kann nicht wahr sein! Ausschlaggebend für das geringe Strafmaß war, dass er in geordneten Verhältnissen lebte, einen Arbeitsplatz und Reue gezeigt hatte. Nun ist aber die Arbeit futsch, und ob Sina es an seiner Seite aushält, ist die Frage.

Eines Tages greift der sich dein Kind und was dann? Ich sag euch was: Nur wenn sich so jemand das Kind eines Richters schnappt, fällt ein gerechtes Urteil."

Jens-Uwe nickt zustimmend. Martin Wenzel trinkt hastig sein Glas leer. Er hat sich in Rage geredet.

„Nu mach mal halblang, Martin“, versucht Thade Harms seinen aufgebrachten Freund zu besänftigen. „Man hat ihn wegen Verbreitung pornografischer Bilder und Schriften im Internet rangekriegt. Das ist schlimm genug, aber mehr war da nicht. Das, was du als zukünftig mögliches Szenario hineininterpretierst, ist vernichtend für jemand, der seine Strafe abgesessen hat.“

Martin wirft dem Beschwichtigenden einen ärgerlichen Blick zu. „Der Plan findet also nicht mehr deine Zustimmung? Als Denkzettel ein paar auf die Fresse hat noch niemandem geschadet. Er soll wissen, dass wir ihn unter Wind haben. Schon allein aus einer Art Verantwortungsgefühl müssen wir das tun.“

„Was für ein Plan, Martin? Du hast dich ereifert, niemand hat einem Plan zugestimmt“, erwidert Thade, zieht die Schultern hoch und die Stirn kraus. „Ich für meinen Teil distanziere mich von einer Art Racheakt“, fährt er fort. „Wir haben uns hochgeschaukelt, aufgeregt und sollten es dabei belassen und Sönke und seiner Familie nicht weiter schaden. Für sie wird doch alles nur noch schlimmer. Nee, ich klink mich da aus.“

„Weichei! Was ist mit dir, Jens-Uwe?“ Der Angesprochene zuckt zusammen und mit den Schultern. „Nee, besser nicht“, ist seine Antwort.

„Du bist mir ja vielleicht ein Bruder Wankelmut.“

Der Wirt bringt die Rechnung.

Martin räuspert sich. „Jungs, ich muss los. Ich sag euch was: Morgen Punkt siebzehn Uhr bin ich bei den Hansmanns vorm Haus. Sina ist um die Zeit auf ihrer Putzstelle und die Mädels sind zusammen mit meiner Tinka in der Musikschule beim Klavierunterricht. Danach machen die drei Schlafparty bei uns. Wer nicht dabei sein möchte, kann ja wegbleiben! Ich werde ihm jedenfalls eine Abreibung verpassen.“

Thade und Jens-Uwe bleiben kopfschüttelnd zurück. „Das überlegt der sich. Morgen sieht die Welt schon wieder friedlicher aus“, meint Jens-Uwe.

Bitte um Mithilfe

Sina stutzt. NDR1 Welle Nord meldet, dass gestern am späten Nachmittag am Eingang zum

Schlosspark gegenüber dem Kino auf der Neustadt ein Mann mit einer Platzwunde am Kopf aufgefunden wurde. Die Polizei bittet um Mithilfe aus der Bevölkerung. Gesucht werden Personen, die sich gegen 17:40 Uhr in der Nähe des Fundortes aufgehalten haben. Insbesondere wird eine Person in einem Weihnachtsmannkostüm gebeten, sich zu melden. Möglicherweise kann sie zur Aufklärung der Tat eine wichtige Aussage machen.

Sina zuckt zusammen Weihnachtsmannkostüm. Sönke. Wo war er gestern gewesen, bevor sie ihn in seiner Verkleidung in der Küche vorgefunden hatte? Das konnte kein Zufall sein. *Diese Person muss Sönke gewesen sein.* Er hatte sich eigenartig verhalten, das war ihr nicht entgangen. Hatte er etwas angestellt?

Warum bin ich so misstrauisch?, denkt Sina bei sich.

Sie geht nach oben in das Zimmer, das sie und ihr Mann gemeinsam nutzen. Hier wird gebügelt, genäht, Papierkram erledigt und am Computer gearbeitet. Sönke ist in der Stadt unterwegs, um Ordner zu besorgen. In nächster Zeit wird er jede Menge Bewerbungen schreiben müssen. Die Papiere von der JVA liegen fein sortiert auf dem Schreibtisch. Sina zieht eine Kladde aus dem Papierstapel hervor und blättert gedankenverloren darin herum. Der Aufruf im Radio lässt sie nicht zur Ruhe kommen. In ihrer Aufgeregtheit versieht sie Seite für Seite mit einem Eselsohr. Plötzlich hält sie inne, schaut auf das Geschriebene. Es ist ein Tagebuch, Sönkes Tagebuch, in dem sie gerade die Blätter traktiert. Sie wusste nicht, dass ihr Mann ein Tagebuch besitzt, geschweige denn, dass er darin schreibt. Sina schafft es nicht, die Kladde zu schließen und an ihren Platz zurückzulegen und beginnt zu lesen:

Ich bin voller Zweifel, was mein Ankommen in der Familie angeht. Werde ich noch dazugehören? Hier im Gefängnis habe ich meinen Platz gefunden. Der Alltag ist durch die Arbeit in der Küche erträglich. Ich habe mich eingerichtet, lebe angepasst und habe einen guten Kumpel. An den Wochenenden reden wir viel miteinander. Bruno und ich haben regelmäßig Besuch. Er wird stets mit Material versorgt, das dann die Runde macht. Woher er es bekommt, hat er mir nie verraten.

Sina stockt der Atem. MATERIAL, das die Runde macht. Drogen sind das bestimmt nicht. Alles klar. Entschlossen legt sie die Kladde zurück auf den Papierstapel und öffnet das iPad, lässt sich den Verlauf der zuletzt besuchten Internetseiten anzeigen. Sönke hat ihn nicht gelöscht. Also doch! Gestern am Küchentisch ...

Sie muss schlucken, ihr Hals ist ausgetrocknet. Mit zittrigen Händen zieht sie noch einmal die Kladde zu sich heran. Der letzte Eintrag war gestern:

Husum hat sich wenig verändert. Eigentlich hat sich nichts verändert. Weder die Stadt noch ich, noch meine Vorlieben. Heute wurde die Monotonie meines Alltags kurz unterbrochen. Ich begegnete zufällig dem Mann, dessen Aussage mich damals in den Knast gebracht hat. Ohne seinen alles verändernden Hinweis wäre man mir nicht auf die Schliche gekommen und ich ein freier Mann geblieben. Er ist Polizist. Plaudernd und guter Dinge saß er mit einem anderen Mann in Hartmanns Landküche beim Kaffee. Heute konnte ich ihm einen Denkzettel verpassen. Ich habe ihm in Verkleidung aufgelauert und hoffentlich nicht erschlagen. Das hätte ich nicht gewollt.

Sina ist wie gelähmt. Unfähig, einen klaren Gedanken zu fassen, schafft sie es aber, sich von ihrem Stuhl zu erheben.

Ich habe gehofft, dass Sönke nach Absitzen seiner Strafe sich dieser abartigen Neigung entziehen kann. Doch wie konnte ich so etwas denken? Der Knast ist keine Therapieeinrichtung. Nach Hause gekommen ist nicht der Mann, den ich kannte und liebte. Wie konnte ich davon ausgehen, dass alles gut wird? Scheuklappen habe ich getragen, die Realität nicht wahrhaben wollen. Ich muss davon ausgehen, dass er irgendwann seine Neigungen in Handlungen umsetzt. Möglicherweise hat er es bereits getan und wenn ja, an wem hat er sie vorgenommen? Was, wenn er unseren Mädchen etwas antut? Würde ich es merken, würden sie sich mir anvertrauen? Wieso habe ich darüber niemals nachgedacht?

Der Gedanke fühlt sich an wie ein Stromschlag, der ihren ganzen Körper erfasst. Jetzt ist Handeln angesagt, es gilt, keine Zeit zu verlieren!

Die Mädchen übernachten heute bei Tinka, sie gehen direkt nach dem Klavierunterricht zu den Wenzels.

Ich werde meine Töchter zu schützen wissen! Wenn ich es nicht tue, wer sollte es sonst in die Hand nehmen?!, schreit der Mutterinstinkt in ihr.

„Oh mein Gott!“, hallt der bange Schrei der verstörten Frau durch das leere Haus. Entschlossen eilt sie die Treppenstufen hinunter.

Zwei Stunden später

Oke Brandt und seine Kollegin Britt Hinrichs sind auf dem Weg zum Haus von Sönke und

Sina Hansmann. Sönke Hansmanns DNA an der Kleidung von Nane Lüders lässt auf Aufklärung hoffen. Ganz fix war recherchiert, dass Hansmann vor zwei Wochen aus der JVA entlassen worden war. Eine Revanche, wie sie häufig angedroht wird, wenn ein Straftäter durch jemanden unwiderlegbar überführt und aufgrund dieser Aussage verurteilt wird, ist nicht auszuschließen.

„Schau mal, Britt, ist das nicht Martin, der Kioskbesitzer? Mein Gott, der muss sich ja den Allerwertesten abfrieren bei diesen Temperaturen in Jogginghose und T-Shirt. Sportliche Leistung."

„Der friert doch nicht, so, wie der rennt", erwidert Britt. „Sieht allerdings so aus, als wäre er gerade aus dem Haus der Hansmanns gekommen."

„Damals, als bekannt wurde, dass und weswegen Hansmann verurteilt wurde, hat man Martin Wenzel zusammen mit anderen wegen Schmierereien am Haus der Familie Hansmann rangekriegt. Die Schmierfinken hätten gern gesehen, wenn die Familie weggezogen wäre."

Sie erreichen das Haus. „Werden wir erwartet, oder warum steht die Haustür offen?", meint Oke und schiebt die Tür bis zum Anschlag auf. „Hallo!?", ruft er. „Niemand da, wie's aussieht."

Britt bahnt ihnen mit vorgehaltener Waffe den Weg. Das Haus scheint wie ausgestorben. Während Oke die Wohnzimmertür öffnet und vorsichtig einen Blick hineinwirft, lässt ihn das „Oh mein Gott!" seiner Kollegin an ihre Seite eilen. Am Küchentisch sitzt ein Mann. Sein Kopf ist vornüber in die auf einem Holzbrett angerichteten Butterbrote gefallen. Allem Anschein nach ist er tot.

„Oh mein Gott!", entfährt es auch Oke, der sich sofort vergewissert, ob noch Lebenszeichen festzustellen sind. Dann geht alles sehr schnell. Notarzt, Spusi, das komplette Programm.

Unter dem Stuhl hat sich eine Blutlache gebildet. Eine Verletzung ist wegen der gebeugten Haltung auf den ersten Blick nicht erkennbar.

Während die Spusi im Erdgeschoss ihrer Arbeit nachgeht, sehen sich Oke und Britt im Obergeschoss des Hauses um. „Macht uns nicht die Spuren zunichte. Immer schön die Überzieher an die Füße und nichts mit bloßen Händen anfassen!", ruft Hilke ihren Kollegen hinterher. Oke hat Hansmanns Tagebuch entdeckt und blättert darin herum. „Schau mal, Britt, bis zuletzt scheint Hansmann Tagebuch geführt zu haben. Damit wird einiges klar. Hier steht's schwarz auf weiß: Er war's, der unseren Kollegen niedergeschlagen hat."

Martin Wenzel

Völlig außer Atem kommt Wenzel in seinem Haus an. *Was ist das nur für ein Mist?*, fragt er sich. *Sönke sitzt tot am Küchentisch in seinem Haus. Vielleicht hat Jens-Uwe es sich anders überlegt und ist mir zuvorgekommen? Allerdings war von umbringen nicht die Rede.*

Wenzel rauft sich die Haare, setzt die Flasche Küstennebel an den Hals und nimmt einen tiefen Zug. Im selben Moment läutet es an der Haustür.

„Moin, Herr Wenzel. Oke Brandt und Britt Hinrichs von der Kriminalpolizei. Wir sahen Sie gerade aus dem Haus der Hansmanns eilen und haben ein paar Fragen", blufft Oke. „Können wir reinkommen?"

Verdutzt lässt Martin die Beamten ins Haus.

„Sie haben Hansmann getötet, stimmt's?"

„Was für ein Unsinn. Ich habe geklingelt und als niemand öffnete, habe ich an die Klinke gefasst. Die Haustür war nicht verschlossen und ich bin rein. Da saß er, tot am Küchentisch mit der Stirn in den Butterbroten. Ihm gegenüber ein Adventsgesteck mit Kugeln und Kerzen, unter dem Stuhl eine Blutlache. Der Anblick dieser tragischen Konstellation brachte mich aus der Fassung. Ich musste schlucken, mir wurde schlecht. Ich bekam es mit der Angst zu tun, hab auf dem Absatz kehrtgemacht und bin schnell weg. Damit wollte ich nicht in Verbindung gebracht werden."

„Woher wollen Sie wissen, dass Hansmann tot war? Sie hätten sich überzeugen und den Notarzt und die Polizei verständigen müssen. So etwas nennt man unterlassene Hilfeleistung. Wenn Sie nichts damit zu tun haben, hätten Sie nicht weglaufen müssen. Was wollten Sie bei Hansmann?"

„Also, ich will nicht um die Sache herumreden und mich dadurch in Schwierigkeiten bringen. Ehrlich gesagt wollte ich ihm einen Denkzettel verpassen. Niemals hätte ich ihn umbringen wollen, was ich ja auch nicht getan habe."

Wenzel erzählt den Beamten von dem brisanten Abend mit seinen Stammtischbrüdern.

Oke Brandts Telefon läutet. Es ist Hilke.

„Seid ihr fertig, können wir uns umsehen?"

„Ja, könnt ihr. Wir haben einen Brief von der Ehefrau auf dem Küchentisch unter dem Brotbrett gefunden. Musst du dir ansehen", hört Oke die Kollegin sagen. „Wo steckt ihr?"

„Wir sind auf dem Weg, Hilke."

„Wir werden Ihre Aussage überprüfen, Herr Wenzel. Schreiben Sie uns bitte die Namen und Adressen Ihrer Stammtischfreunde auf und halten Sie sich zu unserer Verfügung."

Einige Minuten später kehren die Beamten in das Haus von Sönke Hansmann zurück.

„Schau hier", empfängt sie die Frau von der Spurensicherung und übergibt Oke das Blatt Papier.

Nun weiß ich es. Zufällig fiel mir dein Tagebuch in die Hände. Warum hattest du es nicht verschlossen? Vielleicht hast du gehofft, dass es mir in die Finger kommt und du darum herum kommst, Erklärungen abgeben zu müssen. Nachdem ich die Eintragungen gelesen hatte, öffnete ich den Verlauf der zuletzt im Internet besuchten Seiten. Ich bin fassungslos und die Ohrfeige hätte schmerzhafter nicht sein können. Dein Verhalten ist widerlich und ekelhaft.

Erinnerst du dich an unser Gespräch über Problemlösungen, wenn einmal nichts mehr gehen würde? Es war kurz vor deiner Verurteilung. Wenn es dir ernst war damit, löse dein Problem auf genau diese Weise. Der Zeitpunkt, es zu tun, ist gekommen. Wenn ich von der Arbeit nach Hause komme, wirst du hoffentlich die Entscheidung getroffen haben. Wir werden uns nicht wiedersehen – Sina.

„Also, hat sie ihn umgebracht oder ihn nur aufgefordert es selbst zu tun? Was denkt ihr?" Oke schaut fragend in die Runde.

„Der Tod ist vor weniger als zwei Stunden eingetreten. Auf den ersten Blick scheint es, als sei Hansmann erstochen worden", meldet sich der Doktor zu Wort. „Sollte etwas anderes die Todesursache sein, wird es die Obduktion an den Tag bringen. Von mir aus könnt ihr ihn abholen lassen."

Oke nickt zum Doktor rüber.

„Seine Frau schreibt von der Lösung des Problems, wenn nichts mehr geht. Da kann man schon einiges hineininterpretieren. Wenn angenommen der Tod infolge eines Messerstichs eingetreten ist, müsste hier ein Messer herumliegen oder in Hansmanns Brust stecken, sollte er den Stich tatsächlich selbst ausgeführt haben. Tut es aber nicht.

Wenn andersherum seine Frau ihm das Messer in die Brust gerammt hätte, würde sie dann den Brief am Tatort zurückgelassen haben? Irgendetwas passt nicht zusammen. Hat jemand eine Idee?

Was ist in der Wasserflasche auf dem Tisch? Auf jeden Fall nicht das, was draufsteht. *Husumer Wasser* ist nicht trübe."

„Riecht gesund, vielleicht hat jemand eine Brausetablette darin aufgelöst. Wir nehmen sie mit für das Labor", antwortet Hilke Hauser.

„Gut. Der Staatsanwalt hat telefonisch die Obduktion des Toten angeordnet. Bleibt abzuwarten, welchen Bestatter Frau Hansmann beauftragen möchte, dann kann der Tote abgeholt werden.

Britt und ich warten, bis Frau Hansmann eintrifft, dürfte nicht mehr lange dauern. Sehr überrascht war sie nicht, als ich ihr mitteilte, dass wir in ihrem Haus sind und etwas Schlimmes passiert sei. Aber das ist eigentlich nicht verwunderlich. Im Grunde hat sie ja erwartet, dass ihr Mann aus dem Leben scheidet.

Ist er tot?, war ihre nüchterne Frage, und als ich diese mit ja beantwortete, meinte sie: *Ich bin sofort da.*"

Kurze Zeit später trifft Sina Hansmann zu Hause ein. Sie betritt das Haus durch die Hintertür, ist außer Atem. „Bei dem Schneetreiben auf dem Fahrrad, das ist kein Vergnügen", begrüßt sie die Beamten und klopft gründlich den Schnee von Mütze und Anorak.

„Frau Hansmann, wir haben Ihren Mann tot am Küchentisch vorgefunden. Den Anblick können wir Ihnen leider nicht ersparen", ergreift Oke Brandt das Wort. „Es tut uns sehr leid. Sind Sie in der Lage, ein paar Fragen zu beantworten?"

„Ja, danke, es geht schon." Während sie die Beamten an der offenen Küchentür vorbeiführt, dreht sie den Kopf kurz zur Seite und erblickt den nun auf dem Rücken am Boden liegenden toten Ehemann. Ohne sichtbare Regung bittet sie die Beamten, im Esszimmer Platz zu nehmen. Im nächsten Augenblick beginnt sie wie ein Wasserfall zu reden:

„Ich bin froh, dass er es getan hat. Wer weiß, was sonst noch alles passiert wäre? Er hatte sein Tagebuch oben im Arbeitszimmer unverschlossen auf dem Schreibtisch liegen lassen. Ich konnte der Versuchung nicht widerstehen, habe darin gelesen. Danach wusste ich Bescheid. Sönke würde nicht aufhören, sich diesen widerwärtigen Kram anzugucken. Er hatte nie aufgehört, selbst im Gefängnis nicht. Bei dem Gedanken an meine Töchter rebellierte es in mir. Seinen Beteuerungen damals, sich fernzuhalten von Schriften und Bildern hatte ich entgegengehalten: Was, wenn nicht, wenn die Handlungen folgen? *Dann bringe ich mich um,* war seine nüchterne Antwort gewesen und wenige Tage später präsentierte er mir ein Röhrchen mit einem Medikament.

Ich habe vorgesorgt. Glaub mir, so weit wird es nicht kommen. Ich habe die Sache im Griff. Es wird nicht wieder passieren. Das Medikament wird nicht zum Einsatz kommen.

Ich wollte es ihm glauben und habe es auch getan. Seine Versprechungen damals machten die Sache erträglicher für mich, deshalb habe ich an einer gemeinsamen Zukunft nicht gezweifelt.

Nun aber ist die schreckliche Wahrheit ans Tageslicht gekommen und mit ihr gilt es, das Versprechen einzulösen. Die Sache ist aus dem Ruder gelaufen.

Ich ging in die Küche und machte meinem Mann das Abendessen, ein paar belegte Brote. Eine Henkersmahlzeit, wenn Sie so wollen. Die Mädchen würden heute aushäusig schlafen. So konnte ich davon ausgehen, dass er beim Abendessen den entscheidenden Schritt ausführen würde. In aller Seelenruhe schrieb ich ihm, dass ich in seinem Tagebuch gelesen hatte und davon ausginge, dass er wisse, was zu tun sei. Ohne Emotionen, als hätte jemand meine Gefühle Sönke gegenüber abgestellt, fuhr ich zu meiner Arbeitsstelle. Keine Wut, keine Trauer, nichts.

Ich sage Ihnen, ich bin erleichtert, dass er Wort gehalten hat. Dieses eine Mal hat er Wort gehalten, er hat seinem Leben ein Ende gesetzt."

Wie das Herunterbeten eines auswendig gelernten Textes sind die Worte aus Sina Hansmann herausgesprudelt. Nun lehnt sie sich sichtlich erleichtert auf dem Esszimmerstuhl zurück.

„Der Staatsanwalt hat die Leiche zur Überführung in die Rechtsmedizin freigegeben. Wir würden das Bestattungsunternehmen Ihrer Wahl beauftragen, ihn abzuholen."

„Nehmen Sie irgendeinen Bestatter. Ich kenne mich da nicht aus", antwortet Frau Hansmann abwesend.

Oke Brandt nickt seiner Kollegin zu, die daraufhin den Anruf erledigt.

„Derzeit müssen wir davon ausgehen, dass Ihr Mann erstochen wurde. Das Ergebnis der Obduktion bleibt abzuwarten."

Sina Hansmann zuckt zusammen.

„Erstochen? Das kann nicht sein. Er hatte einen Plan. Da spielte ein Messer keine Rolle. Vielleicht hat er es sich anders überlegt?"

„Die Kollegen haben den Laptop und das Tagebuch Ihres Mannes zur Überprüfung mitgenommen. Die Sachen werden Ihnen in Kürze wieder ausgehändigt.

Wenn der Bestatter den Leichnam abgeholt hat, werden Frau Hinrichs und ich zur Dienststelle fahren. Ich lasse Ihnen meine Karte da.

Für den Fall, dass etwas sein sollte, können Sie mich jederzeit anrufen, Frau Hansmann."

Kurze Zeit später sitzen Oke und Britt im Dienstwagen. „Was war das denn für eine Nummer? Für mich lässt sich das nur mit dem Wort ‚Schock' erklären. Was sagst du, Britt?"

„Im Labyrinth der Psyche ist nichts unmöglich. Nach meinem Dafürhalten ist Frau Hansmann in ihrer Reaktion einen Tick zu straight. Sie geht davon aus, dass ihr Mann die Todespille geschluckt hat und ignoriert, dass er, wie es den Anschein hat, erstochen wurde. Möglicherweise verheimlicht sie uns ja auch etwas."

Oke parkt den Dienstwagen hinter dem Polizeigebäude.

„Mach Feierabend, Britt. Ich seh mir noch in Ruhe das Tagebuch an. Wolltest du nicht heute auf eine Weihnachtsfeier?"

„Eigentlich ja, aber Blut unterm Adventsgesteck und ‚Oh du fröhliche singen' ist nicht so mein Ding. Bis morgen, Tschüss."

Oke betritt sein Büro und setzt die Kaffeemaschine in Gang. Ein Pott geht noch. Er zieht Hansmanns Tagebuch aus der Innentasche seiner Jacke, setzt sich an den Besprechungstisch und blickt hinaus auf die Poggenburgstraße. Eine Autoschlange schiebt sich aus Rödemis kommend Richtung Bahnhof. Einige Fahrzeuge haben einen beleuchteten Weihnachtsbaum auf dem Armaturenbrett. Was für ein Kitsch, denkt der Beamte bei sich. Während die Kaffeemaschine vor sich hin röchelt und zischt, beginnt er in dem Tagebuch zu lesen.

Eine halbe Stunde später klappt er nachdenklich die Kladde zu. Die letzte beschriebene Seite scheint herausgerissen. Was nicht weiter aufgefallen wäre, wenn sich nicht die Namen Friederike und Freya auf die nächste Seite deutlich lesbar durchgedrückt hätten. Das macht Oke neugierig.

Das Sichtbarmachen des gesamten Textes hinterlässt bei Oke einen bitteren Geschmack. Er liest ihn mehrere Male. Plötzlich fällt es ihm wie Schuppen von den Augen. Er ruft Britt an. „Tut mir leid, Britt. Wir müssen noch mal zu Frau Hansmann. Ich hol dich ab."

Endspurt

Auf der Fahrt zu Hansmanns Haus informiert Oke die Kollegin über seine Intuition. „Ich hätte dem kaum eine Bedeutung beigemessen, wenn nicht auf der folgenden, eigentlich leeren Seite die Namen der Mädchen intensiv und deutlich sichtbar zu lesen gewesen wären. Warum auch immer Hansmann den Stift so kraftvoll auf das Papier gedrückt hat. Den Rest des Eintrags habe ich sichtbar gemacht. Mit einem Mal war mir klar, dass Sina Hansmann es getan haben muss. Sie hat ihren Mann umgebracht. Schau es dir an, Britt, und sag, dass es anders nicht gewesen sein kann."

Wortlos schlägt Britt das Tagebuch auf.

Was habe ich für hübsche Töchter. Sie sind gelungen.

Friederike, so zart, so zerbrechlich. Mein wunderbarer Engel, meine Friederike.

Und Freya, schon beinahe eine Frau. Groß, schlank, Augen, tief wie ein See und von hitzigem Temperament.

Sie sind mehr als eine Augenweide, meine Mädchen.

Britt hebt den Kopf, starrt aus dem Fenster und sagt erst einmal nichts.

Oke sieht zu ihr hin. „Und?"

„Weiß nicht", sagt Britt. „Schon krass. Kann man sich nichts oder auch viel bei denken. Allerdings wie Hansmann so gestrickt ist, eher viel."

„Mann, Britt, genau das ist es doch. Warum hat Frau Hansmann die Seite herausgerissen? Weil sie ihre Töchter gefährdet sieht! Ihre Fantasie hat sie kirre gemacht. Ihr Mann, ein Pädophiler und diese Wortwahl über die eigenen Töchter? Es war ihr zu riskant, sich auf seinen Suizid zu verlassen, zu groß war die Angst um die Mädchen. Sie hat es getan. Sie ist von der Arbeit nach Hause, hat ihn erstochen und dann zurück an ihren Arbeitsplatz. Und weil sie nicht wollte, dass man sie wegen dieses Eintrages verdächtigt und ihr den Mord anhängt, hat sie die Seite entfernt. Das erklärt auch, weshalb sie so gar keine Notiz von ihrem toten Mann in der Küche genommen hat. Für sie war der Anblick nicht neu.

Lass uns dieses Spiel mit ihr spielen. Sie wird sich wiederfinden in der Rolle der beschützenden Mutter, die das Leben ihrer Kinder verteidigt und ein Geständnis ablegen. Machst du mit?"

„Ich bin dabei, Oke. Obwohl, was, wenn sie die Seite gar nicht herausgerissen hat, sondern Hansmann selbst aus irgendeinem Grund?"

Oke verdreht die Augen.

Britt drückt den Klingelknopf. „Wir sind's. Britt Hinrichs und Oke Brandt von der Kripo Husum. Können wir kurz noch mit Ihnen sprechen, Frau Hansmann?"

Im Bademantel und mit einem Glas Rotwein in der Hand öffnet Sina Hansmann die Haustür und weist die Beamten ins Wohnzimmer. „Gibt es Neuigkeiten, weswegen Sie noch einmal vorbeikommen müssen?“

„Oh, Sie haben einen Weihnachtsbaum aufgestellt. Ist mir vorhin gar nicht aufgefallen“, erwidert Britt, ohne auf Frau Hansmanns Frage einzugehen.

„Irgendetwas muss man tun, wenn man sich ablenken muss und nicht durchdrehen will. Wissen Sie, mein Mann wollte sich das Leben nehmen, eine Pille schlucken und aus dem Leben verschwunden sein. Nun saß er aber am Küchentisch mit einer Stichverletzung, die möglicherweise die Todesursache sein soll. Wie kann das sein? Nehmen Sie doch Platz. Kann ich Ihnen etwas zu trinken anbieten?“

„Nein, Danke schön. Uns ist an der Wahrheit gelegen“, antwortet Oke und fährt fort:

„Frau Hansmann, ich habe mir das Tagebuch Ihres Mannes sehr genau angeschaut. Die letzte Seite wurde herausgerissen und ich frage mich wieso? Ich habe die Eintragungen rekonstruiert, sie lesbar gemacht. Wenn Sie nichts mit seinem Tod zu tun haben, hätten Sie die Seite nicht entfernen müssen.“

Sina Hansmann räuspert sich. Sie sitzt aufrecht, ihre Stimme klingt verbittert.

„Wenn Sie wirklich gelesen haben, was mein Mann über unsere Töchter schreibt, müssten Sie zu der Erkenntnis gelangt sein, dass er hiermit hochgradig pädophile Gedanken äußert. Kurz bevor ich zur Arbeit fuhr, hatte ich die Eintragung entdeckt. Ich war außer mir, konfus und besorgt. Ich riss die Seite heraus. Panisch und blind vor Entsetzen und Verunsicherung verließ ich das Haus. Zunächst hatte ich an den Suizid geglaubt, aber nun? Was, wenn er’s nicht tut, wenn er es sich anders überlegt hat?, ging es mir durch den Kopf.

Ich war wie von Sinnen. Das konnte ich nicht dem Zufall überlassen. Dieser Eintrag im Tagebuch klang nicht nach Abschied. Er war ein Lichtblick an seinem Horizont. UNSERE TÖCHTER!

Wie Sie wissen, putze ich in einem großen Betrieb in der Nähe. Es würde nicht auffallen, wenn ich für eine halbe Stunde nicht am Arbeitsplatz sein würde. Also strampelte ich nach Hause, ohne zunächst zu wissen, was ich dort wollte. Sönke saß am Küchentisch. Er wirkte gelassen, hatte die Kerzen am Adventskranz angezündet und schien guter Dinge. Mein plötzliches Erscheinen irritierte ihn. ‚Was ist, hast du freigenommen?‘

‚Ja‘, sagte ich, ‚ein paar Tage, bis alles abgewickelt ist. ‚Hast du sie genommen?‘

‚Was habe ich genommen? Ach, Sina, sorry, du meinst die Pille? Was für eine Frage, du siehst doch, ich lebe noch. Das Thema hat sich erledigt! Mich mit deinem Geschreibsel daran zu erinnern ist lächerlich. Warum sollte ich mich umbringen? Ich bin ein freier Mann, habe Pläne. Meine Zukunft beginnt jetzt! Was für ein Spiel!‘

Sie können mir glauben, dass sich diese Worte für meine Ohren nicht nach Endzeitstimmung angehört haben, und ich muss Ihnen nicht erklären, wie alles intuitiv in Windeseile seinen Lauf nahm. Ich hatte realisiert, dass ich mich nicht verhört und mein Mann seine Meinung geändert hatte.

Er saß in provozierender Haltung auf dem Küchenstuhl und grinste mich an. *Ich habe Pläne, meine Zukunft beginnt jetzt*, widerhallte es in meinem Kopf. Mir wurde speiübel. Ich sah ihn an. Meine Augen wurden zu Schlitzen. Ich war erfüllt von unbeschreiblichem Hass, von Angst und dem Schrei nach Gerechtigkeit. Wie in Trance und ferngesteuert zog ich ein Messer aus dem Block, eines von den vielen dort“, dabei dreht sie den Kopf Richtung Küche. „Ich holte aus und mit aller Kraft stieß ich ihm das Messer in die Brust.

Er war überrascht und sah mich mit aufgerissenen Augen an, hatte nicht realisiert, was da gerade mit ihm passierte und sicher auch nicht damit gerechnet. Das Messer, nur einmal rein und wieder raus. Ich glaube, er ist vornübergefallen. Habe weiter nicht darauf geachtet, hoffte aber, dass er tot sein würde.

Das Messer wickelte ich in ein Küchenhandtuch, verließ das Haus durch die Hintertür und kam kurze Zeit später auf meiner Arbeitsstelle wieder an. Dort legte ich das Messer in einen der Geschirrspüler und stellte ihn an.“

Heilig Abend

Es ist Mittagszeit, als Frauke und Nane an ihrem Haus in Hockensbüll ankommen. „Ich muss an meinen Traum denken, Frauke. Weißt du, den von deiner Entführung. Kommt mir so vor, als sei ich direkt aus diesem Traum heraus im Krankenhaus gelandet. Schon komisch, oder? Ich kann immer noch nicht begreifen, was mir tatsächlich passiert ist und vor allem nicht, dass die Kollegen so schnell auf den Täter gekommen sind. Hab ganz vergessen, Oke zu fragen, wie sie es angestellt haben.

Hach, bin ich froh, wieder zu Hause zu sein.“

Nane nimmt seine Lebensgefährtin in den Arm. „Frohe Weihnachten wünsche ich uns, meine Liebe. Oh, wie es hier herrlich weihnachtlich duftet! Ich rieche Tanne, Nelke, ein bisschen Weihrauch und Rotkohl. Richtig?"

„Du hast eine feine Nase, Nane. Wenn sich dazu erst der Duft nach kross gebratenen Entenbrüstchen gesellt, riecht es so, wie es nur an Weihnachten riecht. Dann wird uns das Wasser im Mund zusammenlaufen. Frohe Weihnachten, Nane."

Nane ist im Wohnzimmer angekommen. „Donnerlüttchen, du hast schon alles für einen gemütlichen Heiligen Abend vorbereitet! Der Baum steht ja wie eine Eins, hätte ich nicht besser aufstellen können. Bevor wir ihn schmücken, mach ich uns aber eine leckere Tasse Kaffee, einverstanden? Der Krankenhauskaffee schmeckt so was von scheußlich."

Auf dem Weg in die Küche entdeckt Nane auf dem für das Abendessen feierlich eingedeckten Wohnzimmertisch eine aufgestellte Klappkarte. Neugierig, ob ihnen jemand einen Weihnachtsgruß geschickt hat, nimmt er sie in die Hand.

Weihnachtsmenü bei Lüders, steht in kursiv geschriebenen Buchstaben auf dem Deckblatt. Goldene Sternenaufkleber, Weihnachtsbäume aus grünem Glanzpapier und das rote Seidenband, das Karte und Einleger zusammenhält, machen aus dem Ganzen ein Kunstwerk. Auf dem Einleger aus transparentem Papier ist in fetter Schrift fein formatiert die Speisenfolge des heutigen Abends zu lesen.

Vorspeise:
- Klare Rindfleischsuppe mit Streifen von Gemüse und Fleischklößchen

Hauptgang:
- Entenbrust, rosa gebraten, geschmorter Apfelrotkohl, Salzkartöffelchen, Birne mit Preiselbeeren

Nachspeise:
- Rode Grütt mit Vanillesooß, Ies un Slaggermaschü

Sichtlich bewegt zieht Nane Frauke zu sich heran. „Was für eine zauberhafte Idee, eine Menükarte nur für uns. Eine tolle Überraschung. Komm, lass dich noch mal drücken. Ich liebe dich, Frauke. Was bin ich für ein Glückspilz."

Husumer Nachrichten, 24. Dezember

In ihrer Weihnachtsausgabe berichten die Husumer Nachrichten über den Tod eines Mannes, der am 22. Dezember in den Abendstunden in seinem Haus tot aufgefunden wurde. Es handelt sich um einen Husumer, der erst kürzlich aus der JVA entlassen worden war. Die Polizei geht davon aus, dass es sich um die Person handelt, die vor dem Schlossparkeingang auf der Neustadt einen Mann niedergeschlagen hat. Der Tote hinterlässt Frau und zwei Kinder. Darüber, wer für seinen Tod verantwortlich ist, wollte die Polizei sich bislang nicht äußern.

Andrea Gerecke

Blütenträume

Andrea Gerecke

Endlich, dachte Alexander, und winkte gedankenverloren dem Zug hinterher, auch wenn er seine Töchter schon lange nicht mehr sehen konnte. Der Bahnsteig hatte sich rasch geleert. Eben hatte er Tina und Lena zu ihren reservierten Plätzen im Intercity von Minden nach Hannover gebracht und das Gepäck in der Ablage über ihren Köpfen verstaut. Viel Zeit war ihm dafür nicht geblieben. Sie mussten nur ein Mal in einen ICE umsteigen, der sie dann direkt an ihr Ziel brachte. Die Reise führte nach Bayern zu Berg-Oma und Berg-Opa. Am Münchener Hauptbahnhof würden die Kinder von den Großeltern abgeholt werden.

„Mensch, Dad, mach doch nicht so ein Gewese um unsere Tour. Jedes Mal dieselbe Leier. Wir sind schließlich keine Babys mehr", hatte Alex noch Lena im Ohr und sah, wie seine Große die Augen verdrehte, als er allerlei Verhaltensmaßregeln von sich gab. Aber kaum war die Bahn aus dem Blickfeld des Vaters verschwunden, setzte ein schmerzendes Gefühl in seiner Herzgegend ein. Die Vorfreude auf ein paar unbeschwerte Stunden war gewichen, stattdessen machte sich Beklemmung breit. Selbst der malerische Anblick der Porta Westfalica bei seinem Rückweg Richtung Bahnhofsvorplatz konnte ihn nicht davon ablenken. Ein paar zarte Schneeflocken tanzten durch die Luft. Er nahm nichts davon wahr …

Drei Tage und drei Nächte ohne die beiden quirligen Geister. Wie sollte er das nur überstehen? Alleingänge der Familie waren seit dem Tod seiner Frau Olga eher die Ausnahme, wenn man mal von Klassenfahrten oder den relativ seltenen Touren in den Süden des Landes absah. Alex bekam regelrechte Panikattacken, wenn er sich von seinen Mädchen trennen musste. Jetzt mach mal halblang, rief er sich zur Räson. Ehe du es dich versiehst, bist du mit dem Rest der Sippe nachgereist, und ihr sitzt alle neben dem üppig geschmückten Tannenbaum, um den stabilen Eichenholztisch herum, mit dem handgearbeiteten Adventskranz aus der benachbarten Gärtnerei in klassischen Rottönen und mit vier leuchtenden Kerzen darauf, die ihr gefühlvolles Licht verbreiten. Und wehe, es tropfte etwas Talg auf die selbst bestickte Decke! Bei dem Gedanken musste Alex grinsen, während er seine Schwiegermutter Edwina vor sich sah, die bei so einem Anblick ausrastete und bayerische Flüche von sich gab.

Zwei Frauen in Uniform, die Knöllchen verteilten, holten ihn wieder in die Realität zurück. Sie waren gerade mit der Erfassung der Daten eines Fahrzeugs in unmittelbarer Nachbarschaft beschäftigt. Verdammt noch mal, grollte Alex innerlich, jetzt habe ich in der Aufregung nicht einmal ein Parkticket gezogen. Er beschleunigte seine Schritte und schaffte es noch rechtzeitig, in seinen Wagen zu steigen, ihn zu starten und davonzufahren.

Auf der Weserbrücke ordnete er sich in die rechte Spur ein, um auf den Grimpenwall und wenig später in die Marienstraße abzubiegen. Er hatte in der Dienststelle Bescheid gegeben, dass er erst seine Töchter zum Bahnhof bringen wollte und deshalb etwas später als gewohnt eintreffen würde.

„Ach, Alex", hatte Dennis daraufhin gesagt, „das ist ja nun überhaupt kein Problem. Verabschiede dich mal in Ruhe von deinen Mädels. Und grüß sie schön von mir. Ich wünsche ihnen eine gute Reise …" Und mit einem schwärmerischen Blick hatte er noch angefügt: „Bayern, das klingt so malerisch, gerade jetzt zur Weihnachtszeit. Da ist bestimmt alles fantastisch eingeschneit … Würde gerne mit euch tauschen. Aber Minden ist auch in Ordnung! Wir freuen uns schon so auf die Bescherung! Mit Nachwuchs ist das ja wirklich was ganz anderes."

Kaum hatte Alexander nach seiner Rückkehr vom Bahnhof sein Büro betreten, stand auch schon sein Kollege in der Tür.

„Na, alles paletti?", wollte Dennis wissen. „Hast du die Mädchen einer Tante vom Roten Kreuz anvertraut, ha, ha."

Er konnte sich bei seinem Scherz kaum einkriegen, und Alexander stimmte in das ansteckende Gelächter ein.

„Du wirst es nicht glauben", fügte er dann an. „Ich habe jetzt schon Sehnsucht nach den beiden Rangen."

„Dem können wir abhelfen", sagte Dennis. „Riechmann hat mich eben an den offenen Bericht zum jüngsten Fall mit dem Freischießen erinnert. Du wolltest da doch noch was ergänzen."

„Stimmt." Alexander schlug sich eine Hand an die Stirn, der Kommissariatsleiter hatte am Tag zuvor eine Mail dazu geschickt. „Das habe ich im Reisefieber völlig verdrängt. Geht klar. Ich kümmere mich sofort. Wenn du an seinem Büro vorbeikommst, kannst du ihm die frohe Botschaft ja schon mal reinreichen."

„Geht klar, Boss. Mich findest du dann ebenfalls am Schreibtisch. Prima Tag heute, um leidigen Papierkram zu erledigen. Eben das, was man schon immer mal tun wollte."

„Ach, Dennis", hakte Alex noch einmal nach. „Hättest du nicht Lust, heute zum Feierabend mit mir gemeinsam ein paar gebrannte Mandeln auf dem Weihnachtsmarkt zu essen? Muss ja nicht lange dauern. Deine Familie wird dich sicher erwarten."

Für den Sonnabend hatte er sich bereits mit Wolfhard, seinem ehemaligen Mitstreiter, und dessen Frau Rita verabredet. Für Sonntag hatte Heike, seine Lieblingskollegin von der Spusi und vielleicht auch etwas mehr, mit strahlendem Lächeln zugesagt. Nur der Freitag musste noch irgendwie über die Runden gebracht werden.

„Aha, die Einsamkeit macht sich in dir breit", lächelte Dennis. „Dann ruf ich mal meinen Schatz an und bitte um Freigang."

„Musst du das?" Alexander blickte bei dieser Frage sehr besorgt.

„Reingefallen", lachte nun sein Kollege. „Nein, muss ich nicht. Aber es gehört sich doch. Ich glaube, Jessica wird sogar froh darüber sein. Dann kann sie noch ein paar Dinge im Haushalt erledigen, bei denen wir Männer ja sowieso nur stören. Feucht durchwischen und so …"

Jetzt sah Alex eher verständnislos drein.

„Was rede ich nur für eine Blödsinn", rügte sich Dennis, der an das Witwerdasein seines Chefs dachte. Ein echter Sprung ins Fettnäpfchen seinerseits. „Ich freue mich auf nachher. Komm einfach bei mir vorbei und sammle mich ein. Dann machen wir uns auf den Weg."

Jetzt nickte Alexander zufrieden. Er hatte sich genügend Abwechslung organisiert, um nicht ins Grübeln zu kommen.

Etliche Stunden später schlenderten die beiden Männer über den Weihnachtsmarkt. Es funkelte und leuchtete und duftete nach den unterschiedlichsten Leckereien. Den Passanten lag Zufriedenheit in den Gesichtern. Immer noch schwebten ganz feine Schneekristalle durch die Lüfte, bekamen aber keine Chance, den Boden zu bedecken. Alexander rieb sich die Hände.

„Ganz schön frisch. Die gebrannten Mandeln waren schon mal super lecker. Aber jetzt könnte ich was zum Aufwärmen brauchen. So was Punschmäßiges, ohne Umdrehungen!“

Dennis nickte. „Lass uns mal an die Bude da hinten gehen“, wies er auf eine liebevoll dekorierte Hütte, um die herum schon viele Grüppchen standen. „Da schmeckt der Glühwein besonders gut, hab ich mir sagen lassen.“

„Aber keinen Wein für mich“, protestierte Alexander.

„Mann, du bist aber auch ein Gesundheitsapostel“, entgegnete Dennis. „Keine Ausnahme?“

„Keine Ausnahme. Ich hänge an meinem Führerschein. Und schon mit einem Becher von dem Zeug hast du doch eine unglaubliche Fahne. Damit möchte ich nicht in eine Verkehrskontrolle geraten oder in einen Unfall verwickelt werden. Ist man schließlich sofort mit schuldig, egal wie die Ausgangslage war.“

„Ja, ja, so machen wir das“, sagte Dennis kopfschüttelnd und schob sich nach vorn, um die Bestellung aufzugeben. Wenig später hielt er zwei dampfende Becher in den Händen. „Ein Mal mit und ein Mal ohne. Hier.“

Er reichte Alexander das Getränk. Beide gesellten sich zu zwei älteren Damen an einem der Stehtische. Man begrüßte einander mit einem freundlichen Nicken.

„Ich habe mir nur die Spitzen schneiden lassen, trocken. Weil ich es doch eilig hatte“, erzählte Rosi und präsentierte ihren Kopf ihrem Gegenüber. „Hab mit einem Hunderter bezahlt. Das hat sich wirklich gelohnt.“

Anni verdrehte die Augen, wies mit einem Blick auf die beiden Männer und stieß ihrer Freundin in die Seite.

„Ja, bei dem Wetter sollte man keine Erkältung riskieren. Nicht in unserem Alter. Und so mit frisch gewaschenem Haar, direkt vom Friseur, dann hier in der Kälte stehen, das wäre gar keine Idee. Hast du richtig entschieden, Röschen. Außerdem steht dir der Schnitt außerordentlich gut.“

Rosi zuckte kaum merklich zusammen. „Jetzt lassen wir uns mal den heißen Beerenwein schmecken“, sagte sie. „Danke für die Einladung.“

„Ja, ist alles schon bezahlt“, lächelte Anni breit und hielt ihrer Freundin ihr Portemonnaie hin, das vor lauter Geldstücken bald platzte. Sie verschloss es und ließ es rasch in ihrer großen Handtasche neben einem weiteren Portemonnaie verschwinden. Dann prosteten die Damen einander zu.

Alexander hing seinen Gedanken nach. Schade, dass es seiner Mutter so schlecht ging. Sonst hätte sie hier auch mit einer netten Nachbarin ein gemütliches Schwätzchen halten können. Die beiden Seniorinnen machten so einen gepflegten Eindruck. Das hätte er seiner Mutter auch gewünscht.

„Oh, schon alle", stellte Alex kurz darauf fest, als er den Boden seines Bechers erblickte.

„Willst du noch so einen?", erkundigte sich Dennis.

Alexander nickte: „Jetzt bin ich aber dran."

Dann lief er die wenigen Schritte zum Ausschank und reihte sich in die Schlange ein.

Bei ihrem zweiten Getränk nahmen sie sich etwas mehr Zeit und plauderten über den Heiligen Abend und wie sie ihn jeweils zu feiern gedachten. Die Unterhaltung war nicht ganz einfach zu verstehen, weil das Stimmengewirr der benachbarten Gruppen alles überlagerte. Auch die beiden Rentnerinnen kicherten zwischendurch heftig. Irgendwann schaute Dennis auf seine Armbanduhr.

„Ich glaube, Chef, jetzt muss ich mal los. Sonst gibt es doch noch ein Donnerwetter daheim."

„Schon gut, Dennis", antwortete Alex. „Danke, dass du mich ertragen hast. So lange wollte ich dich doch gar nicht aufhalten. Auf jeden Fall hat mir das jetzt mit dir richtig gutgetan."

Dennis strahlte, und beide machten sich auf den Weg Richtung Königswall, wo sie ihre Autos abgestellt hatten.

„Frohes Fest, Dennis", verabschiedete sich Alexander, „und guten Rutsch. Wir sehen uns dann ja erst im neuen Jahr."

„Genau. Ich fasse es noch gar nicht. Urlaub!!! Dir auch ein paar tolle Feiertage. Heiligabend wird bestimmt nicht so schlimm im Dienst. Die paar Stunden kriegst du schon rum."

„Das denke ich auch."

Sie winkten einander noch zu, stiegen in ihre Fahrzeuge und machten sich in verschiedene Richtungen auf den Weg. Alexander bog gleich in die Königstraße ein.

Der Sonnabend verlief auf dem häuslichen Anwesen von Alex mit den Klassikern: mehrere Maschinen mit Wäsche, Staub wischen und saugen. Mal in Ruhe um die Orchideen kümmern und alle für ein Weilchen in ein Wasserbad mit Dünger tauchen sowie gut zureden. Kater Albert saß währenddessen auf seinem Kratzbaum im Obergeschoss und blinzelte durch die Lider. Lediglich beim geräuschvollen Staubsaugereinsatz maunzte er vor sich hin, sein schwarz-weißes Fell sträubte sich, und er verschwand schmollend in irgendeiner Ecke.

Da Alexander frühzeitig aufgestanden und der Hausputz im Grunde erledigt war, kam ihm der Anruf seines Vaters nicht ungelegen.

„Junge, könntest du mal mit uns kurz in den Supermarkt? Wir brauchen doch noch ein paar Dinge mehr als üblich und dazu starke Unterstützung“, hatte Gunter gesagt. Alex verkniff sich den Gedanken an Rentner, die ja nun eigentlich alle Zeit der Welt hatten und sich ihr Leben einteilen konnten, auch notwendige Einkäufe!

„Wir fahren doch aber Montag zu Edwina und Josef. Da werden wir bestimmt bestens versorgt“, hatte Alex nur eingeworfen.

„Vorsicht ist die Mutter der Porzellankiste“, kam daraufhin vom Vater.

„Ach, Vati“, hatte Alexander nur gelacht. „Du mit Sprüchen von Mutti. Geht klar, bin in einer knappen Stunde bei euch.“

Der Einkauf klappte relativ zügig. Hella schob den Wagen, und Gunter arbeitete seinen Zettel ab. Zur Sicherheit hatte Alexander noch einen zweiten Einkaufswagen genommen, der sich ebenfalls rasch füllte. Wohin aßen die beiden das nur?, flog eine Frage durch Alex’ Kopf. Sie wurden doch zusehends dünner …

An der Kasse mussten sie sich auf eine etwas längere Wartezeit einrichten, unter dem Gequengel von zwei kleinen, bezopften Mädchen. Deren Mutter wollte mit Karte bezahlen, was aber nicht klappte. Das Bargeld reichte nicht aus und nach einigem Hin und Her mit der Kassiererin schob sie ihren Einkaufswagen wieder in die Gegenrichtung, um die Ware in die Regale zurückzulegen. Wie eine Heulboje erklang das Gejammer der Kleinsten, die noch im Wagen gesessen hatte und offensichtlich ihre begehrten Leckereien verschwinden sah.

„Da hätte man jetzt mal Weihnachtsmann spielen sollen und den Einkauf übernehmen“, murmelte Gunter und fuhr sich durch das graue Haar. „Warum kommen einem solche guten Ideen immer zu spät?“

Alexander musste grinsen, vergaß aber einen Kommentar, weil es nun ans schnelle Einpacken der Artikel ging. Er hatte sich auf einen Behindertenparkplatz direkt vor den Laden gestellt.

Mit den zwei alten Herrschaften im Schlepptau würde da sicher niemand protestieren, hatte er noch kurz überlegt, als er vorhin den Motor abschaltete. Rasch waren die Produkte in seinem Kofferraum untergebracht, und sie fuhren die wenigen Meter bis zur Haustür seiner Eltern. Nachdem Alexander alle Einkäufe in der Küche verstaut hatte, ließ er sich noch zu einem Kaffee überreden.

„Gute Idee. Ich bin erst um 17 Uhr mit Wolfhard und Rita auf dem Weihnachtsmarkt verabredet. Treffpunkt am Alten Rathaus mit der ältesten gotischen Rathauslaube in Westfalen, wenn nicht gar in Deutschland“, gab Alex etwas von seinem historischen Wissen preis.

„Ja, mein Sohn, da waren wir schon einmal mit dir, als du uns durch die Innenstadt geführt hast. Sehr beeindruckendes Ensemble, kann man sich auch gut unterstellen, wenn es mal regnet … Aber jetzt lassen wir uns den Kaffee schmecken, nicht wahr, Hella, Liebes?! Ich glaube, wir haben sogar noch ein paar Stücken Streuselkuchen übrig!“

„Was du nicht sagst, Vati! Wenn das kein Argument ist, dann weiß ich auch nicht“, erwiderte Alexander, lehnte sich auf dem Sofa gemütlich zurück und wäre fast eingenickt. Dann rief er noch kurz bei seinen Töchtern an, aber die waren mit Josef und Edwina shoppen und hatten gar keine Zeit für ihren Vater.

„Lass uns heute Abend noch einmal telefonieren, Papa“, schlug Tina vor. „Das ist jetzt echt ungünstig. Ich stehe gerade mit Lena in einer Umkleidekabine, und wir können uns nicht entscheiden …“

„Na dann“, fiel Alex dazu nur ein. „Bis später. Viel Erfolg beim Einkauf und grüß alle schön. Bussi.“

Die letzten Äußerungen blieben offensichtlich ungehört. Alexander ließ sein Handy sinken. Da war er wohl momentan abgeschrieben. Er kam aber gar nicht dazu, sich weitere Gedanken zu machen, denn schon tauchte seine Mutter in der Tür auf, während sein Vater den gut gefüllten Teewagen hinter ihr herschob. Kaffeeduft erfüllte den Raum.

„So, jetzt können wir starten“, gab Gunter ein Signal, nachdem alles auf dem Tisch arrangiert war. Hella betätigte, zum Erstaunen der Männer, den CD-Player und weihnachtliche Musik erklang.

„Oh, jetzt muss ich mich aber sputen“, stellte Alex irgendwann fest. Die drei waren in Erinnerungen versunken gewesen, die immer damit anfingen: „Weißt du noch …?“ Und selbst Hella hatte reichlich Anekdoten aus der Kindheit ihres Sohnes beigesteuert. Vielleicht bilden wir uns das mit ihrer Demenz nur ein, hoffte Alexander plötzlich.

Gunter erhob sich. „Ich bringe dich mal noch zur Tür, Junge. Und hole uns Heiligabend nicht zu spät ab. Immerhin haben wir noch einen ziemlichen Ritt vor uns!"

Beschwingt nahm Alex im Treppenhaus zwei Stufen mit einem Mal und machte sich auf den Weg zu seiner Verabredung. Sechseinhalb Stunden Fahrtzeit hatte ihm der Routenplaner angezeigt. Wenn er, wie vorgesehen, spätestens um elf Uhr seine Eltern einsteigen lassen würde, könnten sie die Bescherung gegen 18 Uhr schaffen. Er verdrängte jeden Gedanken an einen Stau.

„Huhu, Alex", winkte Rita ihm entgegen, als er das Alte Rathaus ansteuerte. Sie trug eine Pelzkappe, die ihr freundliches Gesicht noch rundlicher wirken ließ. Waren die nicht aus der Mode?, fuhr Alex ein Gedanke durch den Kopf, der aber auch gleich wieder verschwand.

„Hallo Rita, hallo Wolfhard, das ist so schön, dass wir uns heute hier treffen", begrüßte Alexander die beiden und schloss sie nacheinander in seine Arme.

„Eine super Idee von dir, mein Lieber", entgegnete Wolfhard und setzte eine Frage an: „Was haltet ihr zunächst von ein paar gebrannten Mandeln? Davon darf dann zwar mein Zahnarzt nichts wissen, aber den treffen wir hoffentlich nicht hier …"

Alex lachte. „Prima Einstieg. Hatte ich zwar gestern schon, aber das ist lange her."

Zielstrebig führte er seine Begleiter zu der Bude mit den Süßigkeiten. Sie kauften sich jeweils ein kleines Tütchen und stellten sich dann seitlich an einen Tisch. Alex wechselte kurz Blicke mit den beiden Leuten, die dort schon standen. Irgendwie kam ihm die Frau bekannt vor.

„Ach, Oma, ich habe dir das doch genau erklärt", sagte Patrick leise, mit Vorwurf in der Stimme.

Rosi zog die Schultern bedauernd hoch, musterte die Hinzugekommenen und flüsterte: „Ich dachte, ich hätte alles richtig gemacht."

Wolfhard, Rita und Alexander waren in ihr Gespräch vertieft und steckten sich zwischendurch immer mal eine gebrannte Mandel in den Mund.

„Schon gut", setzte der junge Mann fort, schob sich ein paar blonde Locken hinters Ohr und zog sich die Kapuze seiner Jacke zurecht. „Hier." Ein kleines Paket wechselte vom Enkel zur Großmutter, während auch sie ihm etwas zusteckte.

Rührend, dachte Alex, da beschenkt die Oma den Jungen hier auf dem Weihnachtsmarkt. Wahrscheinlich soll es niemand mitkriegen. Ist bestimmt Geld im Spiel. Und dann sieht er auch noch wie ein Engelchen aus, müsste nur was anderes anhaben …

Wolfhard knüllte sein Papiertütchen zusammen und griff sich das von Rita, die ihre Portion ebenfalls gegessen hatte. „So, für den kleinen Hunger wäre das schon mal eine gute Antwort", sagte er und: „Auf ein Neues!"

Rita schüttelte den Kopf, aber Wolfhard legte ihr den Arm um die Schultern: „Bei so einem Anlass darf ich doch mal sündigen. Außerdem befindet sich bei mir die Waage im optimalen Bereich."

Jetzt seufzte Rita: „Na, du hast es eben gut …"

„Ihr könntet mich vielleicht ein wenig beraten, was noch ein paar Geschenke angeht", warf Alex ein, um das Thema zu wechseln und keinen weiteren Schlagabtausch des Paares aufkommen zu lassen.

„Bisschen spät für Weihnachtsgeschenke", grinste Wolfhard.

„Es soll ja Leute geben, die erst am 24. ihre Präsente aussuchen", entgegnete Alex.

„Dafür werden die dann zwischen den Tagen wieder zurückgegeben, weil die Empfänger enttäuscht sind", sagte Rita.

„Ich suche nur noch als Ergänzung ein paar originelle Kleinigkeiten für meine Eltern, für die Schwiegereltern und natürlich Tina und Lena", erklärte Alex.

„Das kriegen wir hin", entschied Rita und rückte sich die Pelzmütze grade. „Warum habe ich nur dieses blöde Ding aufgesetzt? Ich glaube, ich kriege die Motten. Mir ist schon ganz heiß! Aber wenn ich die jetzt absetze, kommt wahrscheinlich eine völlig angepappte Frisur zutage …" Sie seufzte tief auf.

Wolfhard lachte: „Ich habe dich gewarnt, Mäuschen. Aber du wolltest das gute Stück unbedingt mal ausführen …"

Rita stupste ihren Mann verlegen in die Seite und wies dann auf eine Reihe von Buden, die sich auf dem Scharn befanden. „Da werden wir bestimmt fündig."

Sie schlenderten voran, plauderten angeregt weiter und schauten sich nach und nach die Kunsthandwerkerstände an. Es dauerte nicht lange, da trug Rita zwei volle Taschen in ihrer linken Hand.

„Ich kann dir gern was abnehmen", meinte Wolfhard, wobei Rita abwinkte. Dann fuhr er fort: „Wobei ich ja eigentlich dachte, dass wir für Alex ein paar Dinge suchen …“

Alex biss sich auf die Lippen, fast hätte er aufgelacht. Schließlich fanden sie auch einige nette Sachen für seine Familie. Für Edwina ein Körnerkissen, auf Empfehlung von Rita, die auf deren wohltuenden Einsatz schwor. Ein Weilchen später landeten sie am Glühweinstand, wo Alex tags zuvor mit Dennis gestanden hatte.

„Kann ich hier wärmstens empfehlen“, erklärte Alexander. „Soll der leckerste Wein sein …“

„Du und Wein?“, staunte Wolfhard.

Alexander schüttelte den Kopf. „Nicht, was du denkst. Bei mir immer nur die Kindervariante, wenn ich mit dem Auto unterwegs bin.“

„Fährst du uns heim?“, fragte Wolfhard seine Frau, die daraufhin nickte. „Prima, dann kann ich zuschlagen.“

Als sie ihre Becher auf einem der Stehtische abstellten, hörte Alex eine Stimme, die ihm bekannt vorkam.

„Bei den Kräuterbonbons und beim Holzspielzeug bin ich jeweils 50 Euro losgeworden“, sagte Anni.

Alexander drehte sich um und erkannte die korpulente Frau vom Vortag, an deren Seite sich auch die drahtige Oma mit ihrem blondgelockten Enkel befand. Junge, Junge, dachte Alex, für 50 Euro Kräuterbonbons, die dürften eine Weile ausreichen … Dann versank er in das Gespräch mit Wolfhard und Rita. Später verabschiedeten sich die drei voneinander, und jeder strebte seinem Parkplatz zu. Das Ehepaar lief, schwer beladen, zum Weserglacis. Alex hatte diesmal in der Nähe des Gerichtszentrums geparkt.

Den Sonntagvormittag vertelefonierte Alexander mit Verwandten und Freunden. Er hatte es nicht geschafft, auch nur eine einzige Weihnachtskarte zu schreiben. Insofern kam ihm die freie Zeit sehr gelegen. 17 Uhr war er mit Heike verabredet, diesmal am Victoria Hotel. Er stand schon wartend vor der Tür des festlich geschmückten Hauses, als sie pünktlich auf die Minute eintraf. Etwas abgehetzt.

„Ach, Alex. Du kriegst ja überhaupt keinen Parkplatz in der Nähe, wahrscheinlich hat sich alle Welt hier auf dem Weihnachtsmarkt verabredet, wie immer. Ich habe so lange gesucht. Und jetzt stehe ich mit dem Hintern auf einer markierten Fläche. Na, hoffentlich haben die Kollegen ein Nachsehen um diese Zeit …“

„Bestimmt“, meinte Alexander. „Mach dir mal keine Gedanken. Und wir zwei genießen jetzt die Stimmung und den Markt.“

„Ich würde ja gern mit gebrannten Mandeln starten."

Alex schluckte deutlich sichtbar.

„Magst du die etwa nicht? Schade!", fragte Heike erstaunt.

„Oh, doch, und zwar sehr. Allerdings hatte ich die schon vorgestern und gestern …"

„Aller guten Dinge sind drei. Dann kannst du das heute mit einem weiteren Tütchen vollenden."

„Stimmt auch wieder."

Kinder jauchzten auf den Karussells, Weihnachtslieder lösten sich ab, Stimmengewirr hing in der Luft. Irgendwann landeten die beiden auch am Glühweinstand. Alexander wunderte sich kurz über den Anblick von Anni und Rosi. Jeden Tag auf den Weihnachtsmarkt? Also, sein Ding wäre das nicht. Sein Bedarf war mit diesem dritten Treffen absolut gedeckt. Er konnte schon keine gebrannten Mandeln mehr sehen und der Geruch von dem Frittierten ekelte ihn regelrecht. Außerdem nervte ihn die Geräuschkulisse.

Als sich Alexander und Heike voneinander verabschiedeten, meinte sie noch: „Hast du die beiden älteren Damen gesehen, direkt neben uns?"

Alex nickte.

„Also, wenn du mich fragst, dann haben die Dreck am Stecken. Die haben sich immer Scheine über den Tisch zugeschoben, und dann habe ich ganz deutlich was von Blüten gehört."

„Wirklich? Vielleicht hast du das nur falsch gedeutet. Bei dem Krawall versteht man ja mitunter sein eigenes Wort nicht."

„Doch: Blüten! Ganz eindeutig. Ich weiß doch, was ich höre!"

Heike ärgerte sich. Statt jetzt mit Alex über ganz persönliche Dinge zu plaudern und das vielleicht mal endlich in die richtige Richtung zu bringen, war sie schon wieder dienstlich. Aber jetzt war das wohl kaum zu ändern.

„Wir sehen uns morgen im Dienst", lächelte Alex. „Vielleicht wissen die Kollegen dann schon mehr."

Er schloss Heike in die Arme und küsste sie auf beide Wangen.

Am anderen Morgen herrschte reges Treiben in der Dienststelle. Zwar war für den 24. Dezember nur eine Notbesetzung vor Ort, aber es wirkte wie in einem Taubenschlag. Schon im Eingangsbereich begrüßte Bernd Langer Alexander.

„Mensch, Alex, das ist ein Ding. Schon gehört?“

„Was denn?“

„Na, die Sache mit den Blüten auf dem Weihnachtsmarkt.“

Alexander war sprachlos.

„Wir sind einer Geldfälscherbande auf der Spur. Die Truppe hat sich ausgerechnet unseren Weihnachtsmarkt ausgesucht, um ihre falschen Scheinchen in Umlauf zu bringen.“

„Ich glaube“, sagte Alex, „ich hätte da sachdienliche Hinweise.“

„Kein Quatsch?“

„Nee, im Gegenteil.“

Alexander folgte seinem Kollegen, um Bericht zu erstatten. Es war kurz nach acht Uhr.

Gegen zehn Uhr klingelte das Handy von Alex. Es war sein Vater.

„Na, Vati, kann es euch nicht schnell genug gehen? Ich glaube, ich brauche noch ein kleines Weilchen im Dienst. Wir haben hier gerade einen Fall …“

„Doch nicht etwa einen Mord, an so einem Tag?“, wollte Gunter mit schwacher Stimme wissen.

„Nein, kein Mord. Aber du klingst so komisch? Ist was?“, fragte Alex besorgt.

„Deine Mutter“, druckste Gunter herum. „Es geht ihr nicht gut. Ich habe schon unseren Hausarzt kommen lassen. Er hat ihr eine Spritze gegeben. Das wird schon wieder, hat er gemeint. Aber reisefähig ist sie auf keinen Fall. Wo wir uns doch so auf das gemeinsame Fest gefreut haben!“

Alexander war einerseits erschrocken, andererseits auch irgendwie erleichtert.

„Vati, bleib ganz ruhig. Das kriegen wir hin. Hauptsache, es geht Mutti jetzt wieder etwas besser. Ich rufe bei den Kindern an und sage Bescheid. Zum Nachmittag komme ich zu euch, und wir verbringen den Heiligen Abend zusammen. Vater, Mutter, Kind – eben wie früher! Das ist doch auch mal wieder schön. Verhungern werden wir keinesfalls, wir haben ja genügend eingekauft …“

„Da fällt mir aber ein Stein vom Herzen, Alex, dass du das so locker nimmst. Bis nachher, mein Junge. Und viel Erfolg bei eurem Fall!“

Alexander dachte kurz nach und ließ dabei seinen Schreibtischstuhl kreisen. Dann wählte er die Handynummer seiner Großen. Er hatte sie auch sofort dran.

„Hallo, Dad, startet ihr jetzt gen Süden?“, wollte Lena wissen.

„Es tut mir so leid", versicherte Alex direkt. „Wir können uns heute nicht auf den Weg machen. Der Oma geht es nicht gut. Sie ist einfach nicht reisefähig."

„Und du flunkerst auch nicht, Dad?", erkundigte sich Lena mit ernstem Unterton.

Während Alexander errötete, beteuerte er: „Wie kommst du denn darauf, Spatz? Ich wäre gerade heute so gern bei euch!"

„Heiligabend ohne dich, das geht doch gar nicht", maulte Lena weinerlich, und aus dem Hintergrund war jetzt erregtes Stimmengewirr zu vernehmen.

„Der Opa will dich mal haben", sagte Lena und zog die Nase hoch.

Kurz darauf war Josef zu vernehmen: „Was ist denn los, Junge?"

Alexander erklärte die Umstände, während sein Schwiegervater geduldig zuhörte.

„Tja, da kann man wohl nichts machen. Aber wir werden das auch so überstehen. Kümmer dich mal um deine Eltern, das ist jetzt wichtiger. Von uns allen jedenfalls schöne Grüße. Wir können ja nachher, während der Bescherung, wieder miteinander telefonieren."

„Das machen wir", sagte Alex und beendete das Gespräch.

Währenddessen stand plötzlich Reinhold Riechmann in der Tür von Alexanders Büro.

„Ich wollte Ihnen, lieber Rosenbaum, und Ihrer Familie nur noch ein frohes Fest wünschen", sagte der Kommissariatsleiter. „Sie fahren gar nicht weg, habe ich eben vernommen."

Alex schluckte. Das ging seinen Chef eigentlich überhaupt nichts an.

„Hm."

„Also, in dem Fall hätte ich eine große Bitte. Wir haben doch hier mit dieser Bande zu tun, die offensichtlich Falschgeld rund um den Weihnachtsmarkt in Minden in Umlauf bringt. Und da der nur noch bis 30. Dezember geöffnet hat, müssen wir uns sputen. Personell sind wir momentan ziemlich spärlich besetzt. Ob Sie die Truppe vielleicht unterstützen könnten, auch wenn das, so ohne Mord, nicht Ihr Aufgabengebiet ist? Das wäre eine große Hilfe. Wir können ja von anderen Dienststellen keine Leute anfordern, nicht zu so einer Zeit! Außerdem hatten Sie schon Beobachtungen gemacht, wie man mir sagte …"

„Geht klar, bin dabei", entschied Alex spontan. Er musste sich sowieso um seine Eltern kümmern und ihnen Heiligabend Gesellschaft leisten, das hatte Priorität. Die Kinder würden sich schon bei den Großeltern im Bayerischen amüsieren. Und wenn nicht, dann fuhren regelmäßig Züge Richtung Minden.

„Morgen können Sie ja noch daheim bleiben", erklärte Reinhold Riechmann. „Am 1. Feiertag hat der Weihnachtsmarkt geschlossen. Da macht ein Einsatz keinen Sinn. Unser Team trifft sich dann am 26. Dezember, 12 Uhr, hier in der Dienststelle, damit wir ab 13 Uhr starten können, wenn geöffnet wird."

Heiligabend verlief friedlich. Gunter schloss seinen Sohn liebevoll in die Arme, als er eintraf und hatte dabei feuchte Augen. Zwischendurch telefonierten sie mehrfach und lange mit den Kindern, Edwina und Josef. Silvester wollten die Mädchen wieder zu Hause verbringen und einen Zug am späten Vormittag nehmen. Bis dahin gab es ein prall gefülltes Veranstaltungsprogramm in und um München.

Den ersten Feiertag nutzte Alexander, um sein häusliches Büro aufzuräumen. Etwas, das er stets vor sich herschob. Nach einigen Stunden war die Papiertonne mit geschredderten Unterlagen fast komplett gefüllt, und Kater Albert hatte ihm während der gesamten Zeit Gesellschaft geleistet, meist schlummernd.

An den folgenden Tagen war das Team aus der Marienstraße im Zentrum von Minden im Einsatz. Alexander verkniff sich weitere gebrannte Mandeln, schaute sich aber in Ruhe um. Er betrat auch die begehbare, zwölf Meter hohe Riesentanne. Ihr Inneres hatte einen Durchmesser von sechs Metern, schätzte Alex. Ein älterer Herr las gerade Weihnachtsgeschichten vor und einige Kinder lauschten gebannt. Aber die Bande würde hier wohl kaum Geld ausgeben können, dachte Alexander und verschwand wieder nach draußen. Dann ließ er seine Blicke schweifen, aber die beiden älteren Damen und den blonden jungen Mann sah er nicht.

Am Sonntag wurden die drei gefasst, als Anni gerade noch ein paar dicke Handschuhe mit 100 Euro bezahlt hatte und wieder zu Rosi und ihrem Enkelsohn zurückkehrte, die sich bei einem Kaffee aufwärmten. Sie landeten in Untersuchungshaft. Montagfrüh stand eine Gegenüberstellung mit Zeugen bevor.

Gegen elf riss Heike die Tür von Alex auf und sprudelte los:

„Das glaubst du nicht, jetzt haben die mich verdächtigt! Bei der Gegenüberstellung will mich ein Verkäufer erkannt haben, als ich mit einem falschen Fünfziger bezahlt habe. Das hat man nun davon, wenn man sich zu so einer Gefälligkeit als Statist breitschlagen lässt …"

Heike stemmte entrüstet die geballten Fäuste in die Hüften, und Alexander brach daraufhin in schallendes Gelächter aus.

„Das ist ja köstlich! Aber lass mal, wenn die mich mit in die Riege der Verdächtigen gestellt hätten, hätte bestimmt auch jemand auf mich gezeigt … Und sonst? Wie ist der Stand der Dinge?“

„Na ja, nicht so einfach“, erklärte Heike. „Dabei sind übrigens noch ein paar Kollegen aus dem Haus verdächtigt worden! Echt witzig.“ Sie setzte sich endlich hin und fuhr fort: „Anni Schulze beteuert ihre Unschuld. Das ist die Kleine, Rundliche, 85 Jahre alt und verwitwet. War mal in der Landwirtschaft tätig und bekommt selbst mit der Witwenrente nur sehr, sehr wenig. Rosi Dietrich weiß auch von nichts. Das ist die Sportliche von den beiden. 75 Jahre alt, war mal Verkäuferin, also eine Rente zum Totlachen. Außerdem steht es nicht gut um sie. Sie hat Bauchspeicheldrüsenkrebs. Und der Enkel von Rosi, Patrick, hat Betriebswirtschaft und Marketing studiert, findet aber immer nur zeitlich befristete Anstellungen, die sehr übersichtlich bezahlt werden. Außerdem schlägt sein Herz für die Musik. Der ist mit seiner Band hier schon im Bunker aufgetreten ... Reicht für meinen Geschmack bei allen dreien nicht zum Überleben. Vom Aufstocken halten viele Ältere ja nichts, ist ihnen peinlich und sie wollen dem Staat nicht zur Last fallen. Insofern wären sie schon motiviert, sich nach einer Geldquelle umzuschauen. Patrick hat lediglich zugegeben, häufig in die Niederlande zu fahren, um für seine Oma Haschisch zu besorgen, damit die Schmerzen für sie erträglicher werden. In seiner Jackentasche steckte nämlich ein dickes Hanftütchen, sogar mit lustigem Aufkleber. Rosis Krankenkasse sträubt sich wohl gegens Finanzieren dieser Behandlungsmethode. Dafür ist unser Bernd jetzt in Apeldoorn fündig geworden. Die Kollegen dort waren schon länger am Ball und haben gerade eine Druckerei im Untergrund hochgenommen. Kam allerdings zu einer Schießerei, bei der einer von den Geldfälschern getötet wurde. Ein zweiter schwebt noch in Lebensgefahr. Der wird bestimmt plaudern, wenn er wieder reden kann. Außerdem müssen ja noch viel mehr Leute beteiligt sein. Mein Bauchgefühl sagt mir, dass es da Querverbindungen gibt. Muss lediglich nachgewiesen werden.“

Heike blickte auf Alex: „Sorry, jetzt habe ich dich zugetextet. Dabei wollte ich dir nur Bescheid geben, dass auch du noch einmal schauen sollst, ob du einen von den dreien oder eben alle erkennst. Ansonsten ist das dann ja nicht mehr deine Baustelle. Wobei ich mich frage, warum die Leute heutzutage so aufwendig vorgehen. Wo es doch den digitalen Bankraub gibt und im Darknet fast alles machbar ist ... Ich bin übrigens gleich weg. Kellnere heute bei einer Silvesterparty. Rutscht gut rein, Alex, und grüß die Mädels."

„Dir auch einen guten Rutsch. Lass uns mal gleich zu Jahresbeginn einen gemütlichen Abend miteinander einplanen. Ich lade dich ein."

Heike strahlte und schwebte aus dem Raum, während Alexander in seinen Gedanken versank: Ich muss die drei jetzt identifizieren! Muss ich das?

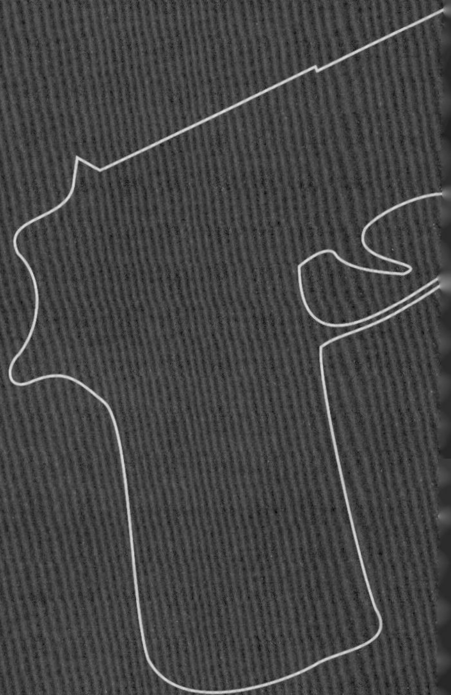

Thorsten Sueße

Stille Nacht, tödliche Nacht

Thorsten Sueße

Dienstag, 23. Dezember

Dem Raum war anzusehen, dass hier ein Kampf stattgefunden hatte. Scherben von mehreren zerbrochenen Trinkgläsern auf dem gefliesten Fußboden, dazwischen ein umgeworfener Stuhl. Die Männer und Frauen der Spurensicherung erledigten routiniert ihre Arbeit.

Kriminalhauptkommissar Thomas Stelter von der Mordkommission Hannover beugte sich über den Leichnam. Die Todesursache war nahezu eindeutig. Die Frau war durch einen Schuss aus nächster Nähe getötet worden.

Der Hauptkommissar wandte sich Sascha Rottmann zu, der im Flur aufgetaucht war und sehr angespannt wirkte. Der Polizist nannte seinen Namen und seine Funktion. Stelter wollte gerade eine Frage stellen, als Rottmann von sich aus zu reden begann. Mit leiser Stimme, den Kopf gesenkt, murmelte er: „Ich hätte nie gedacht, dass so eine Situation eintreten würde. Meine Frau war psychisch krank und völlig durchgedreht – und erschien plötzlich mit einer Pistole in der Hand."

Stelter versuchte ein mitfühlendes Gesicht zu machen, als seinem Gegenüber langsam eine Träne die Wange herunterlief.

Schluchzend fuhr Rottmann fort: „Bei mir geht gerade alles durcheinander … Ich habe ihr die Pistole unter Einsatz meines Lebens gewaltsam im Zweikampf entrissen. Sie hat verzweifelt gegen mich gekämpft, wollte mich umbringen. Dann hat sich ein Schuss gelöst."

Der Hauptkommissar nickte, schien dabei durch Rottmann hindurchzusehen.

So richtig verstehe ich noch nicht, was da genau im Vorfeld passiert ist, ging es Stelter durch den Kopf, während sein Blick erneut über den Tatort schweifte.

24 Tage zuvor …
Samstag, 29. November

„Was ist los?", fragte Natalie Gerold ihre Freundin, die einen besorgten Eindruck machte.

„Irgendetwas ist merkwürdig", antwortete Maike Rottmann und ergriff Natalies Hand. „Ich kann es gar nicht wirklich fassen."

Die Freundinnen, beide Ende dreißig, unterhielten sich an einem Glühweinstand, nicht weit von der Marktkirche entfernt. Es war kalt geworden an diesem Abend vor dem ersten Advent. Der Weihnachtsmarkt Hannover in der historischen Altstadt hatte wieder zahlreiche Besucher angelockt, die sich zwischen den weihnachtlich geschmückten Ständen vorbeischoben. Neben Kunsthandwerk und Holzspielzeug wurden die üblichen winterlichen Speisen, Getränke und Süßigkeiten angeboten.

„Was meinst du damit?", fragte Natalie nach.

Maike sah sich um. Zu beiden Seiten neben ihnen standen Männer und Frauen verschiedenen Alters, die Glühwein tranken und sich zum Teil laut miteinander unterhielten. Keiner von ihnen schien sich für Maike und Natalie zu interessieren.

„Manchmal glaube ich, dass ich beobachtet werde", erklärte Maike. „Ich habe so ein ungutes Gefühl."

„Hast du in den letzten Wochen viel gearbeitet? Gab's Stress?"

Maike ließ Natalies Hand los und zuckte mit den Schultern.

Natalie wusste nicht, wie sie auf Maikes Äußerungen reagieren sollte.

„Wie läuft es zwischen Sascha und dir?", versuchte Natalie einen Themenwechsel.

„Er ist der liebevollste Mann auf Erden. Und wir sind uns einig, dass wir gerne ein gemeinsames Kind hätten." Maikes Gesichtsausdruck veränderte sich schlagartig. Sie strahlte. „Er ist schon derart verständnisvoll und fürsorglich, dass ich manchmal glaube, ich hätte ihn gar nicht verdient. Oder dass ich ihn dir ausgespannt hätte …"

„Na, hör mal. Sascha und ich sind nie zusammen gewesen. Da brauchst du dir keine Gedanken zu machen."

„Gut, dass du das sagst." Maike lächelte. „Es kommt mir nur so unheimlich vor, dass diesmal zwischen ihm und mir alles so glatt läuft. Gerade nach dem Tod meiner Eltern ist die harmonische Beziehung zu ihm absolut überlebenswichtig für mich. Wenn ich da an Mario denke …“

Mario war Maikes erster Ehemann, von dem sie sich unter langjährigen heftigen Streitigkeiten hatte scheiden lassen.

„Hat Mario dich wieder angerufen?“, erkundigte sich Natalie.

„Nein. Auf einmal hat er damit aufgehört. Ich gehe aber davon aus, dass er sich jetzt was anderes ausgedacht hat, um mir zu schaden.“

„Hast du eine Vermutung, wie das aussehen könnte?“

Maike nahm einen größeren Schluck aus ihrem zweiten Becher Glühwein: „Bisher nichts Konkretes. Aber mir ist vor ein paar Tagen so ein Typ aufgefallen, der mich aus einiger Entfernung dabei fotografiert hat, wie ich das Haus verlasse.“

„Hast du den Mann erkannt?“

„Nein. Manchmal denke ich, dass es Mario war. Oder jemand, den er beauftragt hat.“

Maikes Gesichtsausdruck entspannte sich erneut. Aus dem Lautsprecher eines benachbarten Kinderkarussells ertönte „Stille Nacht, heilige Nacht“.

„He, das ist ja unser Lied“, verkündete Maike.

„Ja, das war eine echt schöne Zeit“, stimmte Natalie zu. Vor achtzehn Jahren, am 10. Dezember, hatte die Freundschaft der beiden Frauen begonnen. Auf der Weihnachtsfeier des Handballkurses vom Hochschulsport waren sie sich erstmals nähergekommen. Natalie hatte damals in Hannover Jura studiert, Maike BWL. Auf der Feier war immer wieder „Stille Nacht, heilige Nacht“ gespielt worden – in einer englischen Fassung, gesungen mit großartiger Stimme von Mariah Carey.

Zu Natalies Überraschung hatte Maike in den folgenden Jahren ihr Lied immer wieder mit neuen eigenen Texten versehen.

„Wir wollen uns den heutigen Abend nicht durch blöde Themen verderben lassen. Ich gebe noch eine Runde Glühwein aus“, äußerte Maike und hatte bereits für beide bezahlt, bevor Natalie auch nur ansatzweise ihr Portemonnaie zücken konnte. Dann bohrte Maike scherzhaft: „Was geht eigentlich momentan bei dir so ab – bezüglich Begegnungen mit der Männerwelt?“

„Im Augenblick nichts“, blockte Natalie ab, „zumindest nichts Festes.“

Natalie war ledig, ihre letzte längere Beziehung zu einem Mann lag „offiziell“ schon über ein Jahr zurück. Was sich möglicherweise gerade anbahnte, darüber wollte sie jetzt nicht reden.

„Wenn es um dein Liebesleben geht, bist du immer so einsilbig“, beklagte sich Maike. „Es würde mich schon interessieren, mit wem du deine Zeit, außer mit mir, verbringst.“

Natalie leerte ihren Becher und lachte: „Keine Chance. Es gibt nichts, von dem ich dir berichten könnte.“

Kurz darauf gingen die beiden Frauen weiter, schlenderten durch das historische Weihnachtsdorf am Leineufer. Danach beschlossen sie, den Weihnachtsmarkt gemeinsam zu verlassen und zur nächsten U-Bahn-Station zu gehen. Am Rande des Weihnachtsmarktes blieb Natalie abrupt stehen. Sie kramte erst in ihrer Manteltasche, anschließend in ihrer Handtasche, machte einen erstaunten Gesichtsausdruck.

„Ich vermisse meinen kleinen Taschenschirm. Vielleicht habe ich ihn am Glühweinstand liegen gelassen“, erklärte sie ihr Verhalten. „Ich geh noch mal schnell zurück und such nach dem Teil. Magst du hier kurz auf mich warten? Ich mach das schnell allein.“

Maike war mit Natalies Vorschlag einverstanden. Am Rande des Weihnachtsmarktes wartete sie auf ihre Freundin, die schnell im Menschengewühl verschwunden war.

❄

Maike stand immer noch auf dem Gehweg der kleinen Straße am Rande der Altstadt, guckte zum wiederholten Mal auf ihre Armbanduhr. Natalie war länger unterwegs, als Maike erwartet hatte. Hätte sie ihre Freundin lieber doch begleiten sollen? Aber Natalie hatte so bestimmt geklungen, dass es nicht notwendig sei, dass Maike mitkam. Außerdem empfand es Maike als angenehm, wieder aus dem Gedrängel der Weihnachtsmarktbesucher heraus zu sein. Ein einzelnes Pärchen ging langsam an ihr vorbei, wechselte auf die rechte Straßenseite und verschwand in einem Hauseingang. An der linken Straßenseite, ungefähr zehn Meter von Maike entfernt, befand sich die Einfahrt zu einem Parkplatz.

Dort tauchte auf einmal eine dunkel gekleidete Gestalt auf, die sich mit schnellen Schritten auf Maike zubewegte. Die Größe, das Gangbild – das konnte nur ein Mann sein. Sofort wurde Maike von Gedanken überflutet: *Da stimmt was nicht, der Kerl hat etwas vor! Der will was von mir!*

Ihr gesamter Körper fühlte sich an, als ob ihn gerade ein gewaltiger Blitzschlag durchzuckte.

Ich sehe Hörner, Fell im Gesicht! Alarmstufe Rot!

Ihr Pulsschlag erhöhte sich in Sekundenschnelle, während ihre Muskeln vollständig verkrampften. Was um alles in der Welt kam da auf sie zu? Sah aus wie ein Werwolf oder Teufel?! Sie wollte flüchten, aber ihre Beine gehorchten ihr nicht mehr.

Mit weit aufgerissenen Augen starrte sie auf das Wesen, das jetzt direkt vor ihr stand. In diesem Augenblick kapierte sie, was sie sah. Der Mann trug eine graue Rentiermaske.

Wortlos, mit brutaler Härte, packte der Mann sie an ihrer rechten Schulter.

Sie schrie, trat dem Kerl gegen das Schienbein, sein Griff lockerte sich. Dann stieß sie ihn mit beiden Händen gegen die Brust, nur weg von sich. Er strauchelte. Es ging alles sehr schnell. Maike sah das Messer in seiner rechten Hand. Sie registrierte, dass er schwarze Fingerhandschuhe trug. Wieder stürzte er auf sie zu. Er würde sie töten.

„Hilfe! Hilfe! Überfall!“, brüllte sie aus Leibeskräften.

Eine Sekunde hielt der Angreifer inne, sah sich um. Maike nutzte den Moment und flüchtete Richtung Weihnachtsmarkt.

Nur weg, sonst bin ich verloren!

Dann stolperte sie, fiel auf die Straße, konnte gerade noch ihren Sturz mit beiden Händen abfangen.

Jetzt ist alles aus!

In ihrem rechten Augenwinkel sah sie einen weiteren Mann, der sich ihr näherte. Ein Komplize des Angreifers?

„Du Scheißkerl, weg mit dem Messer!“, hörte sie die Stimme dieses Mannes. „Ja, los verzieh dich!“

Maike atmete durch. Offenbar ein Helfer in letzter Not!

„Polizei, wir müssen die Polizei rufen!“, schrie ein anderer Mann.

Maike saß zitternd auf der Straße, ließ sich von zwei Frauen auf die Beine helfen. Der Angreifer war inzwischen verschwunden, die unmittelbare Gefahr vorbei.

In dem Moment erschien Natalie, der Maike sofort weinend um den Hals fiel.

Erschrocken ließ sich Natalie von ihrer Freundin erzählen, was geschehen war.

„Als wenn ich es vorher geahnt hätte, dass mir heute noch etwas Schlimmes passiert“, flüsterte Maike.

Natalie wirkte mit sich unzufrieden: „Ich mache mir solche Vorwürfe, dass ich dich hier allein gelassen habe.“

Montag, 1. Dezember

Natalies Drei-Zimmer-Wohnung in Hannover war auf eine weihnachtlich-amerikanische Art geschmückt: mit bunten Lichterketten, kleinen Figuren und auf Knopfdruck singenden Schneemännern. Ein sympathischer Hang zum Kitsch, hatte Maike vor Jahren dazu gesagt.

Die beiden Frauen saßen am frühen Abend zusammen auf der Couch im Wohnzimmer. Natalie hatte nach dem Schrecken vom vergangenen Samstag ihre Freundin Maike zu sich nach Hause eingeladen.

„Was meinst du, schnappt die Polizei den Mistkerl?", äußerte Maike. „Es ist ein echt mieses Gefühl zu wissen, dass sich der Typ irgendwo da draußen noch rumtreibt und jederzeit wieder zuschlagen könnte. Es ist mir gar nicht so leichtgefallen, im Dunkeln zu dir zu kommen."

„Glaubst du denn, er hatte es auf dich persönlich abgesehen?!"

„Du meinst, es wäre ein Zufall gewesen? Dass er nur meine Handtasche wollte?" Maike schüttelte den Kopf. „Das hat die Polizei auch vermutet. Wahrscheinlich ein Junkie, der dringend ein paar Euro für seinen nächsten Schuss brauchte, meinten die."

„Na ja", druckste Natalie herum. „Ich kann das nachvollziehen. Beim Glühweinstand haben sicherlich noch andere Leute außer mir bemerkt, dass du in deinem Portemonnaie einige Hunderteuroscheine hattest. Du hast es beim Bezahlen der letzten Glühweinrunde wirklich sehr offen gezeigt. Und das Rotlichtviertel befindet sich in unmittelbarer Nähe vom Weihnachtsmarkt."

„Natürlich wäre das eine plausible Erklärung." Maike machte allerdings keinen überzeugten Eindruck. „Aber da ist noch was anderes, das spüre ich."

„Was meinst du?"

„Ich glaube, dass der Täter nur einen Raub vortäuschen wollte. Es sollte so aussehen, als hätte ein übernervöser Täter sein Opfer zufällig niedergestochen."

„Das glaube ich nicht", sagte Natalie entschlossen. „Wie kommst du nur auf so eine Idee?"

„Du weißt sicherlich noch, was ich dir am Glühweinstand erzählt habe. Ich denke, dass Mario dahintersteckt. Er hasst mich. Nachdem er mir persönlich nichts anhaben konnte, hat er diesen Kerl beauftragt. Der sollte mich entweder zu Tode erschrecken, verletzen oder sogar töten."

Natalie kannte die einzelnen Episoden der dramatischen Scheidungsgeschichte zwischen Mario und Natalie nur zu gut. Ihre Freundin hatte sie an jeder Einzelheit mittels detailreicher Schilderungen teilhaben lassen. Was auch für Natalie schwer zu ertragen war. Maikes Eltern hatten ihre einzige Tochter vor deren Hochzeit mit Mario sehr vor diesem Mann gewarnt und zum Glück auf einem Ehevertrag bestanden. Sie hatten geahnt, dass ihre empfindsame Tochter dem schlitzohrigen Mario nicht gewachsen sein würde. Der Ehevertrag verhinderte, dass sich Mario nach der Scheidung an Maikes Vermögen bereicherte. Was ihn offenbar bis heute in Wut versetzte, wenn Natalie Maikes Worten Glauben schenkte.

„Hast du irgendetwas vom Täter erkannt, was der Polizei helfen könnte, ihn zu fassen?", wollte Natalie wissen.

„Ein schlanker Typ in dunkler Allerweltskleidung mit Maske. Damit konnte die Polizei nicht viel anfangen."

„Schlank könnte wieder zu Junkie passen …"

Maike blickte ihrer Freundin ins Gesicht und lächelte verlegen: „Du hältst mich für überspannt, stimmt's?" Ihr war bewusst, dass ihre Vermutungen bei Natalie nicht auf fruchtbaren Boden fielen.

„Was meint Sascha zu deinen Theorien?", antwortete Natalie mit einer Gegenfrage.

„Er glaubt auch, dass ich das Zufallsopfer eines Handtaschenräubers geworden bin. Und damit will er mich beruhigen, dass mir so etwas in Zukunft nicht wieder passiert. Er meint es halt gut."

Natalie nickte: „Da hast du recht. Für die Frau, die er liebt, würde Sascha bestimmt alles tun."

Donnerstag, 4. Dezember

Im *da Vinci*, einem gemütlichen italienischen Restaurant im Süden Hannovers, hatte Sascha Rottmann einen Tisch für zwei Personen reserviert. Was nicht nötig gewesen wäre, denn um 18:30 Uhr war das Restaurant noch nicht allzu voll. Er saß an einem Tisch im hinteren Teil des Restaurants, als Natalie Gerold das Lokal betrat.

Der Kellner half ihr aus dem Mantel. Natalie brauchte gar nicht weiter zu fragen, sondern hatte Sascha gleich auf Anhieb entdeckt. Er stand auf, lächelte sie an. Eine freundschaftliche Umarmung, dann setzte sie sich ihm gegenüber.

„Schön, dass du gekommen bist", sagte er.

Sie bestellte zum Komplettmenü ein Glas Frascati, er entschied sich für einen Bardolino.

„Ich weiß zu schätzen, dass du in Maikes Nähe bist“, meinte Sascha. „Sie ist psychisch angeschlagen. Kein Wunder nach dem schrecklichen Vorfall am Wochenende. Ich finde es klasse, dass du bereit bist, weiter gemeinsam mit mir zu überlegen, was wir für sie tun können.“

„Sie weiß aber nicht, dass wir uns treffen …?“

„Nein. Es ist besser, wenn wir im vertraulichen Rahmen über sie sprechen.“ Er ergriff vorsichtig ihre Hand. „So, wie wir das auch schon früher gemacht haben.“

Natalie zog sanft ihre Hand zurück. Die Affäre mit Sascha, wenn man ihre Blitzbeziehung überhaupt so nennen konnte, war vorbei. Sascha war ursprünglich Natalies Bekannter. Über sie hatten Maike und er sich kennengelernt. Sascha hatte vor seiner Hochzeit mit Maike im letzten Jahr kein Problem darin gesehen, weiterhin mit Natalie zu flirten. Einmal waren sie, nachdem reichlich Alkohol geflossen war, zusammen im Bett gelandet. Ein einziges Mal, ein Ausrutscher. Natalie war klar, dass sie Maike so etwas nicht antun durfte. Sascha war sicherlich ein gutmütiger, fürsorglicher Kerl, aber seine Vorstellungen von Treue, zumindest bis zur Hochzeit, waren anders gestrickt als die von Natalie.

„Ist dir sonst noch etwas Besonderes an Maike aufgefallen?“, zeigte sich Natalie besorgt.

„Sie ist schon einige Wochen immer wieder mal fahrig, vergesslich und innerlich unruhig.“

Natalie war überrascht: „Das hatte ich noch gar nicht bemerkt.“

„Seit einem Monat ist sie nicht mehr in ihr Auto gestiegen. Sie begründet das mit einer Angst, ihr könne das Gleiche wie ihren Eltern zustoßen.“

Maikes Eltern waren vor zwei Jahren bei einem Autounfall überraschend ums Leben gekommen. Damit war Maike zur Alleinerbin der Unternehmen ihrer Eltern geworden. Unter anderem gehörten Maike jetzt zwei Autohäuser in Hannover, die weiterhin unter ihrem alten Familiennamen Berger liefen. Natalie hatte noch gut vor Augen, wie der tragische Autounfall Maikes Leben verändert hatte. Maike war wieder in das Haus ihrer Eltern in Kirchrode, einem der nobelsten Stadtviertel von Hannover, eingezogen. Gleichzeitig hatte sie die Geschäftsführung des Autohauses Berger übernommen. Die permanenten Drohanrufe von Mario waren dabei eine ständige Belastung für sie, sodass Maike das Zusammentreffen mit Sascha, der schnell die Rolle des liebevollen Beschützers übernahm, als ideale Unterstützung erlebte. Dabei hatte Maike ihren Retter Sascha innerhalb kürzester Zeit komplett für sich vereinnahmt.

„Es ist gut, dass du Maike auch beruflich gerade in ihrer jetzigen Verfassung den Rücken stärken kannst", warf Natalie ein. Sascha war von Maike nach ihrer Hochzeit mit in die Geschäftsführung des Autohauses berufen worden.

„Wir beide sind jetzt so etwas wie Maikes Familie. Und auf Familie sollte man sich in schwierigen Situationen verlassen können", war seine Antwort, wobei die pathetisch klingende Floskel zum Thema Familie einen bitteren Beigeschmack hatte. Natalie wusste, dass Maike mit Saschas Familie, die in Flensburg lebte, nicht klarkam. Aus diesem Grund hatten Maike und Sascha, unter Ausschluss von Familie und Freundeskreis, ohne Vorankündigung in einer kleinen Kirche in Las Vegas geheiratet. Zu ihren Schwiegereltern hatte Maike seitdem mehr oder minder keinen Kontakt mehr.

„Ich habe mich übrigens für nächsten Mittwoch mit Maike im *Berggasthaus Niedersachen* in Gehrden verabredet", berichtete Natalie. „Sie wollte sich dafür einen Tag freinehmen, um mal abschalten zu können. Das ist der Tag, an dem wir genau seit achtzehn Jahren befreundet sind."

„Fährt Maike etwa mit dem Auto dahin?"

„Ja, sie fährt schon vormittags los, um dort etwas zu wandern. Ich habe vormittags dienstlich im Amtsgericht Wennigsen zu tun und komme etwas später zum *Berggasthaus*", erläuterte Natalie, die als Juristin beim Kommunalverband Region Hannover arbeitete. „Ich benutze meinen eigenen Wagen."

„Das gefällt mir", Sascha strahlte, „wenn sich Maike wieder ganz normal in ihr Auto setzt und etwas unternimmt."

Montag, 8. Dezember

Dr. Claudia Overbeck, Fachärztin für Innere Medizin, hatte sich für die letzte Patientin in ihrer Privatsprechstunde ausreichend Zeit genommen. Sie kannte Maike Rottmann von vereinzelten Besuchen innerhalb der letzten fünf Jahre. Die Patientin machte heute auf Claudia einen verschlossenen Eindruck. Der Termin war kurzfristig aufgrund der Absage eines anderen Patienten zustande gekommen.

„Ich habe das Gefühl, dass irgendetwas mit meinem Körper nicht stimmt", hatte sie der

Internistin mitgeteilt und einige unspezifische Symptome sowie diffuse körperliche Missempfindungen geschildert. „Ich möchte, dass Sie überprüfen, ob meine Blut- und Urinwerte in Ordnung sind."

Die Frage der Ärztin nach dem Grund für Maikes Besuch hatte diese mit insgesamt wenig aussagekräftigen Worthülsen beantwortet. Außergewöhnliche Ereignisse in letzter Zeit wurden von der Patientin verneint. Claudia hatte aber registriert, dass Maikes etwa gleichaltriger Ehemann mitgekommen war und im Wartebereich saß. Nach der Blutabnahme und der körperlichen Untersuchung, die keine nennenswerten Auffälligkeiten ergab, geleitete die Ärztin ihre Patientin zum Flur. In der Toilette sollte Maike Urin abgeben. Als Maike dort verschwand, trat ihr Ehemann schnell an die Internistin heran.

„Darf ich Ihnen kurz etwas zu meiner Frau sagen, Frau Doktor?"

Bereitwillig bat Claudia Sascha Rottmann in ihr Sprechzimmer. Ein womöglich hilfreicher Hinweis für die Ursache des ungewöhnlichen Verhaltens ihrer Patientin war der Ärztin durchaus willkommen.

„Meine Frau ist momentan psychisch unter Druck, hat Probleme, ihre Arbeit konzentriert zu erledigen. Manchmal glaube ich, sie entwickelt langsam einen Verfolgungswahn. Vielleicht hat die Verschlechterung ihres Zustands damit zu tun, dass sie vor ein paar Tagen von einem Handtaschenräuber auf offener Straße bedroht worden ist."

„Von diesem Ereignis hat mir Ihre Frau gar nichts erzählt."

„Wahrscheinlich wollte sie nicht, dass ihr körperliches Unwohlsein auf eine psychische Ursache geschoben wird."

„Ich werde noch einmal mit Ihrer Frau sprechen. Wenn sie den Überfall seelisch schlecht verarbeitet, benötigt sie womöglich die Hilfe eines Psychiaters oder Psychotherapeuten."

Mittwoch, 10. Dezember

„Das Wandern auf dem Gehrdener Berg hat meinem Körper tatsächlich gut getan", erklärte Maike und wirkte dabei seit längerer Zeit wieder erholt. „Danke, dass du mich zu diesem Ausflug ermuntert hast."

Sie saß Natalie bei Kaffee und Kuchen an einem Tisch im *Berggasthaus Niedersachsen* gegenüber. Das offene Kaminfeuer verbreitete eine behagliche Atmosphäre. Das Gasthaus, ein beliebtes Ausflugslokal im Südwesten der Region Hannover, stand in einer Höhe von ungefähr 130 Metern auf einer Nebenkuppe des Köthnerberges, einem Teil des Höhenzugs Gehrdener Berg, auf dem noch immer kein Schnee lag. Maike war die zwanzig Kilometer von zu Hause allein hierhergefahren und hatte ihr Auto auf einem Parkplatz in der Nähe des Gasthauses abgestellt. Anschließend hatte sie von dort ihre Wandertour gestartet. Um 15 Uhr war der Treffpunkt mit Natalie am Gasthaus gewesen.

„Hattest du in letzter Zeit körperliche Beschwerden?", fragte Natalie und bezog sich damit auf die Bemerkung ihrer Freundin zu deren Körper.

„Ja, und nicht zu knapp. Da ist irgendetwas in mir drin."

Natalie konnte mit dieser Beschreibung wenig anfangen: „Was meinst du damit?"

„Manchmal bin ich tagsüber unendlich schlapp. Dann gibt es Phasen, da fühle ich mich aufgeputscht, als wenn ich einen Energie-Cocktail zu mir genommen hätte."

„So Aufs und Abs habe ich auch gelegentlich, wenn dich das beruhigt."

„Du verstehst mich nicht!" Maike machte eine abweisende Bewegung und stieß dabei gegen ihre Tasse, sodass etwas Kaffee auf den Untersatz schwappte. „Das fühlt sich an, als ob eine ätzende Flüssigkeit durch meinen Körper und meinen Schädel fließt. Es kommt auch vor, dass ich ein schmerzhaftes Hämmern im Kopf spüre und mir schwindelig wird."

„Kannst du denn überhaupt konzentriert Auto fahren?"

„Momentan geht es. Heute Morgen waren die Beschwerden merklich weniger, und jetzt sind sie fast weg."

„Das klingt doch ganz gut." Natalie machte mit den Händen eine Verlegenheitsgeste. „Eigentlich wollte ich dir eine Kleinigkeit zu unserem Freundschaftstag schenken. Aber ich habe es leider zu Hause liegen gelassen. Du bekommst es bei unserem nächsten Treffen."

Es war noch hell, als sie das Gasthaus lachend verließen. Maike, die angesichts ihres persönlichen „Feiertags" die Rechnung für beide beglichen hatte, nahm Natalie in den Arm, dann verabschiedeten sie sich. Maike stieg in ihr Auto und wartete, bis auch Natalie ihren Wagen erreicht hatte.

❄

Der Weg vom *Berggasthaus Niedersachsen* zur Hauptstraße, die den Gehrdener Berg überquerte, führte über eine schmale gepflasterte Straße, an der zu beiden Seiten Bäume und Sträucher standen.

Maike war als Erste losgefahren. Im Rückspiegel sah sie den Wagen von Natalie, die ihr folgte. Die Straße hatte ein merkliches Gefälle. Obwohl Maike die Inhaberin eines Autohauses war, flößten ihr derartige Straßen immer ein wenig Respekt ein. Insofern fuhr sie nur langsam. Als ihr ein Wagen in der Rechtskurve entgegenkam, trat sie automatisch aufs Bremspedal.

Was ist das?! Keine Reaktion?!

Der Wagen ließ sich nicht abbremsen, die Geschwindigkeit nahm zu.

Was, verdammt noch mal, ist mit der Bremse los?!

Panik erfasste ihren ganzen Körper.

Ich krieg den Wagen nicht zum Stehen! Gleich krache ich gegen den nächsten Baum!

Der Wagen drohte links von der Fahrbahn abzukommen. Sofort riss sie das Lenkrad nach rechts, steuerte damit auf einen Baum auf ihrer Fahrbahnseite zu. Hektisch lenkte sie in die andere Richtung.

Wenn mir jetzt ein Auto entgegenkommt, knallen wir frontal zusammen!

Vergeblich trat sie mehrfach das Bremspedal durch. Ihr Wagen war nicht zu stoppen. Vor ihr tauchte die Hauptstraße über den Gehrdener Berg auf. Maike rechnete damit, jeden Moment mit einem von der Seite kommenden Fahrzeug zu kollidieren. In einer Sekunde erreichte sie die Hauptstraße.

Es ist aus, es ist aus, es ist aus!

Ihr Wagen überquerte die Hauptstraße und bahnte sich dahinter einen Weg in das bergan gehende Waldstück. Links und rechts wieder Bäume. Der Wagen schlug eine Schneise durch die vor ihm stehenden Büsche, verlor dadurch an Fahrt.

Ich muss die Handbremse ziehen!

Es ging weiter bergauf. Ein Baum! Maike riss das Steuer zur Seite, Zweige schlugen gegen die Frontscheibe, das Fahrzeug wurde zunehmend langsamer, schrammte links an einem dünnen Baumstamm vorbei, ein hässliches Kratzen an der Fahrerseite.

Autoscooter, schoss Maike durch den Kopf.

Dann folgte ein knallendes Geräusch und der Wagen kam abrupt zum Stehen, während zeitgleich die Airbags auslösten.

❄

Natalies erster Blick galt dem beschädigten Fahrzeug. Ein Baum hatte den Frontbereich eingedrückt, die Motorhaube war merklich gestaucht. Alle weiteren Schäden am Wagen hatten für Natalie keine Bedeutung. Sie wollte nur wissen, wie Maike den Unfall überstanden hatte. Ihr eigenes Auto hatte sie am Straßenrand abgestellt.

Es kam ihr wie ein Wunder vor, als Maike die Wagentür öffnete, langsam – mit einem Zittern am ganzen Körper – ausstieg, dabei aber insgesamt unverletzt aussah.

„Du lebst, Gott sei Dank. Ich hatte solche Angst um dich!" Natalie lief auf ihre Freundin zu, die vor ihrem Wagen stand und beide Hände gegen den Hinterkopf gepresst hatte. Sie schwankte ein wenig, starrte ins Leere, als hätte sie Natalie noch gar nicht erkannt.

„Bist du okay? Hast du irgendwo Schmerzen?", wollte Natalie wissen, die sich unsicher war, ob und wie sie Maike anfassen durfte.

„Hinten, mein Kopf, alles brennt … und dieses Kribbeln im Arm", murmelte Maike.

„Was war los mit dir? Hast du die Kontrolle über dein Fahrzeug verloren?", sprudelte Natalie hervor, wobei sie im gleichen Moment ihre Fragen zur Unfallursache unpassend fand. Stattdessen kam ihr der Impuls, ihre Freundin in den Arm zu nehmen. Aber als sie auf Maike zutrat, machte diese mit beiden Händen eine abwehrende Bewegung.

„Ich kann nichts dafür … die Bremse geht nicht mehr", stammelte Maike und griff sich wieder an den Hinterkopf, wobei ihr Tränen auf beiden Wangen herunterliefen. Dann schob sie mit sich steigernder Lautstärke hinterher: „Ich bin so dumm … ich bin drauf reingefallen …"

Natalie ging davon aus, dass Maike unter Schock stand. Vielleicht hatte sie zusätzlich innere Verletzungen, die auf Anhieb nicht erkennbar waren.

Ganz in der Nähe befand sich das Gehrdener Robert-Koch-Krankenhaus. Natalie hielt es für am besten, wenn sie mit ihrem Wagen Maike gleich in die Notaufnahme des Krankenhauses brachte.

„Wir fahren in die Klinik, da können die Ärzte überprüfen, ob alles mit dir in Ordnung ist. Einverstanden?"

„Können die mir da helfen …?", fragte Maike auf naiv klingende Weise. Ihre Psyche hatte offenbar tatsächlich einen Knacks bekommen.

Es gelang Natalie, Maike zu bewegen mit ihr zu kommen. Noch immer waren sie am Unfallort ganz allein. Natalie rief übers Handy Sascha an und informierte ihn über den schrecklichen Vorfall. Er sagte zu, sofort zum Robert-Koch-Krankenhaus zu fahren.

„Und was Maikes Wagen angeht, da sorge ich dafür, dass sich das Autohaus um alles Weitere kümmert", versprach er. „Du brauchst also nichts weiter über Polizei oder ADAC zu veranlassen."

Donnerstag, 11. Dezember

Natalie hatte große Probleme, sich in ihrem Büro im *Haus der Region* auf ihre Arbeit zu konzentrieren. Die Ereignisse von gestern beschäftigten sie immer wieder. Maike war in der Notaufnahme des Robert-Koch-Krankenhauses gründlich durchgecheckt worden. Die Ärzte hatten ein Schleudertrauma diagnostiziert, aber Kopf, Wirbelsäule und Körper waren ohne nennenswerten Schaden davongekommen. Maike musste einen Schutzengel an ihrer Seite gehabt haben, aber in der Notaufnahme hatte sie sich alles andere als dankbar gezeigt. Sie hatte lautstark Beschuldigungen von sich gegeben, behauptet, dass irgendjemand ihre Bremsen manipuliert hätte, um sie umzubringen. Sascha war es nur mit Mühe gelungen, sie zu beruhigen. Die Ärzte hatten ihr Verhalten als typische Schockreaktion gedeutet. Schließlich hatte sich Maike total unverstanden gefühlt und darauf gedrängt, das Krankenhaus schnell wieder zu verlassen.

Natalie nahm ihr Handy und wählte Saschas Mobilnummer. Nach viermaligem Tuten meldete er sich.

„Passt es gerade, können wir reden?", fragte sie.

„Ja, kein Problem. Ich bin allein im Büro."

„Es ist wegen Maike, ich denke den ganzen Tag an sie. Hat sie sich abends zu Hause wieder beruhigt?"

„Nicht wirklich. Sie kommt von diesen Verschwörungstheorien nicht los. Ich dachte schon, sie konsumiert irgendwelche Drogen, um mit dem Stress besser klarzukommen. Es gibt ja inzwischen so viele Substanzen, die sich im Körper nicht nachweisen lassen. Keine Ahnung …" Sascha stöhnte kurz auf. „Wahrscheinlich brütet sie schon seit Wochen eine psychische Krankheit aus. Und dass jetzt ausgerechnet noch dieses unglückselige Bremsversagen dazukommen musste, das gießt natürlich Öl ins Feuer. … Wenn das so weitergeht, dreht sie noch völlig durch."

Natalie überlegte. Hatte es in der Vergangenheit bei Maike Hinweise auf eine psychische

Störung gegeben? Etwas labil war Maike schon immer gewesen. Ihre Art, genauso schnell begeistert wie beleidigt zu sein, hatte bestimmt mit zum Scheitern ihrer Ehe mit Mario beigetragen. Aber waren das schon die Vorstufen der Verrücktheit?

„Kann es denn sein, dass ihre Bremsleitungen durchgeschnitten worden sind?", wollte sich Natalie vergewissern.

„Unsinn. Wir haben ihren Wagen abgeholt und ich habe das hier in unserer Werkstatt überprüfen lassen. An dem Bremsausfall war ein Marder schuld. Ich habe mich persönlich davon überzeugt."

„Ein Marder? Ich dachte immer, die Bremsleitungen heutiger Autos wären für Marder zu stabil."

„Ja, schon richtig … Aber der Marder hat auch nicht die Bremsleitung durchgebissen, sondern einen Bremsschlauch durch Bissversuche aus dem Bremskraftverstärker herausgezogen. Und das alles nur, weil Maikes Kleinwagen immer leicht zugänglich unter dem Carport parkt, während mein Auto sicher in der Garage steht."

„Du bist Maike noch näher als ich, siehst sie jeden Tag. Natürlich fällt dir mehr an ihr auf als mir. Vielleicht sollte sie sich Hilfe von einem Psychiater holen."

„Das hat Frau Dr. Overbeck auch schon zu ihr gesagt. Aber das möchte sie nicht."

„Was willst du denn jetzt machen?"

„Ich habe ihr ein paarmal ein Beruhigungsmittel ins Getränk geschüttet. Heimlich, weil sie solche Medikamente ablehnt. Hat aber anscheinend nicht viel gebracht."

Natalie schluckte. Hatte sie richtig gehört?

„Du verabreichst ihr heimlich ein Psychopharmakon?"

„Nein, natürlich keine harten Sachen." Er machte eine kurze Pause, ergänzte dann: „Lediglich frei verkäufliche Tropfen. Um Gottes willen. Alles rein pflanzlich."

Natalie wurde deutlich, wie machtlos sich Sascha fühlen musste, wenn er zu solchen Maßnahmen griff, um Maike zu helfen.

„Wo ist Maike jetzt? Im Autohaus?"

„Zu Hause. In ihrer aktuellen Verfassung ist sie nicht arbeitsfähig."

„Wäre es okay, wenn ich heute Abend vorbeikomme und Maike besuche?", fragte Natalie.

„Gerne. Aber erzähle ihr bitte nichts von den Beruhigungstropfen. Das könnte sie noch mehr aufregen."

Natalie konnte an Maikes Mimik erkennen, dass sie sich über den Besuch ihrer Freundin freute.

Die beiden Frauen waren zusammen nach oben in den ersten Stock gegangen, wo sich Maike ein Zimmer nur für sich eingerichtet hatte. Natalie wusste, dass es sich dabei um Maikes altes Kinderzimmer handelte. Eine Kommode, ein Bücherregal, zwei Stühle um einen kleinen Tisch, eine Schlafcouch und ein Schreibtisch mit einem PC bildeten ihr kleines Reich.

Maike packte das Geschenk aus, das Natalie ihr mitgebracht hatte. Ein batteriebetriebener Teddybär mit Weihnachtsmütze, der auf Englisch „Stille Nacht, heilige Nacht" sang.

„Ein typisches Geschenk von meiner Natalie." Maike bemühte sich zu lächeln. „Etwas trashig, aber originell."

„Das war übrigens der Grund, warum ich auf dem Weihnachtsmarkt unter einem Vorwand noch einmal zurückgegangen bin. Ich musste dir einfach diesen knuddeligen Teddybären kaufen, den ich im Vorübergehen entdeckt hatte. … Schrecklich, dass du dadurch für einen Moment allein warst."

„Wenn mir der Kerl nicht dort aufgelauert hätte, dann an einer anderen Stelle."

„Maike, du warst ein zufälliges Opfer!"

„Und das plötzliche Versagen meiner Bremsen?"

„Ebenfalls Zufall. Und außerdem hatte das nur mit einem Marder zu tun."

„Ich hab da meine Zweifel."

„Sascha hat sich das persönlich zeigen lassen. Und ihm glaubst du doch, oder?"

„Ich weiß nicht … ja, doch, natürlich wird er mich nicht wissentlich belügen. Aber vielleicht ist er selbst getäuscht worden. Keine Ahnung, wer dahintersteckt. Beweisen lässt sich wieder mal nichts."

„Du hattest Mario im Verdacht …"

„Stimmt. Die Polizei ist offenbar nur zögernd meiner damaligen Vermutung, Mario könnte hinter dem Überfall auf dem Weihnachtsmarkt stecken, nachgegangen. Heute Nachmittag haben sie mich über das Ergebnis informiert. Ich habe von ihm nichts zu befürchten, er hält sich seit einigen Wochen in Neuseeland auf. Da wollte er früher schon immer hin. … Er ist es also nicht. Den Täter hat die Polizei immer noch nicht gefunden."

Natalie wunderte sich, dass Maike, die in den letzten Tagen allem und jedem gegenüber so misstrauisch war, die Mitteilung der Polizei über Mario nicht infrage stellte.

„Da kannst du dir jetzt sicher sein …?!“, war von Natalie halb als Frage, halb als Feststellung gemeint.

„Natürlich hab ich die Polizei-Info nicht so einfach hingenommen. Danach hab ich Kristin, Marios Cousine, angerufen. Die hat mir bestätigt, dass er in Neuseeland ist. Und Kristin ist nicht gerade gut auf ihn zu sprechen. Das Datum seiner Abreise fällt mit dem Zeitraum zusammen, in dem Marios Anrufe aufhörten.“

Freitag, 12. Dezember

Dr. Mark Seifert, Mitte vierzig, Facharzt für Psychiatrie und Psychotherapie, war Leiter des Sozialpsychiatrischen Dienstes, einer Einrichtung des öffentlichen Gesundheitswesens der Region Hannover. Seine ungefähr achtzig Mitarbeiterinnen und Mitarbeiter waren dafür zuständig, sich um diejenigen psychisch kranken Personen zu kümmern, die nicht oder nicht ausreichend vom kassenärztlichen System erreicht wurden. Jeden Freitag hatte sich Mark selbst für die psychiatrische Notfallbereitschaft in der Landeshauptstadt eingeteilt, um den Praxisbezug zur Notfallversorgung zu behalten.

Kurz nach acht Uhr klingelte sein Handy. Ein von der Regionsleitstelle an ihn weitergeleitetes Hilfeersuchen einer Person aus Hannover-Kirchrode.

„Mein Name ist Rottmann. Ich brauche dringend Ihre Unterstützung … wegen meiner Frau. Sie ist völlig verängstigt, erzählt wirres Zeug, schreit rum. … Ich habe Angst, sie könnte sich in ihrer Verzweiflung etwas antun.“

„Wo befinden Sie sich jetzt? Ist Ihre Frau bei Ihnen?“

„Ich bin in unserem Haus – im Erdgeschoss. Meine Frau hat sich momentan in ihr Zimmer im ersten Stock zurückgezogen.“

„Haben Sie konkrete Anhaltspunkte für einen bevorstehenden Suizid? Hat Ihre Frau ein Messer bei sich oder etwas Ähnliches?“

„Nein, nein … so ist es noch nicht. Sonst hätte ich sofort die Polizei angerufen.“

Mark stellte einige weitere kurze Fragen. Nach Mitteilung ihres Ehemannes war bei der Frau bisher keine psychische Krankheit diagnostiziert worden. Von einem Suizidversuch in der Vorgeschichte wusste er ebenfalls nichts.

Für den Psychiater war klar, dass er sich direkt vor Ort einen persönlichen Eindruck von der Frau verschaffen musste.

Rita Wienert, eine erfahrene Krankenschwester um die vierzig, begleitete ihn bei seinen heutigen Notfalleinsätzen.

Mit dem Auto erreichten Mark und Rita innerhalb von zehn Minuten das Haus der Rottmanns. Ein gepflegter Garten mit einer halbhohen Ligusterhecke, das frei stehende Einfamilienhaus befand sich von außen in einem guten, renovierten Zustand. Bevor sie klingeln konnten, öffnete ihnen Rottmann schon die Tür.

Sie betraten einen breiten Flur mit Marmorfliesen und Designergarderobe, der Mark glauben ließ, dass die Probleme der Rottmanns zumindest nicht finanzieller Art waren.

„Meine Frau ist oben. In der letzten Viertelstunde hat sich die Situation nicht verändert."

Mark und Rita ließen sich von Rottmann zum Zimmer seiner Frau führen.

Als ihr Mann an der geschlossenen Tür klopfe, rief Maike: „Geh weg, lass mich in Ruhe!"

Rottmanns Gesichtszüge nahmen einen verärgerten Ausdruck an, während sich seine Hände verkrampften.

Gut verständlich, dass ihn diese Belastung unter Druck setzt, ging es dem Psychiater durch den Kopf.

Mark bat Rottmann, draußen zu warten. Die Anwesenheit des Ehemannes schien das geplante Gespräch nicht zu erleichtern. Der Psychiater war es gewohnt, als unangemeldeter Besucher auf überraschte Patienten zu treffen. Er stellte sich und Rita vor.

„Wir sind gekommen, weil sich Ihr Mann große Sorgen um Sie macht."

„Ich hab keine Chance, beim nächsten Mal erledigt er mich." Maike war von ihrer Schlafcouch aufgesprungen und stand in angespannter Haltung mitten im Raum. Ihre Stimme überschlug sich fast: „Aber Sie glauben, ich bin verrückt?"

„Mein erster Eindruck sagt mir, dass die Probleme, die Sie momentan belasten, sehr schwerwiegend sein müssen." Mark sprach betont ruhig und bemühte sich, freundlich zu wirken. „Wenn Sie mir erzählen, um was es dabei geht, kann ich Ihnen vielleicht helfen, mit dem psychischen Druck besser klarzukommen."

Die Patientin wirkte immer noch, als wenn sie unter Strom stünde, senkte allerdings ihre Stimme: „Klingt ja ganz nett … Aber haben Sie auch Erfahrung in der Behandlung von Menschen, die Opfer von Gewaltverbrechen geworden sind?"

Als er die Frage bejahte, setzte sich Maike auf die Couch. Mit einer Handbewegung ermunterte sie ihn, auf einem der Stühle Platz zu nehmen.

„Mit Ihnen beiden zu sprechen, ist mir zu viel. Könnten Sie bitte gehen", sagte Maike an Rita gewandt, „und draußen dafür sorgen, dass mein Mann nicht mein Gespräch mit Herrn Doktor Seifert belauscht?"

Wortlos, mit einem Nicken, stimmten sich der Arzt und die Krankenschwester ab. Bereitwillig verließ Rita den Raum und machte hinter sich die Tür zu.

„Ich bin völlig unsicher, ob ich meinem Mann noch trauen kann", flüsterte Maike. „Ich will auf jeden Fall nicht, dass er hört, was ich mit Ihnen bespreche."

Die Frau schilderte, dass sie ab Ende November bemerkt hätte, dass sie beobachtet wurde. Ein unbekannter Mann hatte angeblich Fotos von ihr geschossen. Dem wäre ein als Überfall getarnter Mordversuch gefolgt, als Nächstes manipulierte Bremsen.

„Seit einiger Zeit spüre ich im ganzen Körper … aber vor allem in meinem Gehirn, eine giftige Substanz. Aber wo kommt das Zeug her? Es beeinflusst mein Denken und Handeln", verkündete Maike mit leidender Stimme. „Das Zeug verursacht Schmerzen und Ängste. Ich habe mich deswegen ärztlich untersuchen lassen, aber Blut und Urin waren in Ordnung."

Mark konnte nachvollziehen, dass Maike die einzelnen belastenden Vorfälle in einen Zusammenhang brachte und daraus eine gezielte Bedrohung ihrer Person ableitete.

Gut, ich kann nicht ausschließen, dass die Frau tatsächlich Opfer eines Komplotts ist. Aber es ist wahrscheinlicher, dass sie die Situation fehlinterpretiert.

Mark ermunterte die Frau weiterzusprechen.

„Heute Morgen, im Halbschlaf, habe ich eine leise Stimme gehört, die gesagt hat: *In ein, zwei Wochen ist sie so weit*", berichtete Maike und begann zu weinen. „Ich konnte die Stimme nicht erkennen. Aber ich habe Angst, es könnte Sascha gewesen sein."

„Sie befürchten, Ihr Mann könnte hinter den ganzen Vorfällen stecken?"

Maike blickte den Psychiater mit starrem Blick an, ließ sich für ihre Antwort mehr als zehn Sekunden Zeit: „Ja."

Die ganze Geschichte mit den Vergiftungs- und Mordversuchen klingt nach einem Verfolgungswahn.

„Hätte Ihr Mann denn einen Grund, etwas zu tun, was Ihnen schadet?"

„Eigentlich nicht. Er sagt mir, dass er mich liebt und ein Kind von mir will. Aber manchmal zweifle ich daran, ob er es ernst meint. Ich habe schon so schlechte Erfahrungen mit meinem ersten Mann gemacht."

„Warum sollte Ihr jetziger Mann etwas gegen Sie im Schilde führen?"

„Weil er es wie Mario auf mein Geld abgesehen hat. Wenn ich tot bin, erbt er alles. Dann denke ich, ich hätte mit Sascha besser Gütertrennung vereinbaren sollen." Sie schaute resigniert. „Obwohl, gegen Marios Bedrohungen hat mir das auch nicht geholfen …"

„Ihr Mann hat mich verständigt, weil er Hilfe für Sie holen wollte …"

Maikes Mimik deutete darauf hin, dass sie in Gedanken einen inneren Kampf austrug.

„Wie kann ich nur so fies über Sascha reden." Sie wischte sich die Tränen aus dem Gesicht, stand auf und ging zur Tür und wieder zurück. „Er war immer auf meiner Seite. Zusammen mit meiner besten Freundin Natalie. Ich hab keine Ahnung, wer mich töten will. Aber Sascha wird mich beschützen. Die Stimme heute Morgen war wohl nur ein Traum …"

„Wie wollen Sie zukünftig mit Ihrer Befürchtung umgehen, dass irgendwo jemand auf Sie lauern könnte, um Ihnen zu schaden?"

„Ich werde mich im Haus verbarrikadieren … niemanden an mich heranlassen. Ich will leben und noch ein Kind zur Welt bringen."

Mark ging bei Maike Rottmann von einer psychischen Störung aus. Die geschilderten körperlichen Missempfindungen wertete er als psychosomatische Reaktion auf die Verfolgungsgedanken. *Suizidgedanken hat sie nicht. Zum jetzigen Zeitpunkt kein Hinweis auf eine akute Gefährdung Dritter.*

Maike Rottmann lehnte eine Behandlung mit Psychopharmaka ebenso ab wie die vorgeschlagene stationäre Krisenintervention in einer psychiatrischen Klinik.

Marks Empfehlung, zur Behandlung ihrer Ängste einen niedergelassenen Psychiater und Psychotherapeuten aufzusuchen, wollte sie sich zumindest durch den Kopf gehen lassen.

„Außerdem können Sie sich, insbesondere wenn es Ihnen akut schlechter gehen sollte, an die zuständige Sozialpsychiatrische Beratungsstelle oder am Wochenende an den Krisendienst wenden."

Mark hätte sich gewünscht, die verängstigte Frau würde eine der angebotenen Hilfen annehmen. Auf jeden Fall nahm er sich vor, seine für Kirchrode zuständigen Mitarbeiter über den Gesundheitszustand der Frau zu informieren.

Als sich der Psychiater und die Krankenschwester unten an der Haustür von Sascha Rottmann verabschiedeten, brachte dieser sogar ein angedeutetes Lächeln zustande und sagte: „Danke, dass Sie so schnell gekommen sind. Es beruhigt mich, dass keine Suizidgefahr besteht. Und es ist gut, dass zumindest ein Fachmann gesehen hat, wie schlecht es meiner Frau psychisch geht. Ich werde alles dafür tun, dass ihr nichts passiert."

Sonntag, 14. Dezember

Das Handy begann, als Klingelton „Love Takes Time" von Mariah Carey zu spielen. Auf dem Display erkannte Natalie, die in ihrer Wohnung auf der Couch saß, Maike als Anruferin.

„Die ganze Umgebung verändert sich." Maikes Stimme zitterte. „Mein Kopf fühlt sich an, als ob er in einer Metallglocke steckt."

„Wo bist du?"

„Ich habe mich in meinem Zimmer eingeschlossen. Ich werde wahnsinnig vor Angst. Mein Herz schlägt wie verrückt."

Von Sascha hatte Natalie erfahren, dass ein Psychiater vor zwei Tagen bestätigt hätte, dass Maike psychisch krank sei. „Ist Sascha nicht bei dir?"

„Er ist im Wohnzimmer. Ich weiß nicht, ob er wirklich zu mir steht. … Ich bin so hin- und hergerissen."

Maikes Misstrauen gegenüber Sascha ist Ausdruck ihrer psychischen Störung, wurde Natalie klar. *Dass ihr jemand nach dem Leben trachtet, bildet sie sich nur ein!*

„Sascha ist auf deiner Seite", betonte Natalie. „Bei ihm bist du in Sicherheit."

„Ich traue ihm nicht."

„Glaub mir, das kannst du. Es ist wichtig, dass du dich nicht vollständig in deinem Haus verkriechst, sondern wieder unter Menschen kommst."

Dann wirst du merken, dass deine Ängste nur Hirngespinste sind!

„Ich geh nicht raus. Jede Minute denke ich, dass ich wieder überfallen werde … und dem hilflos ausgeliefert bin."

Sie dreht ja völlig durch vor Angst. Absolut irre! Ich erkenn sie überhaupt nicht mehr wieder!

„Was hältst du davon, wenn du dir eine Dose Pfefferspray besorgst?", fragte Natalie. „Die trägst du immer bei dir … und fühlst dich dadurch sicherer, weil du dich im Notfall verteidigen kannst."

Was du aber wahrscheinlich gar nicht brauchen wirst.

„Pfefferspray …,“ Maike stockte. „Ist vielleicht keine schlechte Idee.“

❄

Pfefferspray, sich bewaffnen, Natalies Vorschlag war Maike nicht aus dem Kopf gegangen.

Zum Glück stand der PC in ihrem Zimmer. Über das Internet war es für Maike kein Problem, an Pfefferspray zu kommen. Mit einigen Klicks hatte sie die Bestellung in die Wege geleitet. Kleinere Gänge außerhalb des Hauses traute sie sich damit zu. Da lag Natalie mit ihrer Einschätzung richtig.

Aber würde Pfefferspray ausreichen, um sich gegen einen Killer, der sie gezielt aus dem Weg räumen wollte, zu wehren? Wohl kaum. Sie spürte, dass sie mit ihrer Angst allein dastand. Natalie und Sascha wollten sie mit schönen Worten beruhigen. Doch niemand glaubte ihr, in welcher Gefahr sie wirklich steckte.

Wenn sie sich ernsthaft verteidigen wollte, durfte sie es nicht beim Pfefferspray belassen. Sie benötigte eine richtige Waffe. Eine Pistole, um dem unbekannten Angreifer bei seinem nächsten Überfall ebenbürtig entgegentreten zu können. Aus den Medien war ihr bekannt, wie sie problemlos an eine Pistole herankommen konnte. Im Darknet war alles schnell und anonym erhältlich.

Ihre körperlichen Symptome traten in den Hintergrund, als sie ihren Plan Schritt für Schritt umsetzte.

Die Installation des Tor-Browsers auf ihrem PC und der Weg ins Darknet waren ein Kinderspiel. Ihre Wahl fiel auf die Glock 17, eine sehr leichte Selbstladepistole aus Österreich mit dem Kaliber 9 x 19 Millimeter.

Ich muss vorsichtig sein, dass Sascha die Pistole nicht bei mir findet und sie mir wegnimmt.

Montag, 22. Dezember

Maike hatte sich heimlich nach unten geschlichen. Es war neun Uhr morgens. Sascha hatte das Haus noch nicht verlassen. Er überwachte Maike, hatte sie am Wochenende nicht aus den Augen gelassen, um sich fürsorglich um sie zu kümmern – wie er sagte. Jetzt hielt er sich im Souterrain in einem Gästezimmer auf, welches Maikes Eltern dort vor vielen Jahren eingerichtet hatten.

Was macht er um diese Zeit im Gästezimmer?

Maike überkam der Verdacht, dass es etwas mit ihr zu tun hatte. Und sie sollte recht behalten. Sie trat leise vor die geschlossene Gästezimmertür und legte ihr Ohr daran.

„Mein Name ist Rottmann. Könnte ich bitte Herrn Doktor Seifert sprechen? Er kennt meine Frau Maike von einem Notfalleinsatz."

❄

Sascha war sich sicher, dass Maike hier unten nicht mitbekam, dass er mit dem Sozialpsychiatrischen Dienst telefonierte.

„Seifert … Was kann ich für Sie tun, Herr Rottmann?", meldete sich der Psychiater freundlich.

„Seit Ihrem Besuch bei uns geht es meiner Frau noch schlechter. Sie ist sehr ängstlich, fühlt sich verfolgt, geht so gut wie gar nicht mehr aus dem Haus. Ich hab mitbekommen, dass sie sich Pfefferspray besorgt hat, um sich gegen diesen eingebildeten Angreifer zu verteidigen. Ist sie damit nicht eine akute Gefahr für andere?" Ohne die Antwort von Dr. Seifert abzuwarten, fuhr Sascha fort: „Ich hab gehört, dass es bei Akutgefahr möglich ist, dass krankheitsuneinsichtige Patienten mithilfe des Sozialpsychiatrischen Dienstes unter rechtliche Betreuung gestellt werden. Ich wäre bereit, eine solche Betreuung für meine Frau, die ich momentan für nicht geschäftsfähig halte, zu übernehmen, um dann die notwendigen Maßnahmen in die Wege leiten zu können."

„Ich kann gut verstehen, dass Sie in dieser schwierigen Situation alles erwägen, um Ihrer Frau zu helfen. Aber eine rechtliche Betreuung dient nicht der Abwehr von Fremdgefährdung. Und die Tatsache, dass Ihre Frau Pfefferspray besitzt und das Haus nicht verlässt, rechtfertigt eh keine Zwangsmaßnahmen."

Sascha spürte Ärger in sich hochkommen. Er hatte gehofft, mit Seiferts Unterstützung seine Planung umsetzen zu können. Doch der Psychiater spielte nicht mit. Jetzt musste sich Sascha etwas anderes überlegen, um die Angelegenheit mit seiner Frau in den Griff zu bekommen.

❄

Natalie hatte sich zu Hause am späten Nachmittag in eine ausgedehnte Internetrecherche gestürzt. Die Erkenntnisse, die sie daraus zog, verunsicherten sie. War Maikes Zustand gar nicht auf das zurückzuführen, was die Menschen in ihrer Umgebung vermuteten?

Ich muss mit Sascha reden. Persönlich. Noch heute Abend.

Natalie entschied sich dafür, weder Sascha noch Maike vorher anzurufen. Mit ihrem Wagen fuhr sie nach Kirchrode, bekam allerdings direkt vor dem Haus der Rottmanns keinen Parkplatz. Dort stand unter anderem wieder der gelbe Lamborghini, der dem Freund der Nachbarin gehörte. Natalie wendete und stellte ihren Wagen auf der gegenüberliegenden Straßenseite ab. Gerade als sie aussteigen wollte, erschien Sascha an der Gartenpforte, gut zu erkennen im Licht der Straßenlaterne.

Der wirkt richtig angespannt!

Er drehte sich um, ließ seinen Blick über die Front seines Hauses schweifen. Dann eilte er mit schnellen Schritten den Gehweg entlang. Natalie schloss daraus, dass er sie nicht bemerkt hatte. Sein ganzes Verhalten erweckte den Eindruck, als wenn er gerade etwas vorhatte, von dem er nicht wollte, dass seine Frau davon erfuhr.

Wohin will er abends zu Fuß, während es Maike zu Hause schlecht geht? Merkwürdig …

Natalie stieg aus ihrem Wagen aus. Sie schwankte, ob sie Maike besuchen oder Sascha heimlich nachgehen sollte.

Da stimmt was nicht! Es interessiert mich, was da vor sich geht.

In sicherem Abstand folgte sie ihm durch das Wohnviertel. Die meisten Vorgärten waren mit Lichterketten weihnachtlich geschmückt. Ein einzelner Fußgänger kam ihr auf dem Gehweg entgegen. Sascha bog in die Hauptstraße ein, die am Tiergarten entlangführte. In der Mitte der breiten Straße befand sich der Hochbahnsteig für die Stadtbahn.

Will er mit der Bahn in die Stadt fahren?

Aber Sascha überquerte lediglich die Hauptstraße und ging Richtung Tiergarten.

Er geht zum Hotel, wurde Natalie auf einmal klar.

Und tatsächlich. Sascha betrat zielstrebig den Eingang des *Leonardo Hotels*, welches direkt am Tiergarten lag.

Bis jetzt war es für Natalie ein Leichtes gewesen, ihn auf der Straße im Auge zu behalten. Im Hotel konnte es schwierig werden. Er konnte in einem Fahrstuhl von der Bildfläche verschwinden oder sie lief ihm im Foyer in die Arme und war als geheime Verfolgerin schlagartig enttarnt.

Zögernd blieb sie am Eingang des Hotels stehen und warf einen Blick in die Eingangshalle, in der sich eine Gruppe von zwei Männern und drei Frauen angeregt unterhielt. Ein Hotelangestellter kümmerte sich an der Rezeption um die Anliegen eines jüngeren Paares, an der gegenüberliegenden Seite saßen einzelne Gäste, von denen einige in Zeitschriften blätterten. Natalie schob sich hinter die plaudernde Gästegruppe, ohne dabei zu registrieren, worüber gesprochen wurde.

Zwischen zwei Frauen hindurch sah sie etwas, was ihr einen gewaltigen Schock versetzte. Sie hatte es befürchtet, aber bis zuletzt nicht geglaubt. Sascha stand am Ende der Eingangshalle mit dem Rücken zu ihr. Er umarmte eine schlanke, gut aussehende Frau mit langen blonden Haaren, die ihn anstrahlte. Natalie schätzte die Frau auf Anfang dreißig. Die enge Vertrautheit der beiden war auf den ersten Blick erkennbar. So herzlich hatte Sascha nicht im Ansatz Natalie umarmt, als sie sich im *da Vinci* getroffen hatten.

Er hat eine Geliebte. Das stellt die Ereignisse der letzten Wochen in ein ganz anderes Licht!

Den Arm jeweils um den Körper des anderen gelegt, ging das Paar langsam durch die Halle ins Restaurant des Hotels. Natalie atmete tief ein und aus. Zum Glück drehte ihr Sascha die ganze Zeit den Rücken zu.

Natalie spürte im Magen Übelkeit aufkommen. Sie musste umgehend an die frische Luft. Schnell verließ sie das Hotel und blieb wie erstarrt vorm Eingang stehen.

Ihre Entdeckung passte auf eine negative Weise zu den Informationen, die sie sich vor ein paar Stunden über das Internet besorgt hatte. Es tauchten immer mehr neue synthetische Drogen auf dem Schwarzmarkt auf, die in Blut und Urin nicht oder nur schwer nachweisbar waren. Und es war möglich, dass ein Konsument solcher Designerdrogen Symptome eines Psychosekranken zeigte. Sascha selbst hatte von solchen Drogen im Zusammenhang mit Maike gesprochen. Insofern war ihm die Existenz dieser Substanzen gut bekannt. Und er hatte bereits zugegeben, dass er Maike heimlich Mittel einflößte, die auf ihre Psyche einwirkten. Nach der Messerattacke auf dem Weihnachtsmarkt zeigte Maike auf einmal psychische Auffälligkeiten. Jeder in ihrer Umgebung musste davon ausgehen, dass ihre ständigen Hilferufe, ein Opfer geplanter Mordversuche zu sein, lediglich ein Ausdruck von Paranoia waren – und insofern nicht unbedingt ernst zu nehmen. Aber vielleicht war an ihren Behauptungen doch etwas dran.

Ein fürchterlicher Gedanke! Oder spinne ich jetzt total!? … Das kann nicht sein! Es handelt sich hier um Sascha, der immer liebevoll und besorgt mit Maike umgegangen ist. Dass er ihr etwas antun will, ist doch unmöglich. … Aber das, was ich herausgefunden habe, enthält Hinweise auf eine ganz andere Wahrheit. Ich brauche Gewissheit, ob an diesem schrecklichen Verdacht etwas dran ist.

Die Strecke zurück zu ihrem Auto rannte Natalie. Ihre Umgebung links und rechts ignorierte sie weitgehend. Keuchend kam sie vor ihrem Wagen zu stehen.

Noch ein Besuch bei Maike? Nein, unmöglich mit der Ungewissheit, was da wirklich gespielt wird.

Natalie setzte sich ans Steuer und fuhr los.

Morgen konfrontiere ich Sascha von Angesicht zu Angesicht mit dem, was ich weiß. Ich schaffe Klarheit, so oder so. … Vielleicht tue ich ihm ja Unrecht und sehe nur Gespenster.

Dienstag, 23. Dezember

Natalie hatte die Nacht wenig geschlafen, aber die Zeit im Bett genutzt, ihr weiteres Vorgehen genau zu planen.

Morgens rief sie von ihrem Büro aus Sascha auf seinem Handy an, um ein Treffen nach Feierabend mit ihm zu vereinbaren. Eine verbindliche Terminabsprache war notwendig, damit sie sicher sein konnte, dass ein Gespräch auch zustande kam und er sich nicht stattdessen in einem Hotel mit seiner Geliebten traf.

„Ich muss unbedingt mit dir über Maike sprechen … wie es in Zukunft weitergeht“, erklärte sie, vom Tonfall um Sachlichkeit bemüht. „Mir sind da ein paar neue Gedanken gekommen, aber zu kompliziert fürs Telefon … Lass uns persönlich darüber reden. Aber nicht in Anwesenheit von Maike.“

Sascha war einverstanden, fragte nicht groß nach. Für ihn wäre es eine willkommene Erleichterung, sich mit einer Vertrauensperson wie Natalie über seine schwierige häusliche Situation austauschen zu können. Ohne Umschweife schlug er vor, sich bei ihm zu Hause zu treffen.

„Aber dann ist Maike dabei“, war Natalies Einwand.

„Maike hat sich die letzten Tage in ihrem Zimmer eingeschlossen. Wir können im Gästezimmer unten völlig ungestört miteinander reden, ohne dass Maike etwas mitbekommt. Wenn du vor unserem Haus angekommen bist, rufst du mich auf dem Handy an und ich öffne dir die Tür. Kein Klingeln notwendig.“

Natalie akzeptierte Saschas Vorschlag. Sofort kam ihr der Gedanke, dass sie sich in Gefahr begeben könnte, wenn sie mit Sascha über ihre Vermutungen sprach.

Aber er wird mich wohl kaum in seinem Haus, in dem sich gleichzeitig meine beste Freundin aufhält, umbringen.

Trotzdem blieb unterschwellig das Gefühl einer sich nähernden Gefahr. Natalie war bei ihrer Planung keineswegs blauäugig. Schon in der Nacht hatte sie detailliert überlegt, sich wirkungsvoll zu schützen.

An ihrem Arbeitsplatz traf sie die nötige Vorsorge, dass ihr Sascha nichts antun konnte.

❄

Sascha Rottmann hatte seine Vorbereitung für das abendliche Treffen mit Natalie abgeschlossen. Maike war wie erwartet in ihrem Zimmer im ersten Stock, hatte sich eingeschlossen und bekam von seinen Aktivitäten nichts mit. Selbst zum Schmücken des Weihnachtsbaumes war sie nicht mehr unten erschienen. Er hatte im Gästezimmer zwei Gläser auf den Tisch gestellt. Alkoholisches würde er Natalie nicht anbieten, da sie noch mit dem Auto fahren musste.

Keine Ahnung, was genau sie mit mir besprechen will. Klang am Telefon ein bisschen geheimnisvoll.

Sein Smartphone war auf lautlos gestellt und vibrierte lediglich, als ihn Natalies Anruf erreichte. Sie war also angekommen. Er öffnete leise die Haustür. Zuvor hatte er sich davon überzeugt, dass Maike immer noch oben war. Aus ihrem Zimmer hörte er leise Musik.

Okay, alles läuft glatt!

Bei der wortlosen Begrüßung stellte Sascha fest, dass Natalie auf ihn reserviert wirkte und auf Einhaltung körperlicher Distanz bedacht war.

So kenne ich dich gar nicht! Wie ein kleines Rühr-mich-nicht-an.

Er holte zwei Getränkeflaschen aus dem Kühlschrank und ging leise mit ihr die Treppe nach unten ins Souterrain. Das geflieste Gästezimmer war leicht altmodisch eingerichtet mit Bettcouch, Tisch, zwei Stühlen und einem Regalschrank, alles in Eiche Natur.

Er bot ihr die Couch an, aber Natalie nahm auf einem der Stühle Platz. Er setzte sich neben sie auf den anderen Stuhl.

„Was ist los mit dir?“, fragte Sascha, während er ihr Cola einschenkte. Er selbst nahm ein Glas Bitter Lemon. „Irgendwas steht zwischen uns …?“

Sie nippte an ihrem Glas, dann verkündete sie mit belegter Stimme: „Mein sämtliches Wissen und alle daraus resultierenden Überlegungen habe ich in einer schriftlichen Erklärung zusammengefasst und das Schreiben in einen verschlossenen Umschlag gesteckt, den ich in der Geschäftsstelle der Rechtsabteilung meines Arbeitgebers abgegeben habe." Sie machte eine kurze Pause. „Der Umschlag ist adressiert an die Polizeidirektion Hannover. Wenn ich den Brief bis morgen um neun Uhr nicht wieder an mich nehme, wird er automatisch an die Polizei abgeschickt."

Sascha war fassungslos: „Spinnst du?!"

Dann platzte es aus Natalie heraus: „Was geht hier wirklich vor? Ich weiß, dass du eine Geliebte hast!"

Mit allem hatte er gerechnet, aber nicht damit!

„Wie kommst du denn darauf?", antwortete er stirnrunzelnd.

„Ich habe dich gestern mit ihr im *Leonardo Hotel* gesehen!" Ihre Stimme hatte an Lautstärke zugenommen. „Eine junge Blondine Anfang dreißig."

Ach du meine Güte, jetzt versteh ich!

„Das ist nicht meine Geliebte!"

„Wohl kaum deine Sekretärin ...!", äußerte sie mit deutlicher Empörung.

„Nein, aber meine Schwester ... Lisa. Sie ist Psychologin und lebt in Ulm. Gestern ist sie dort mit dem Auto los, um über Weihnachten meine Eltern in Flensburg zu besuchen. Und in Hannover hat sie im *Leonardo* zwischenübernachtet, damit wir uns mal wiedersehen können. Heute ist sie weiter nach Flensburg."

„Du erzählst Märchen ... Natürlich ... deine Schwester ..." Natalie war keineswegs überzeugt. „Du kannst viel behaupten!"

„Es ist die Wahrheit!"

„Und warum hast du dich nicht mit ihr zu Hause getroffen?"

„Weil Maike mit meiner ganzen Familie nichts zu tun haben will. Wenn Lisa gestern Abend bei uns aufgekreuzt wäre, hätte es einen riesigen Streit mit Maike gegeben. Deshalb habe ich mich heimlich mit Lisa getroffen."

Verdammt, warum glaubt sie mir nicht?! Sascha war verzweifelt. *Ich würde niemals meine Frau hintergehen. Maike ist momentan die wichtigste Person in meinem Leben!*

Da kam ihm eine Idee. Auf seinem Smartphone hatte er ein Foto, wenn auch schon etwas älter, auf dem seine Eltern und Lisa gemeinsam zu sehen waren. Vor Anspannung zitternd präsentierte er Natalie das Foto: „Meine Eltern kennst du doch ...!"

Sie nickte irritiert.

„Und warum ist deine Schwester vorher hier nie in Erscheinung getreten oder überhaupt Thema gewesen?“ Natalie war noch nicht vollständig überzeugt.

„Die letzten Jahre hatten wir fast keinen Kontakt. Erst als es Maike psychisch schlecht ging, habe ich sie mehrmals angerufen, weil sie Psychologin ist. Sie hat mir auch den Ratschlag gegeben, den Sozialpsychiatrischen Dienst einzuschalten. … Gestern in Hannover haben wir uns das erste Mal seit Jahren wieder persönlich gesehen.“

Natalie stellte ihr Glas, aus dem sie fast nichts getrunken hatte, auf dem Tisch ab und erhob sich langsam.

„Und Maikes psychische Symptome …?“, sagte sie auf eine Art, in der sie jedes einzelne Wort betonte, „du hast mir doch erzählt, dass du ihr immer wieder irgend so ein Mittel heimlich ins Getränk geschüttet hast!“

„Das ist längst vorbei“, antwortete er leise. „Ein harmloses pflanzliches Mittel.“ Er war ebenfalls aufgestanden und sah Natalie mit einem verlegenen Lächeln an.

Nie würde ich Maike gefährliche Drogen verabreichen! Wie absurd! Es waren ganz legale Beruhigungsmittel aus der Apotheke.

„Bitte vertrau mir“, bat er mit hauchender Stimme, „dass ich keine krummen Sachen mache.“

Auf einmal entspannte sich Natalies Körperhaltung und sie erwiderte zögerlich sein Lächeln.

Das Eis ist gebrochen. Gott sei Dank, sie glaubt mir.

Er nahm sie in den Arm und diesmal ließ sie es zu, dass er sie an sich zog.

„Tut mir leid, wenn ich an dir gezweifelt habe“, flüsterte sie.

Die Tür wurde aufgerissen.

„Hab ich euch in flagranti erwischt!“, hörte Sascha seine Frau voller Wut herausschreien. Maike Rottmann stand im Türrahmen des Gästezimmers.

Sascha und Natalie fuhren zusammen, starrten erschrocken zur Tür. Im gleichen Moment war ihnen klar, dass Maike die Situation nur missverstehen konnte. Langsam lösten sie sich aus ihrer Umarmung.

„Pech für euch!“, fauchte Maike und fixierte dabei Natalie: „Ich bin noch rechtzeitig gekommen, um dein Schlusswort zu hören. … Sascha hat mir also heimlich was ins Getränk geschüttet. Mein Verdacht war richtig!“

Sascha wollte auf seine Frau zugehen, um sie zu beruhigen, Da sah er, dass sie etwas in der rechten Hand hielt – eine Pistole.

Ist das Ding echt oder nur eine Attrappe?

„Maike, mein Gott! Wo kommst du her?“, stotterte Sascha. „Dein ständiges Gefühl, dass giftige Substanzen dein Gehirn durchströmen, hat nichts mit der Realität zu tun.“

Maike hatte die Waffe nach unten gerichtet. Als Sascha einen Schritt auf sie zu machte, riss sie den rechten Arm hoch und zielte auf ihn.

„Die ist scharf!“, brüllte Maike.

Sascha blieb augenblicklich stehen.

Sie meint es ernst! Das ist keine Schreckschusspistole!

„Komm zu dir“, sagte Natalie mit vor Angst bebender Stimme. „Du irrst dich, ich hab mit Sascha geklärt, dass alles ganz harmlos ist.“

„Halt die Klappe!“ Sie schwenkte den Pistolenlauf Richtung Natalie. „Ich habe Augen und Ohren und lass mich nicht mehr für dumm verkaufen.“ Erneut richtete sie die Waffe auf Sascha, als sie ihm vorwarf: „Du willst mein komplettes Vermögen erben, um es mit Natalie zu verprassen. … Dass alles zwischen uns so harmonisch lief, hat mich schon immer misstrauisch gemacht. Es war dein Killer, der mich vorm Haus fotografiert hat.“

„Nein! Wahrscheinlich … war das ein harmloser Typ, der einfach nur den Lamborghini vor unserem Haus fotografieren wollte“, warf Sascha ein.

„Red keinen Quatsch!“ Maike wandte sich wieder Natalie zu: „Und du hast seinen perfiden Plan bereitwillig unterstützt. Auf dem Weihnachtsmarkt hast du mich in eine Falle gelockt. Ich sollte genau dort allein stehen bleiben, wo schon der bezahlte Killer wartete. Die Geschichte mit dem Teddy … eine schamlose Lüge!“

„Bitte glaub mir. Ich hab nichts Böses getan“, erklärte Natalie. „Ich bin auf deiner Seite!“

„Heuchlerin!“, schrie Maike und machte zwei Schritte mit erhobener Waffe auf sie zu. „Deine ganze Sorge um mich war immer nur gespielt.“

Natalie und Sascha wichen unwillkürlich ein Stück zurück.

„Du warst es, die mich zu dem Ausflug auf den Köthnerberg überredet hat – der geeignete Ort für eine Todesfahrt, wenn die Bremsen nicht funktionieren. Sascha hat sich um die Manipulation der Bremsen gekümmert und später die Beweise verschwinden lassen.“

„Du siehst die Realität völlig verzerrt“, setzte Sascha an. „Lass dir erklären …“

Maike unterbrach ihn sofort: „Nur blöd für euch, dass ich vorsichtig gefahren bin und den Anschlag überlebt habe. Aber ihr hattet ja noch Plan B …“ Sie schwenkte die Pistole von links nach rechts. „Ich werde unter Drogen gesetzt und zur gefährlichen Irren abgestempelt. Ein Psychiater wird geholt, damit er meine Geisteskrankheit bestätigt und du mich entmündigen lassen kannst. In ein, zwei Wochen ist sie so weit, hast du zu Natalie am Telefon gesagt.“

„Da habe ich mit Lisa telefoniert. Ich habe gemeint, in ein, zwei Wochen ist zu befürchten, dass du einen kompletten nervlichen Zusammenbruch hast und …“

Sascha redete nicht weiter, nachdem Maike drohend den Lauf der Waffe auf ihn richtete.

„Und am Ende wird die gemeingefährliche Geisteskranke vielleicht bei einem Kampf in Notwehr die Treppe runtergestoßen …?!“ Maike stieß ein bitteres Lachen aus. „Ihr wolltet mich beide zum Narren halten. Aber am meisten bin ich von dir enttäuscht, Natalie.“ Auf einmal liefen Maike Tränen übers Gesicht. „Du warst zuletzt die Einzige, der ich noch vertraut habe. Und in Wirklichkeit hast du dich über mich lustig gemacht und alles mit ihm ausgeheckt!“

Maike ließ den Arm mit der Waffe sinken.

„Aber das stimmt doch nicht!“, protestierte Natalie. „Du bist krank und brauchst ärztliche Hilfe.“

Maike schüttelte nur weinend den Kopf.

„Beruhige dich, wir bringen dich jetzt in die Klinik, wo dir geholfen wird.“ Natalie ging zuversichtlich auf ihre Freundin zu.

„Das ist euer Plan!“, schrie Maike, deren Gesicht panische Angst ausdrückte. „Aber dahin kriegt ihr mich nicht!“

Ihr rechter Arm schnellte hoch. Und im gleichen Moment drückte sie ab.

Natalie erstarrte, stieß einen röchelnden Schrei aus. Dann sackte sie lautlos in sich zusammen und blieb bewegungslos auf der Seite liegen. Ihre Bluse färbte sich auf Höhe des Herzens zunehmend blutrot.

Sascha stürzte nach vorne, umgriff Maikes rechtes Handgelenk, versuchte auch ihren linken Arm zu fassen.

Maike wehrte sich mit aller Kraft. Sie schlug mit der linken Faust auf ihn ein, stieß ihren Kopf gegen seinen, schrie dabei immer wieder mit voller Lautstärke: „Nein! Nicht! Nein!“

Er umklammerte sie mit seinem rechten Arm und zog sie an sich. Sie hielt massiv dagegen, brachte ihn ins Taumeln. Schließlich fielen sie zu Boden, ein Stuhl kippte um, im Handgemenge fegten sie die Trinkgläser vom Tisch, wo sie auf den Fliesen zerbrachen. Dabei löste sich ein Schuss. Die Kugel durchschlug den Regalschrank.

Sascha gelang es, Maike die Pistole zu entreißen und die Waffe quer durch den Raum zu werfen. Ihre rechte Faust traf ihn im Gesicht. Schließlich schaffte er es, beide Handgelenke seiner Frau auf den Boden zu drücken. Sie lag unter ihm und gab plötzlich jede Gegenwehr auf. Ihr Blick zur Seite war auf die tote Natalie gerichtet, die sie mit weit aufgerissenen Augen anstarrte. Maike rang nach Luft und schaute zunehmend erschrocken auf die leblose Gestalt.

Realisiert sie, was sie getan hat?

Vorsichtig lockerte Sascha seinen Griff, Maike machte keinerlei Anstalten, ihn erneut anzugreifen.

Stattdessen begann sie, mit Tränen in den Augen, ganz leise stockend ein Lied zu singen, wobei der Text Sascha erschaudern ließ:

„Stille Nacht … tödliche Nacht,
Freundin tot, umgebracht …“

Nané Lénard

Der Leuchtturm

Nané Lénard

Die alte Marga stand am Hafen von Neuharlingersiel und schüttelte den Kopf über den spinnerten Krams, den sich die jungen Lüüt da ausgedacht hatten. Sie meinte, wenn sie vom Jungvolk sprach, die Mittfuffziger und ältere Semester, denn sie selbst ging bereits auf die Hundert zu.

„Watt für een Schiet un Düvelswark", wetterte sie, als die große Eisskulptur in Form eines Leuchtturms leicht zu schwanken begann wie der mahnende Zeigefinger Gottes.

Sie war auf einer Plattform im Hafenbecken aufgestellt worden und musste ständig gekühlt werden, damit das Kunstwerk nicht frühzeitig dahinschmolz. Fünf Künstler waren seit Mitte November mit Säge, Hammer und Meißel beschäftigt gewesen. Zuvor hatte man den Rohling mit einem Bohrkern innen ausgehöhlt und ein Aggregat angebracht – für Kühlung und Illumination. Die ganze Sache wirkte nämlich nur mit Licht und sollte ein neues Highlight an der Küste werden.

Man ärgerte sich nämlich schon seit Längerem, dass die in Carolinensiel das ganze Geld der Winter-Touristen abzogen, die sich vereinzelt während der kalten Jahreszeit bei Schietwetter im Norden aufhielten. Ja, der schwimmende Tannenbaum und die kleinen Buden rund um den historischen Hafen hatten was, aber sie konnten hier in Neuharlingersiel noch einen draufsetzen. Tannenbaum war gestern – Eisskulptur heute. Etwas von dem Kuchen wollte man sich selbst abschneiden. Deswegen hatte man nicht nur die kleinen Hütten aufgestellt, sondern auch eine Bar sowie ein kleines Hotel mit vier Doppelzimmern aus Eis bauen lassen. Der Vorteil war, dass es auf den Kais und am Anleger einfach mehr Platz gab als am alten

Hafen von Caro. Eine überregionale Werbekampagne wurde gestartet. Busfahrten wurden angeboten. So eine Premiere war schon etwas Besonderes. Etliche Küstenliebhaber reisten an, um den illuminierten Weihnachtsleuchtturm zu sehen. Üble heimische Zungen hatten sich allerdings über die Skulptur lustig gemacht und sie als Phallussymbol bezeichnet.

Doch jetzt standen sie alle da, die sich das Spektakel ausgedacht und zum Teil finanziert hatten. Sympathisanten und Neider. Jeder wartete auf den großen Moment, in dem der kristallene Leuchtturm so hell erstrahlen würde, dass man ihn bis weithin aufs Meer sah. Geschäftsleute, Hoteliers, Gäste, aber auch die alte Marga, Rechtsmediziner Enno und Hinnerk, Fischer im Ruhestand, starrten gebannt in das Hafenbecken. Oben aus dem Dattein sahen Oma Pusch und ihre Freundin Rita zu. Die Wohnzimmerfenster gingen direkt zum Hafen hinaus. Dick eingemummelt hatten sie einen wahren Logenplatz.

„Endlich mal nix Kriminelles“, seufzte Rita, ganz im Adventszauber gefangen.

„Auch heimliche Ermittler brauchen mal eine Pause“, sagte Oma Pusch und prostete ihr zu, den Grog in der Hand.

Es war der Samstag vor dem ersten Advent. Besinnliche Weihnachtsmusik spielte im Hintergrund. Der Duft von Glückwein und Bratwurst lag in der Luft. Selbst das Wetter spielte mit. Der raue Wind war eingeschlafen und die Temperatur erträglich. Umrahmt von wenigen Wolken versank die Wintersonne glutrot in der Nordsee. Allein dieses Schauspiel der Natur war ein reiner Genuss. Doch es sollte noch besser kommen.

Denn, nun war es so weit!

Strom an!

Es glomm, es surrte, fing an zu glitzern und funkeln. Ein „Ahh“ ging als Raunen durch die Menge, doch noch bevor das Kunstwerk wirklich in voller Pracht erstrahlen konnte, zischte es drohend und zuckte, dann gab es einen riesengroßen Knall.

Die Menschen schrien und duckten sich. Eisbrocken flogen durch die Luft, kamen auf dem Kai auf, trafen die Fischerboote und landeten zum Teil im Meer. Einige Schaulustige wurden von den Geschossen getroffen. Zum Glück stellte sich später heraus, dass niemand ernsthaft zu Schaden gekommen war – mit Ausnahme des Leuchtturms. Der war hin.

Oh Schreck, das neue Wahrzeichen der bekannten Küstenstadt hatte sich in alle Winde verstreut. Aber was lag da schwarz und verkohlt auf der Plattform? Der verschmorte Kabelsalat konnte doch nicht diese Dimension angenommen haben? Und wieso hatte er so eine komische Form?

Lina Hansen, die an der Ostseite direkt vor der Bäckerei von Johann Hinrichs stand, erkannte als Erste, dass der schwarze Klumpen hochhackige Lackstiefel trug. Der Schrei erstickte in ihrer Kehle, als sie umkippte und hart mit dem Kopf auf dem Boden aufkam. Passanten kümmerten sich um die alte Dame.

Auch Fischer außer Dienst Hinnerk hatte entdeckt, dass da eine Frau auf der schwimmenden Plattform liegen musste. „Oh ha", stöhnte er, denn er wusste darüber hinaus sofort, um wen es sich handelte. „Nu brauchen wir wohl einen neuen Bürgermeister!"

„Do geiht watt üm!", kam es von Marga, deren Zittern nicht nur von der zunehmenden Kälte kam.

„Wieso neuer Bürgermeister?", fragte Enno, der seine Brille aus ästhetischen Gründen ungern außerhalb seiner Obduktionen trug.

„Mensch, da liegt Fiene Lührsen, siehst du das nicht?", fragte Hinnerk aufgeregt.

„Nee", gab Enno zu und fingerte in seiner Manteltasche nach der Sehhilfe. „Oh ha", wiederholte er Hinnerks Worte. „Ich sehe wohl scharfe Stiefel, aber woher weißt du, dass sie der Bürgermeisterin gehören?"

Hinnerk grinste verlegen. „Äh, ja, ich stand da zufällig bei der Generalprobe so rum, wo sie ihre Rede hielt in der Muschel. Und da dachte ich bei dem Blick auf ihre Füße, dass ich das auch mal gerne so machen würde wie die Rennfahrer."

Enno verstand nur Bahnhof. Er guckte Hinnerk ratlos an.

„Na, Mensch", flüsterte der Fischer, dessen eines Bein nach dem Unfall auf hoher See zu kurz war. Er trippelte mit roten Wangen herum, „da hätt ich gern einen Schluck draus genommen, aus diesen Lackdingern."

Es fiel Enno nicht leicht, sich das Lachen zu verkneifen. „Ich kann sie dir nach der Leichenschau zur Verfügung stellen, falls sie nicht als Asservat aufbewahrt werden müssen oder die Familie Anspruch darauf erhebt. Reicht dir einer?"

Hinnerk winkte ab. Nachdem da tote Füße drin gewesen waren, nahm er lieber davon Abstand. Er hatte irre Angst vor Leichengift.

„Okay, dann besorg mir mal schnell ein Boot, damit ich die Sache in Augenschein nehmen kann und ruf die Polizei an“, bat Enno.

„Polizei?“, fragte Hinnerk verstört, denn er hatte ein schräges Verhältnis zu den Beamten.

„Die verständigt man gemeinhin bei einem unklaren Todesfall“, sagte Enno und tätschelte Hinnerks Schulter. „Ich muss schnell meine Tasche aus dem Auto holen.“

Noch bevor Hinnerk sein neues Smartphone aus der Tasche ziehen konnte, zog etwas an seinem Ärmel und lotste ihn in eine Nische.

„Lass das, Lotti“, beschwerte sich Hinnerk bei Oma Pusch und ihrer Freundin Rita. „Ich soll die Bullen anrufen, sagt Enno.“

„Brauchst du nicht, hab ich schon“, zischte Oma Pusch in sein Ohr. „Außerdem ist mein Neffe Eike sowieso schon hier.“

„Ach ja, ein Glück“, seufzte Hinnerk erleichtert, „der ist ja Kommissar.“

„Oberkommissar“, erwiderte Oma Pusch stolz. „Nach dem Knall sind wir zwei sofort runtergekommen. Ist jemand verletzt? Wir konnten das von oben nicht so genau sehen. War das ein Anschlag?“

Hinnerk zog die Schultern hoch. „Keine Ahnung, ob das außer der Bürgermeisterin noch wen erwischt hat.“

„Was?“, entfuhr es Rita. „Wie erwischt? Was meinst du damit?“

Auch Oma Pusch dachte, dass sie sich verhört hatte. „Fiene? Ist sie tot?“

„Ich schätze schon, wenn das Ding um sie rum einfach so explodiert ist“, mutmaßte Hinnerk.

„Wieso? War sie denn auf der Plattform?“, erkundigte sich Oma Pusch. „Aber sie kann doch unmöglich bei dem Eisleuchtturm gewesen sein. Das hätten alle gesehen.“

„Woher soll ich das wissen, wo sie sich rumgetrieben hat?“, wollte Hinnerk wissen. „Ich hab vorhin nur mitgekriegt, dass sie sie gesucht haben wegen der Verkabelung für die Rede.“

„Vielleicht war sie im Leuchtturm?“, überlegte Rita laut.

„Falls ja, dann aber sicher nicht freiwillig“, sagte Oma Pusch. „Wer weiß, was oder wer da dahintersteckt.“

„Mir egal, ich soll Enno ein Boot besorgen“, fiel Hinnerk wieder ein.

„Wir kommen mit!“, kam es von Oma Pusch. Ihr Tonfall ließ keine Widerrede zu.

Enno seufzte leise, als er Hinnerk mit den beiden Damen im Schlepptau im Boot sah. „Ich steige erst ein, wenn die beiden aussteigen", erklärte er und verschränkte die Arme.

„Das ist gemein", schimpfte Oma Pusch, „wir würden auch sitzen bleiben."

„Und mir bei der Arbeit zusehen?", fragte Enno schmunzelnd. „Mit dem Teleobjektiv auf deiner Kamera?"

„Dann eben nicht", brummte Oma Pusch schmollend. „Setze ich mich halt auf den Kutter von Tamme Friedrichsen und gucke von da oben durch mein lichtstarkes Objektiv genau auf die Plattform. Blitz auf Dauerleuchtefunktion, versteht sich. Ist vielleicht sogar noch besser vom Blickwinkel her. Ohne Funzel wirst du übrigens auch nicht auskommen. Soll ich dir meine Taschenlampe leihen? Ist aber ein bisschen schwach auf der Brust. Den Blitz brauche ich selber. Wenn du uns aber mitnimmst ..."

„Ist ja schon gut", murmelte sich Enno in seinen nicht vorhandenen Bart, „aber ihr bewegt euch kein Stück von der Stelle und schaut in die andere Richtung."

„Klar", sagte Oma Pusch und kreuzte die Finger hinter ihrem Rücken.

Auch Rita nickte scheinheilig.

Enno verdrehte die Augen und gab Hinnerk das Zeichen loszurudern. „Hast du eigentlich kein anderes Boot gefunden?"

„In der Eile nicht", sagte Hinnerk beleidigt. Wieso beschwerte der sich eigentlich? Schließlich ruderte er die Bagage sogar.

„Meint ihr, dass einer aus Caro dahintersteckt?", fragte Oma Pusch plötzlich unvermittelt und erschrak sich selbst bei diesem perfiden Gedanken.

„Ja genau", rief Rita empört, „man gönnt uns unser eigenes Weihnachtsevent nicht."

Hinnerk lachte und machte an der Plattform fest.

„Was ist denn daran so witzig?", fragte Oma Pusch empört.

„Könnte dann jeder aus Caro sein", erklärte er immer noch grinsend. „Viel Spaß, wenn ihr dort rumfragt. Niemand wird euch ein Wort sagen. Jeder weiß, wo ihr herkommt."

„Da hat er recht", erwiderte Rita enttäuscht.

„Wir müssten einen Spitzel finden", schlug Oma Pusch vor. „Jemanden aus Caro, dessen Wurzeln aus Neuharlingersiel stammen und der dem alten Heimatort noch mehr verbunden ist als seinem jetzigen Wohnort."

„Oder einen aus Esens, dem es egal sein kann, wer wo an der Küste seine Attraktivitäten plant", wandte Enno ein und krabbelte auf die Plattform. „So, Lotti, du leuchtest jetzt und guckst in die andere Richtung. Ist das klar?"

Oma Pusch lächelte ihn mit dem unschuldigsten Gesicht an, das ihr möglich war. „Ach, und an wen aus Esens hattest du da gedacht?"

„Na, an deinen Sohn Nils", schlug Oma Puschs Schwager Enno vor.

„Dein Neffe ist Bestatter, kein Detektiv", sagte sie und winkte ab.

„Eben", legte Enno nach, „deswegen ist er ja auch so gut geeignet. Er kann sich in Menschen einfühlen, spricht sanft mit ihnen. Fast wie ein Beichtvater. Da könnte was gehen. Aber jetzt lasst mich erst mal meine Arbeit tun."

„Ich finde die Idee gut", mischte sich Rita ein.

Oma Pusch schwieg und leuchtete. Sie fand, dass alle zu einseitig dachten. Ob nun tatsächlich ein Konkurrenzkampf hier an der Küste zu einem Mord führen konnte? Das glaubte sie nicht unbedingt. Oftmals waren doch eher zwischenmenschliche Dinge der Grund, weswegen einer tötete. Gut, die Fiene hatte sich sehr für dieses Spektakel aus Eis eingesetzt, aber ob man sie deswegen gleich meucheln musste? Wenn sie denn überhaupt tot war, was Enno gerade untersuchte. Vorsichtig schielte sie in seine Richtung und sah, dass er die Hand der Bürgermeisterin in Augenschein nahm, die schlaff in seiner lag. Da schien kein Leben mehr drin zu sein. Verkohlt war sie aber auch nicht. Höchstens der eine Fleck da konnte auf eine Verbrennung hindeuten, fand sie und hatte auch schon eine Theorie.

„Exitus", rief Enno dem Boot zu. „Hoffentlich kommt der Herr Oberkommissar bald. Die Spurensicherung wird auch anrücken müssen. Ich bin hier erst mal fertig."

„Jetzt schon?", fragte Rita verblüfft.

„Ja klar", antwortete Oma Pusch, „ist doch naheliegend, dass sie an einem Stromschlag gestorben ist. Mehr wird er hier so schnell auf dem schaukelnden Ding nicht feststellen können."

Enno stöhnte. „Es ist schlimm mit dir, Lotti. Jetzt weiß ich genau, dass du doch hingeschielt hast. Aber du hattest versprochen ..."

„Papperlapapp", schnitt Oma Pusch ihm das Wort ab. „Ich bin doch nicht blöd. Sie wird wohl kaum erfroren sein, und da das Eisding beim Anschalten explodiert ist, käme jeder Blinde mit Krückstock auf diese Idee."

„Dann hast du die Stromaustrittsstelle also nicht gesehen?“, fragte Enno und fixierte sie mit einem stechenden Blick.

„Ich weiß nicht, wovon du sprichst“, flunkerte Oma Pusch, die sich freute, dass ihr Schwager ihre Theorie bestätigt hatte.

Aber Enno schüttelte nur den Kopf.

Plötzlich rauschte ein Motorboot heran. Oberkommissar Eike Hintermoser, ein Neffe von Oma Pusch, hatte bereits Benno Siebenstein von der Spurensicherung an Bord und schlug sich die Hände vor den Kopf, als er seine Tante mit Rita im Schepptau auf dem Wasser schaukeln sah.

„Seht zu, dass ihr Land gewinnt, Lotti“, rief er drohend in Richtung des Ruderbootes, und Hinnerk ruderte so schnell er konnte zum Kai.

„Ich will nicht, dass Nils da mit reingezogen wird“, ärgerte sich Oma Pusch, als sie die Mauer hochstieg. „Der ist doch bekannt wie ein bunter Hund, und jeder weiß, dass er mein Sohn ist. Außerdem glaube ich nicht an diesen Mist, dass jemand aus Caro daran interessiert war, Fiene aus dem Weg zu räumen.“

„Wie hat man sie überhaupt dort auf die Plattform gekriegt?“, überlegte Rita laut.

„Entweder unter einem Vorwand oder betäubt“, sagte Hinnerk, der ihr die Hand gab und an Land half.

„Klingt logisch“, gab Oma Pusch zu. „Auf ein Bierchen ins *Dattein*?“

„Wollen wir nicht lieber einen Glühwein am Stand trinken oder einen Grog in der Eisbar?“, erkundigte sich Rita.

„Bist du verrückt? Mir ist schon kalt.“ Oma Pusch schlotterte. Die Temperaturen waren mittlerweile extrem gesunken. „Sauft doch, was ihr wollt, aber bitte im Warmen.“

Wie Schafe und ohne Widerworte folgten Hinnerk und Rita die wenigen Meter bis zu der alten Hafenkneipe, über der Oma Pusch wohnte.

„Wir können auch mit dir nach oben gehen“, versuchte Hinnerk sein Glück, der ans Bezahlen dachte und daran, dass er kein Geld dabei hatte.

Oma Pusch winkte ab. „Ihr seid eingeladen. Ich will Ronny nicht wecken. Der schläft bestimmt schon.“ Der haarlose Graupapagei, der aussah wie ein lebendiges Brathühnchen, lebte seit einiger Zeit bei ihr. Dass sie noch einen anderen Grund im Hinterkopf hatte, verschwieg sie den beiden.

In der vertrauten Atmosphäre des *Dattein* hockte die alte Marga auf ihrem Rollator am Tresen und hatte bereits rosige Wangen vom Grog. In der alten Hafenkneipe war es heute fast vollkommen leer. Kein Wunder bei dem Weihnachtstrubel draußen. Sonst tobte hier abends immer der Bär. Auch nicht gerade gut fürs Geschäft, dachte Oma Pusch bei sich, während sie sich auf den Barhocker quälte. Sie hasste diese Dinger. Glücklicherweise bediente Silvia heute. Darauf hatte sie gehofft. Ihr Plan schien aufzugehen.

Nachdem sie bestellt hatten, begann Oma Pusch ganz beiläufig mit einer Frage, deren Antwort sie längst kannte. Es war nur der harmlose Einstieg in das Gespräch, in das sie Silvia verwickeln wollte.

„Sag mal, Silvia, du wohnst doch neben Fiene?"

Die Thekenkraft nickte.

„Hast du schon von dem Unglück gehört?", bohrte Oma Pusch weiter.

„Das war ja wohl nicht zu überhören", erwiderte Silvia. „Dieser Knall, ich dachte, ein Kutter wäre in die Luft geflogen."

„Wie war sie denn so, die Fiene?", erkundigte sich Oma Pusch. „Sie war ja noch nicht lange im Amt."

„War?", kam es zögernd von Silvia.

Oma Pusch machte ein betrübtes Gesicht. „Ja, sie ist tot. Offensichtlich ein Opfer ihrer eigenen Lichtinstallation."

„Ganz nett eigentlich", begann Silvia, „aber auch ziemlich arrogant. Immer schick gekleidet. Ging viel aus und kam oft erst zurück, wenn ich Feierabend hatte. Das konnte dann schon mal zwei Uhr werden. Und grundsätzlich stieg sie aus einer Luxuskarosse mit verdunkelten Scheiben."

„Allein?", wollte Oma Pusch wissen.

„Ja, in der Garage", verriet Silvia. „War ihr wohl peinlich, das Angeberding in der Einfahrt stehen zu lassen."

Aha, dachte Oma Pusch. Geheime investigative Gespräche? Heimliche Machenschaften? Organisiertes Verbrechen? Alles war möglich.

„Schick war sie", sinnerte Hinnerk und träumte vor sich hin, „und sie hatte echt geile Lackstiefel. Was für 'ne Luxuskarre war denn das?"

„So was mit einem Dreizack", erinnerte sich Silvia.

Bei diesem Wort horchte die Alte auf und wurde bleich.

„Düvelswark, dat is all Düvelswark", schimpfte Marga. „Nu is dat sowied. He kummt uns halen mit sin Wagen. Ick weet, do geiht wat för! Wi moot all in de Hell braden."

„Ein Maserati", rief Hinnerk verzückt, ohne sich um das Geschwätz der Alten zu kümmern.

Oma Pusch strich politische Verwicklungen von ihrer Liste der möglichen Mordmotive. So ein Fahrzeug hatte eher etwas Schlüpfriges. Sie forschte weiter nach.

„Hat das denn den Ehemann gar nicht gestört, dass sie immer so lange von zu Hause wegblieb?“

Silvia zuckte mit den Schultern. „Das weiß ich nicht so genau, aber gestern Abend hatten die sich so angeschrien, dass man jedes Wort hätte verstehen können.“

Oma Pusch war verdutzt. Entweder war es so laut, dass man alles hörte oder man hatte sich etwas in die Ohren gestopft. Sie verstand den Begriff „hätte“ nicht. „Du hast nicht zugehört?“

„Doch, das ließ sich wohl kaum vermeiden, aber ich habe deswegen nichts verstanden, weil es eine andere Sprache war, in der sie brüllte. Russisch vielleicht“, überlegte Silvia. „Seine Stimme ging völlig unter.“

Hinnerk, Rita und Oma Pusch waren perplex. Damit hatten sie nicht gerechnet.

„Also der einzige Maserati hier in der Gegend gehört zum *Nixenparadies*“, sagte Hinnerk und wurde leicht rot.

„Ist das nicht der Puff bei Altfunnixsiel?“, fragte Oma Pusch und lächelte verschmitzt.

„Da wird doch unsere Bürgermeisterin wohl nicht gearbeitet haben?“, erkundigte sich Rita verdutzt.

Die Freundinnen starrten Hinnerk an.

„Woher soll ich das bitte wissen?“, schimpfte der alte Fischer empört. „Ich treibe mich nicht in solchen Etablissements herum. Schon gar nicht bei meiner mageren Rente. Außerdem dachte ich, die wäre Rechtsanwältin.“

„Das eine schließt das andere nicht aus“, sagte Oma Pusch und knallte ihre Geldbörse auf den Tresen. „Bist du mit Auto da, Hinnerk?“

„Ja, aber …“, begann er.

„Nix aber. Zeit, die alte Marga nach Hause zu bringen und dem armen Witwer einen Kondulationsbesuch abzustatten“, bestimmte Oma Pusch und zahlte für alle vier.

Nachdem die betagte Seniorin wohlbehalten in Esens angekommen war, fuhren Hinnerk, Rita und Oma Pusch wieder in Richtung Neuharlingersiel. In ihren Ohren hallten noch zahlreiche Teufelsgeschichten nach. Wenn man Marga glauben wollte, stand das Ende der Welt kurz bevor.

Dann endlich hielten sie vor dem Haus der Bürgermeisterin. Innen brannte Licht.

„Du willst doch wohl nicht wirklich da reingehen?“, fragte Rita.

„Darum bin ich hier“, antwortete Oma Pusch. „Ich will die Erste sein, die ihn mit dem Tod seiner Frau konfrontiert.“

„Ist doch komisch, dass der gar nicht am Hafen bei der Feier war“, fiel Hinnerk ein.

„Oder er ist schon zurück“, mutmaßte Rita.

„Ich gucke jetzt erst mal durchs Fenster“, nahm sich Oma Pusch vor. „Ihr wartet hier am Wagen.“

Vorsichtig schlich Oma Pusch zum Haus und lugte durchs Küchenfenster, aber da war niemand. Also ging sie weiter bis zur Ecke, um einen Blick ins Wohnzimmer zu wagen. Da stand Holger Lührsen als Weihnachtsmann und verstaute gerade zwei Koffer in alten Jutensäcken.

„Kommt schnell, das müsst ihr sehen“, rief Oma Pusch leise in Richtung Straße. „Der will sich absetzen.“

Wie der Blitz rannten Hinnerk und Rita zum Gebäude und starrten auf die groteske Szene.

„Wir müssen ihn aufhalten“, stammelte Rita, „ruf doch schnell deinen Neffen Eike an. Er soll kommen.“

„Und wie willst du ihn stoppen?“, fragte Oma Pusch verzweifelt, während sie Oberkommissar Hintermosers Nummer wählte.

„Ich habe eine Idee“, flüsterte Hinnerk, und schon war er weg. Nachdem er kurz die Motorhaube seines Wagens geöffnet und darin herumgefummelt hatte, klingelte er bei den Lührsens. Holger würde keinen Verdacht schöpfen, wenn so ein alter, hinkender Mann vor der Tür stand.

Als der Weihnachtsmann öffnete und ihn unwirsch anblaffte, rief Hinnerk nur: „Sie schickt der Himmel! Bitte helfen Sie mir. Mein Wagen springt nicht an. Die Batterie ist wohl älter als ich. Können Sie mir Starthilfe geben?“

Der verkleidete Holger zögerte und sah auf die Uhr. „Aber nur, wenn’s ganz schnell geht. Ich muss gleich weg. Da brauche ich eh meinen Wagen. Schieben Sie Ihren auf den Hof, mit der Schnauze zur Garage.“

Hinnerk sah ihn hilflos an und zeigte auf sein Bein. Er brauchte Hilfe. Widerstrebend packte der Weihnachtsmann mit an.

Wenig später öffnete sich das Rolltor, und vor Hinnerk stand einladend der schwarze Maserati, den er gerne einmal gestreichelt hätte, vielleicht auch geküsst, aber er durfte sich nichts anmerken lassen. Es war schon ein Segen, dass ihm dieser Schlitten Lebenssaft für seine Schrottkarre gab, die überdies auch noch nicht einmal ihm selbst, sondern seiner Vermieterin gehörte.

„Das ist sehr freundlich von Ihnen", säuselte Hinnerk verzückt und vergaß dabei fast, mit wem er es wahrscheinlich zu tun hatte.

Weihnachtsmann Holger brummte nur unwirsch. Er schloss die Überbrückungskabel an und startete den Motor des Luxusgefährts. Das war Musik für Hinnerks Ohren. Aber es geschah natürlich nichts, denn der pfiffige Fischer hatte eine Zündkerze gelockert.

Nach einigen Versuchen – der Motor orgelte schon langsamer – schimpfte Holger, er müsse jetzt los. Aber Hinnerk begann zu husten.

„Moment noch!", krächzte er. „Das Schieben ist mir auf die Pumpe gegangen. Mir ist ganz übel. Haben Sie ein Schlückchen Wasser?"

„Verdammt!", fluchte der Weihnachtsmann und rannte ins Haus.

Das war der Moment, in dem Hinnerk endlich den Maserati berühren konnte. Ein Traum! Weich lag der Lack unter seinen Fingern. Hinnerk konnte den Augenblick genießen. Er musste einfach nur gar nichts zu tun. Weg konnte der Übeltäter nicht, denn Hinnerk stand mit seiner Rostlaube vor dem Traumauto. Der Fischer grinste. Da nützte der schnellste Wagen nichts. Von Ferne hörte man das Martinshorn.

Oberkommissar Eike Hintermoser war froh, dass sich der Fall so schnell aufgeklärt hatte. Was jetzt jedoch alles ans Tageslicht kam, ließ sogar die Beamten staunen. Bürgermeisterin Fiene Lührsen, geborene Ogoreva, hatte nebenberuflich das *Nixenparadies* geleitet. Leider war ihr entgangen, dass sich ihr Mann Holger mit einer der jungen Damen heimlich getroffen hatte, und das auch noch in ihrem eigenen Zuhause. Als dieser Umstand durch einen Zufall doch herausgekommen war, hatte es einen riesengroßen Streit gegeben, in dessen Folge sie ausgeglitten und leider auf den Design-Türstopper gefallen war. In seiner Panik hatte Holger die tote Fiene auf die Plattform am Hafen geschleppt und im Leuchtturm versteckt. Da sich das durch das mittelgroße Loch im Eis nicht ganz einfach gestaltete, hatte er die Elektrik versehentlich beschädigt.

Rechtsmediziner Doktor Enno Esen sollte später bei seiner Sektion herausfinden, dass Fiene nicht an ihrer Kopfverletzung gestorben war. Wahrscheinlich hätte sie gut gekühlt im

Eis auch überlebt, wäre da nicht der Strom gewesen, der anstatt durch die Leitung nun lieber durch ihren Körper geflossen war und das Herz außer Kraft gesetzt hatte.

Vielleicht war aber alles auch ganz anders gewesen, und Holger hatte seine Frau mit einem Schlag auf den Kopf absichtlich bewusstlos gemacht, um sie später in der Eisskulptur in den Stromkreislauf einzubauen. So konnte er sie für immer loswerden. Ein fieser Mord, von langer Hand geplant? Möglich. Denn da war ja noch das Betthäschen, mit dem er im Weihnachtsmannkostüm abhauen wollte und das nun weinend – als Christkind verkleidet – vergebens auf seinen Retter wartete.

Thomas G. Krage

Unheiligabend

Thomas G. Krage

Er hasste solche Vollmondnächte. Doch er konnte nicht anders. Sie zogen ihn mit aller Macht in den Bann. Besonders, wenn es Heiligabend war. Diese einzigartige Zeit im Jahr mit ihrer unbeschreiblichen Stimmung.

Der Mann drosselte das Tempo und bog von der Landstraße ab in den schmalen Waldweg. Der Lada Niva, ein alter, aber robuster Geländewagen aus russischer Produktion, holperte die vereiste Spur entlang bis zur rot-weiß gestreiften Schranke. Sanft verloschen die Scheinwerfer, der dröhnende Motor verstummte. Behutsam stieg der Fahrer aus und versank bis über die Fußknöchel im nassen Schnee. Dunkelheit und die Stille des Schaumburger Waldes umfingen ihn. Leise fluchte er vor sich hin, weil seine Socken feucht wurden. Aber dann sog er genüsslich die kalte und modrige Luft durch die Nase. Heute liebte er diesen Duft nach Frost und Tod. Sorgfältig verschloss er den Wagen, das scharfe Beil ließ er im Kofferraum zurück. Seine fleischigen Hände waren kräftig genug.

Brutus tauchte ins Unterholz ein. Diesen Namen hatte er sich selber gegeben, jedoch nannte er sich nur am 24. Dezember so, weil ihm der richtige Vorname zu schaffen machte. Nomen est omen?

Wenn endlich am ersten Weihnachtsmorgen die lange Nacht vorbei sein sollte und es langsam hell wurde, würde der Schrecken verschwinden und er könnte wieder in die Rolle eines harmlosen Bürgers schlüpfen. Mit seinem unauffälligen Namen. Bislang war das immer so gewesen.

Der Schnee knirschte bei jedem Schritt, unter seinen schweren Stiefeln knackten abgestorbene Äste. Nur mühsam kam er in diesem winterlichen Wald voran. Allein sein elektronischer Navigator wies ihm die Richtung. Ab und zu schreckte Wild hoch, das ängstlich vor ihm die Flucht ergriff. Ein Schwarm pechschwarzer Raben flatterte krächzend auf. Die Tiere witterten das Grauen, welches von ihm ausging.

Wenige Stunden vorher.

Im kleinen Jagd- und Lustschloss „Baum“ herrschte emsiges Treiben. Das schmucke Gebäude im Stil des spätbarocken Klassizismus war 1760 unter Graf Wilhelm zu Schaumburg-Lippe mitten im Wald errichtet worden. Ein Vorgängerbau stammte noch aus der Zeit des ehrwürdigen Grafen Ernst. Das Anwesen lag nahe der Grenze zum alten Königreich Hannover. Sein Name verdankte es dem Schlagbaum, der früher das Territorium der Bückeburger Herrscher sicherte und an dem der fällige Zoll bezahlt werden musste.

Maria von Steynbergh, eine junge Dozentin für Musik aus Göttingen, war sichtlich aufgeregt. Sie spürte die Spannung, die unaufhaltsam anstieg.

„Hoffentlich werden alle Gäste wegen des vielen Schnees pünktlich zur Bescherung hier sein können“, rief sie mit besorgter Stimme ihrer Freundin zu.

Maria entstammte einem alten Adelsgeschlecht und war entfernt mit dem Bückeburger Fürstenhaus verwandt. Deshalb war es möglich, dass sie das Jagdschloss in diesen Tagen nutzen durfte. Schon lange war es ihr großer Traum gewesen, einmal ohne die anstrengende Familie Weihnachten zu feiern. Nur mit ihren besten Freunden. Symbolträchtig hatte sie vierundzwanzig ausgewählt; angefangen von Freundinnen aus ihrer Schulzeit, über Freunde der Studienjahre bis zu heutigen Arbeitskollegen.

Aprikose Brauhaus, ihre beste Freundin, war bereits am Vormittag eingetroffen. Beide schmückten gerade den stattlichen Weihnachtsbaum im Festsaal. Der Raum strahlte vornehmen Glanz vergangener Zeiten aus, an den holzvertäfelten Wänden waren zahlreiche Geweihe angebracht, Symbole von erfolgreichen Jagden. Von der mit Stuck verzierten Decke hingen schwere Leuchter. Es duftete wunderbar nach Tannengrün, Harz und frischem Holz.

„Was meinst du, soll ich noch Lametta aufhängen?“, fragte sie Maria und strich ihre rotblonden Haare zur Seite.

„Bloß nicht! Das finde ich kitschig. Der Baum soll stilvoll wirken und nicht überladen. Nimm vielleicht noch ein paar von den roten Äpfeln.“

Nach einer Weile waren beide Frauen fertig und betrachteten, jede mit einem Becher dampfendem Kräutertee in der Hand, zufrieden ihren Weihnachtsbaum.

„Da hat uns der Fürst ein wirklich schönes Exemplar aus dem Forst aufstellen lassen", stellten sie unisono fest.

Die Stunden vergingen. Nach und nach trudelten alle Geladenen mit ihren Koffern ein und bezogen die spartanisch ausgestatteten Schlafräume.

Eine übliche Bescherung sollte es diesmal nicht geben, sondern ein gemeinschaftliches Ereignis – das war Marias ausdrücklicher Wunsch. Denn alle Gäste verband eine große Leidenschaft: das Musizieren. Deshalb wollten sie an diesem Abend Stücke aus dem berühmten Weihnachtsoratorium von Johann Sebastian Bach aufführen. Nur für sich. Nicht in Perfektion, sondern jeder nach seinen Fähigkeiten. Aber doch so, dass aus dem Einzelnen und Kleinen etwas Ganzes und Großes werden konnte. Für alle ein unvergessliches Erlebnis.

Das sollte es werden.

„Wo steckt der Josef bloß?"

Die Therapeuten im psychiatrischen Wohnheim in Hannover waren in heller Aufregung. Nirgends konnten sie den jungen Mann entdecken. Sein kleines Zimmer war leer und das Bett ordentlich gemacht. Nur das Sprossenfenster stand auf kipp, als sollte ein anderer Geist hineinwehen.

Er durfte über Weihnachten nach Hause zu seiner Mutter. Aber gerade hatte sie lautstark angerufen. „Wo bleibt Josef wieder? Es ist schon Heiligabend und der verdammte Kerl ist noch nicht hier. In den letzten Jahren hat er mich immer sitzen lassen und kam erst am Weihnachtsmorgen nur zum Fressen, Vollsaufen und Pennen. Er hatte mir hoch und heilig versprochen, diesmal pünktlich da zu sein, dieses Miststück!", giftete sie.

„Wir werden ihn suchen und nachforschen. Regen Sie sich bitte nicht auf, Frau Meyer", beruhigte Schwester Barbara.

Allerdings wusste sie genau, dass das wenig bringen würde. Dieser Bewohner verschwand öfter aus der Anstalt, trotz aller gesicherten Türen. Jedoch kehrte er nach ein paar Tagen immer wieder zurück. Wo er gewesen war und warum, darüber schwieg er eisern. Das blieb sein großes Geheimnis.

Dass an diesem Heiligabend der grüne Lada Niva nebenan in der Garage fehlte, hatte bislang noch keiner bemerkt. Auch Hausmeister Jürgen nicht, dem der Geländewagen gehörte.

Brutus hatte die Lichtung erreicht, doch er wollte nicht gesehen werden und versteckte sich im dichten Gebüsch.

Da lag es. Im fahlen Mondlicht sah er vor sich das ehrwürdige, schneebedeckte Jagdschloss. Vom Dach hingen spitze Eiszapfen; sie wirkten wie gefährliche Dolche, die gleich herabstürzen könnten.

Aus den breiten Fenstern drang feierlicher Schein. Weil die Vorhänge nicht zugezogen waren, konnte er deutlich sehen, wie die Kerzen auf dem Weihnachtsbaum flackerten und Wärme, Geborgenheit und Heiligkeit ausstrahlten.

In diesem Augenblick vernahm er aus der Ferne das Glockengeläut einer kleinen Dorfkirche. Ganz schwach, aber die Schwingungen durchdrangen seine Seele.

Heftige Gefühle zerrissen ihn und er spürte, wie weit er vom Frieden auf Erden entfernt war und seine Enttäuschung von den Versprechungen des Lebens immer größer wurde. Er hatte den Eindruck, dass alles Schöne einen großen Bogen um ihn herum machte und er der hoffnungslose Verlierer sei. Bis jetzt hatte er noch nie richtige Liebe erfahren, ganz zu schweigen eine Freundin gehabt. Alle Frauen gingen ihm aus dem Weg. Selbst seine Mutter verachtete ihn. Ja, die Welt war ungerecht! Unbändiger Zorn stieg in ihm auf und überdeckte jegliche Andächtigkeit.

Brutus kauerte im Schnee und starrte mit eiskaltem Herzen hinüber durch die erleuchteten Fenster. Wie in eine andere Welt, an der er nicht teilnehmen durfte.

„Ich werde eure Scheinheiligkeit zerstören“, murmelte er, erhob sich langsam und spuckte verächtlich auf den Boden.

Dramatische Spannung lag in der Luft.

„Lasst uns anfangen!“, rief Maria fröhlich in die Runde und erhob den Taktstock; sie ahnte das Drama nicht, das wie schwere Gewitterwolken heranzog.

Ihre Gäste hatten sich im Halbkreis platziert und stimmten gerade die Instrumente. Man hörte zwei Geigen, eine Bratsche, Flöte, Oboe, Klarinette und ein Cello. Ein Horn war auch dabei sowie zwei Trompeten und eine Posaune, die Tuba, Pauke und der Kontrabass. Wer kein Instrument spielte, übte sich in den Gesang ein. Sopran, Alt, Tenor und Bass – alle Stimmen waren vorhanden.

Mit „Jauchzet, frohlocket, auf, preiset die Tage ...“ begannen Orchester und Chor mit großer Begeisterung.

Maria von Steynbergh dirigierte mit Leidenschaft. Bald erfüllte die Musik das ganze Jagdschloss mit weihnachtlichen Klängen voller Frieden und Feierlichkeit. Auch außerhalb der Mauern, draußen im finsteren Wald, war der Zauber des Oratoriums zu vernehmen. Es war, als sollte die Musik die Welt aus der Kälte holen und in Harmonie umarmen.

Brutus gab seine Deckung auf und schlich näher an das Gebäude heran. Er hoffte, dass niemand gerade durch die großen Fenster spähen würde. Unmut bereitete ihm nur der tiefe Schnee. Seine Fußabdrücke konnte er nicht verwischen, seine untrügliche Spur.

Vorsichtig umrundete er das Gemäuer und näherte sich dem breiten, sandsteinernen Treppenaufgang an der Nordseite, welcher zum Portal führte. Er wollte sich nicht vorstellen, dass jemand von den Gästen plötzlich herauskommen konnte, vielleicht um mal zu rauchen.

Jetzt zückte er sein Handy aus der Hosentasche und wählte die Nummer des Jagdschlosses. Er setzte alles auf eine Karte, es musste klappen.

Ein schrilles Klingeln, das durch eine Mechanik verstärkt wurde, hallte durch den Flur. Unmerklich zuckten nebenan im Saal die Musiker zusammen, doch sie spielten das Stück weiter. Irritiert blickte Maria kurz zur Tür. Dieser Krach passte nicht in die zauberhafte Stimmung des Abends. Er war ein Misston, den sie am liebsten sofort abgestellt hätte, aber nicht konnte. So weit reichte die Macht des Taktstocks nicht, um die Taktlosigkeit zu beenden.

Das Schrillen hörte und hörte nicht auf. Von ihm ging ein Zwang aus, eine immer unerträglichere Bedrängung.

Schließlich legte Aprikose genervt ihre Noten beiseite und stürmte in den Flur. Das schwarze Telefon mit dem Spiralkabel und der runden Wählscheibe war noch ein Relikt aus alten Zeiten. Es bebte bei jedem Ton.

Sie riss den Hörer von der Gabel.

„Jagdschloss Baum, Aprikose Brauhaus“, rief sie gereizt.

„Ist Maria da?“, dröhnte eine männliche Stimme.

„Mit wem spreche ich?“, fragte sie zurück.

„Ist Maria da?“, wiederholte er.

„Maria kann im Moment nicht“, gab sie preis. „Wir proben gerade das Weihnachtsoratorium.“

„Ich warte draußen auf sie!“, erklärte der Mann und legte auf.

Mit unguten Gefühlen schlich Aprikose wieder zurück zum Saal und versuchte den Anschluss in die Musik zu finden. Es gelang ihr nicht.

Maria blickte verstört zu ihr hinüber und merkte, wie die harmonische Stimmung zu kippen drohte.

„Wir machen eben eine kurze Pause", entschied sie. „In einer Viertelstunde geht's weiter."

Aufgeregt lief Aprikose zu ihr und erzählte von dem unbekannten Anrufer.

„Seltsam. Ich kann mir gar nicht vorstellen, wer mich jetzt sprechen will. Vielleicht ein alter Freund, der sich nicht hereintraut", äußerte sie verwundert, schlüpfte in ihren weinroten Wintermantel und eilte ahnungslos nach draußen.

„Soll ich nicht lieber mitkommen?"

Aprikoses bange Frage hatte sie nicht mehr gehört.

Eiseskälte überfiel sie, als sie das schützende Portal verließ und die Stufen herunterstieg. Ihr Herz klopfte auf einmal ganz stark, als sie am Ende des verschneiten Wegs die Silhouette einer großen Gestalt erblickte. Just in diesem Augenblick verkroch sich der Vollmond hinter dichten Wolken, als wolle er das Folgende nicht mit ansehen müssen.

Plötzlich gellte ein entsetzlicher Schrei durch die Heilige Nacht und ließ jedes andere Geräusch verstummen. Das Weihnachtsoratorium erstarb in den Seelen. Die grausame Welt schien stärker zu sein. Ohne zu zögern, stürmten alle Musiker nach draußen. Zur zertrampelten Stelle im Schnee, die einer Hinrichtungsstätte glich.

Da lag sie, Maria. Auf dem Rücken mit zerrissenem Mantel, ihre geweiteten Augen starr in den Himmel gerichtet. Sie hatte versucht sich zu wehren, aber gegen die brutale Übermacht kam sie nicht an. Ihr zarter Hals zeugte von den tödlichen Spuren kräftiger Hände.

Jetzt stand ihr junges Herz still, alle Musik war abgewürgt.

Ganz leise rieselte der Schnee, zarte Flocken tanzten vom Himmel herab, doch sie konnten die Sünde nicht bedecken.

Kurz vor Mitternacht in Göttingen. Endlos klingelte das Telefon. Unwirsch hob Christian Sonnthag schließlich ab, obwohl er gerade zu Bett gehen wollte.

Mit tränenerstickter Stimme meldete sich Aprikose Brauhaus, seine junge Assistentin vom Historischen Seminar der dortigen Universität. Beide verband eine jahrelange Freundschaft, schon Etliches hatten sie zusammen durchgestanden.

„Was ist passiert?", forschte er und bemerkte den Schrecken in ihrer Stimme.

Mit stockenden Worten stammelte sie vom entsetzlichen Grauen, das sich kaum in Worte fassen ließ.

„Habt ihr inzwischen die Polizei geholt?“, bohrte er nach.

„Natürlich. Als wir Maria tot im Schnee fanden, haben wir sofort den Krankenwagen und die Polizei gerufen“, berichtete sie. „Auch die Feuerwehr kam. Die haben grelle Scheinwerfer aufgestellt und alles ausgeleuchtet, um Spuren oder Hinweise zu sichern. Weil es aber heftig anfing zu schneien, haben sie die Aktion bald abgebrochen und das Gelände gesperrt. Erst, wenn es getaut hat, wollen sie die Suche wieder aufnehmen.“

„Gibt es irgendwelche Hinweise auf den Mörder?“

In diesem Augenblick hatte Christian das Gefühl, als wäre die Leitung taub. Tot. Als hätte er seine Frage ins leere Nichts gestellt.

„Hallo, Aprikose, bist du noch da?“, rief er bestürzt.

Keine Antwort. Nur leises, statisches Rauschen.

Er wurde unruhig und sein Herz pochte. Sofort wählte er ihre persönliche Nummer und die des Schlosses. Keine Verbindung. Auch in den sozialen Netzwerken erreichte er sie nicht. Es war, als gäbe es das Jagdschloss Baum mit seinen Gästen gar nicht mehr. Wirklich unheimlich.

Christian zögerte nicht und rief bei der Polizeiwache im zuständigen Bückeburg an.

„Keine Panik! Morgen wird sich schon alles aufklären“, wiegelte der Beamte ab. „Wahrscheinlich ist nur der Akku leer oder ein harmloser Stromausfall. Das kommt im Bereich des Schaumburger Waldes öfter vor. Außerdem können wir bei dem starken Schneefall das Jagdschloss im Moment gar nicht mehr erreichen.“

Mit mulmigen Gefühlen ging Christian schließlich zu Bett; er konnte kaum schlafen.

Unbegreiflich! Am Morgen des ersten Weihnachtstages blieben die Leitungen zu Aprikose und zum Jagdschloss weiterhin tot.

Jetzt musste er handeln. Von einem guten Freund lieh sich Christian einen Geländewagen, ausgerechnet einen grünen Lada Niva, und fuhr auf winterlichen Straßen ins Schaumburger Land. Die geplante Weihnachtsfeier mit seiner Familie sagte er kurzentschlossen ab. Die Ereignisse der letzten Nacht ließen ihn nicht los. Er konnte nicht fröhlich feiern und einfach zur Tagesordnung übergehen. Vielmehr spürte er die Angst und Not, die seine Assistentin umgaben und die unausgesprochene Bitte, unverzüglich dorthin zu kommen.

Und wieder. Erbarmungslos schrillte das pechschwarze Telefon im Flur von Jagdschloss Baum.

Die Gäste schliefen noch – nach den dramatischen Ereignissen waren sie erst gegen vier Uhr morgens ins Bett gekommen. Aus einem Albtraum gerissen schreckte Aprikose hoch. Was war das? Mit Herzrasen lauschte sie.

Da – durchdringendes Klingeln. Im Nu war sie hellwach.

„Ich gehe nicht ran", schwor sie. „Um nichts in der Welt!"

Aber das Schrillen hörte einfach nicht auf. Der Bann nahm zu, raubte ihr die freie Entscheidung und zwang sie zum Handeln. Irgendwann konnte sie dem Terror nicht mehr widerstehen. Mit weichen Knien stand sie auf, warf sich ihren bunten Bademantel über die Schultern und stolperte in den eiskalten Flur.

Langsam, wie in Trance, nahm sie den Hörer ab.

„Ja?", hauchte sie gedehnt und bebte innerlich.

„Ist Aprikose da?", dröhnte eine männliche Stimme.

Entsetzt kreischte sie auf und schlug mit Wucht den Hörer auf die Gabel. Ihr Gesicht wurde aschfahl, sie zitterte an Leib und Seele. So schnell sie konnte, rannte sie zu den anderen und riss diese brutal aus dem Schlaf.

„Der Mörder ist immer noch da!", schrie sie außer sich. „Er hat gerade angerufen …"

Der Notruf zur Polizei war zwecklos. Es gab keine Leitung oder irgendeinen Netzempfang.

Der Täter kannte sich aus und hatte nur für seinen Anruf die nötige Versorgung im außen liegenden Verteilerkasten eingeschaltet. Jetzt war alles wieder tot.

In Panik verrammelten die Bewohner die Eingangstür mit schweren Möbeln und wagten kaum nach draußen zu blicken. Keiner wollte dem lauernden Verbrecher in die Augen sehen.

Der brutale Mord an Heiligabend machte in der Bevölkerung schnell die Runde. Friede auf Erden – das schien diesmal in ihrer Gegend nicht zu gelten. Als der Revierförster des Schaumburger Waldes davon hörte, informierte er unverzüglich die Kriminalpolizei, dass er Heiligabend auf einem abgelegenen Waldweg, unweit der Hauptstraße, einen zugeschneiten Geländewagen entdeckt hatte. Es handelte sich um einen russischen Lada Niva, der wegen seiner eigenwilligen Form unverkennbar war. Vom Kennzeichen habe er nur den ersten Buchstaben „H“ für Hannover und ein „J“ entziffern können.

Sofort durchsuchten die Beamten alle Computerdateien nach solch einem Fahrzeug, welches relativ selten war. Sie wurden schnell fündig.

Mühsam pflügte ein Geländewagen durch den tiefen Schnee. Vor dem Jagdschloss stoppte er; inzwischen war es Nachmittag geworden. Christian Sonnthag sprang heraus und blickte sich prüfend um. Das Anwesen lag gespenstisch ruhig da, niemand war zu sehen. Er stapfte um das Gebäude herum, bevor er den Aufgang zum Portal erreichte. Bedrückende Spannung lag in der Luft.

Er schellte. Nichts tat sich.

Noch einmal. Länger.

Plötzlich ging alles ganz schnell.

„Hände hoch oder wir schießen!“ Bewaffnete Polizisten stürmten aus einem Nebengebäude und überwältigten ihn. Die Handschellen klickten.

„Ich bin nicht der Mörder“, beteuerte Christian mit Nachdruck, „das muss eine Verwechslung sein.“

„Keine Widerrede, Ihr Kennzeichen ist gefälscht. Mitkommen auf die Wache!“, befahl der leitende Beamte.

In diesem Moment öffnete sich zaghaft die Tür des Jagdschlosses und blasse Gesichter schauten heraus.

„Das ist Christian Sonnthag aus Göttingen“, rief Aprikose bestürzt und lachend zugleich. „Ich habe ihn extra hierher gebeten.“

Aber die Beamten ließen sich nicht irritieren und brachten ihren Gefangenen zur Wache nach Bückeburg.

Erst nach einer Weile klärte sich der Sachverhalt, sodass Christian wieder auf freien Fuß kam. Die Beamten entschuldigten sich bei ihm, die Aktion war ihnen sichtbar peinlich. Da er sich als Sonderermittler für rätselhafte Fälle im Bereich von Niedersachsen ausweisen konnte, übergaben sie ihm – auf seine dringende Bitte hin – eine abgegriffene Akte mit ungelösten Verbrechen, die in letzter Zeit in dieser Region geschehen waren.

Bloß weg hier! Gegen Abend bezog Aprikose ein Hotelzimmer in Bückeburg nahe dem beschaulichen Marktplatz. Keiner wollte mehr einen einzigen Augenblick in dem Jagdschloss verweilen. Zu tief saß die Angst, zumal der Mörder immer noch frei herumlief.

Christian quartierte sich ebenfalls in dem Haus ein. Erst gegen zwei Uhr morgens ging er zu Bett, weil ihn die Dokumente mit den ungeklärten Morden fesselten.

Nach dem Frühstück am zweiten Weihnachtstag trafen sie sich. Beide nahmen im Foyer neben der Rezeption in einer ruhigen Ecke Platz, in der sie ungestört reden konnten.

„Ich habe sorgfältig die Akten studiert und herausgefunden, dass es in den letzten Jahren immer an Heiligabend einen seltsamen Mord gegeben hat", begann Christian stirnrunzelnd. „Der Mörder wurde nie gefasst!"

„Alle im Jagdschloss Baum?", fragte sie mit verweintem Gesicht.

„Nein, an verschiedenen Orten. Aber stets in der Nähe von historischen Gebäuden. Das ist auffällig."

„Vielleicht ist der Mörder ein irrsinniger Historiker oder Liebhaber von Geschichte."

„Ich vermute, dass es ihm um die eigene Geschichte geht ..."

„... um eine dunkle Lebensgeschichte", unterbrach sie ihn, „möglicherweise eine enttäuschte Liebe."

„Beim Mord an Maria von Steynbergh ging es nicht um Geld oder Gut, Erpressung oder Entführung. Das war bei den anderen Fällen genauso. Der Ablauf war immer der gleiche: Bei einer größeren Feier an Heiligabend, genau zur Zeit der Bescherung, wurde eine Frau umgebracht. Jedes Mal draußen vor dem Gebäude."

„Gab es vorher einen Anruf?", fragte sie und merkte, wie ihr Herz wieder heftig schlug.

Christian blätterte aufmerksam durch die Seiten, zwischendurch nippte er an seinem heißen Tee.

„Hier hab ich's", rief er plötzlich. „Seltsam, dass das scheinbar niemandem aufgefallen ist."

„Was denn?", drängte sie und rutschte unruhig auf dem Platz.

„Ja, und jedes Mal dieselbe Frage: ‚Ist Maria da?'"

„Das gibt's doch nicht. Das muss ein Psychopath sein!"

„Erstaunlicherweise war immer eine Maria zur Stelle. Auch wenn niemand wirklich so hieß, gab es stets eine Frau, die sich als solche ausgab. Das lässt psychologisch tief blicken."

Christian erhob sich und schritt zum Fenster. Nachdenklich schaute er über den schneebedeckten Marktplatz, auf dem Kinder gerade einen großen Schneemann bauten. Doch sein

Blick ging weiter, tief in Raum und Zeit hinein. Aprikose spürte diesen wichtigen Augenblick und wollte ihn nicht stören. Nicht herausreißen aus der Spur der Aufklärung.

Auf einmal drehte er sich bedächtig zu ihr herum.

„Maria und Heiligabend – das ist die Verbindung. Die Weihnachtsgeschichte mit der Geburt im Stall von Bethlehem."

„Der Unbekannte ermordet genau an diesem Tag eine Maria. Vielleicht ein Atheist?"

„Einem Atheisten wäre das ziemlich egal. Ich glaube, dass der Mörder Probleme mit dem Glauben und Enttäuschungen mit Frauen hat. Mit jungen, gebärfähigen Frauen. Er hat das Gefühl, keine abzukriegen und dass das Leben an ihm vorbei geht. Deshalb mordet er genau an diesem heiligen Tag eine Maria symbolisch für alle anderen Frauen."

„Vielleicht spielen auch Spannungen zu seiner Mutter eine Rolle. Wer weiß, ob sie versucht hat ihn abzutreiben. Weil das nicht klappte, hat sie ihn nach der Geburt abgelehnt und ihrer Liebe entzogen. Das prägt einen Menschen lebenslang", fügte Aprikose betroffen hinzu.

„Besonders, wenn die Mutter Maria heißt. Dann würde er fremde Frauen an ihrer Stelle opfern. Grauenhaft!"

„Aber eins verstehe ich nicht", ergänzte Aprikose und blickte Christian verstört an, „warum hat er noch mal angerufen und ausgerechnet nach mir gefragt? Das macht mir echt Angst!"

„Hast du Heiligabend am Telefon deinen Namen genannt?"

„Ich weiß nicht ... Kann sein ... Oder doch nicht? Keine Ahnung."

„Wahrscheinlich hast du ihn gesagt und ihm gefiel wohl dein seltener Name. Wir haben es schließlich mit einem perversen Täter zu tun."

In diesem Moment betrat ein junger Mann, den eine breite Narbe über der Stirn verunstaltete, das Hotel und schritt zielsicher zur Rezeption. Vor dem Gebäude hatte er Christians Lada Niva entdeckt, der ihn magisch anzog. Vielmehr jedoch die Frau, die nach seinen Beobachtungen hier eingekehrt sein musste. Er forderte ein Einzelzimmer.

„Am liebsten direkt neben Frau Brauhaus, meiner Cousine", raunte er dem Portier unverfroren zu.

Aprikose erstarrte, als sie ihren Namen und die tiefe Stimme des Fremden hörte. Sie wurde leichenblass und ein eiskalter Schauder lief ihr über den Rücken.

Christian bemerkte ihre Reaktion nicht. Munter sprach er, mit dem Rücken zum Geschehen, über das weitere Vorgehen. Aber sie hörte nicht zu. Voller Angst hockte sie im Sessel, starrte zur Rezeption und wagte sich kaum zu rühren.

„Dann kann ich Ihnen Zimmer 106 geben", vernahm sie den Angestellten in unglaublicher Leichtsinnigkeit.

Aprikose erschrak zu Tode, denn sie war in 107 untergebracht; ihr Begleiter wohnte im Stockwerk darüber.

Als der Mann gegangen war, brach es aus ihr mit belegter Stimme heraus. „Das muss der Mörder gewesen sein!"

„Ziemlich unwahrscheinlich", versuchte Christian zu beruhigen. „Ein Verbrecher bleibt meistens nicht in der Nähe des Tatorts, sondern macht sich weit weg aus dem Staub. Außerdem gibt es unzählige Männer mit tiefer Stimme. Also, mach dir keine Sorgen, hier bist du sicher."

„Und woher wusste er meinen Namen und behauptete, ich wäre seine Cousine?", stotterte sie.

„Vermutlich klang der Name nur ähnlich und du hast ihn auf dich bezogen. Seine Verwandte wird auf der anderen Seite, in Zimmer 105 wohnen."

Wie dröhnende Warnschüsse schlug die Turmuhr des nahen Rathauses zwölf Mal. Jetzt war Mitternacht, die gruseligste Zeit. Die meisten Bürger von Bückeburg waren bereits zu Bett gegangen, nur ein paar angeheiterte Touristen rutschten und torkelten über den vereisten Marktplatz.

Lautlos öffnete sich Tür 106. Eine Gestalt huschte auf den Gang, der dicke Teppichboden verschluckte jeden Schall. Der Flur war nur spärlich durch grüne Notausgang-Schilder beleuchtet.

Leise klopfte der Unbekannte an die Nachbartür 107.

Nichts tat sich.

Er pochte kräftiger.

„Mach auf, lass mich rein. Ich bin doch Jens, dein Cousin", log er brummig, um sie zu verwirren.

Keine Reaktion.

„Du hast doch heute Geburtstag", säuselte er. „Ich will eben mit einem Glas Sekt gratulieren und dir was schenken. Komm, mach schon auf!"

Unheilvolle Spannung lag in der Luft.

Langsam drückte er die Klinke herunter.

Verschlossen.

Endlich hörte er schlurfende Schritte hinter der Tür, die näher kamen. Jetzt das Stochern eines Schlüssels im Schloss. Das vorsichtige Herumdrehen.

Seine Lust stieg, Schweißperlen sammelten sich auf der Stirn. Seine Pranken schwollen an, deutlich hoben sich die Adern wie Wurzelwerk ab.

Langsam, zögerlich, wie in Trance schwang die Tür auf.

Dann mit großem Ruck.

Plötzlich ging alles ganz schnell.

Wutentbrannt stürmte Christian aus Zimmer 107 und versuchte den Mann zu überwältigen. Den Moment der Überrumplung wollte er ausnutzen, weil er vor dem Schlafengehen heimlich das Zimmer mit seiner Assistentin getauscht hatte.

Er packte den Unbekannten, um ihm die Arme auf den Rücken zu drehen. Doch es gelang nicht, der Kerl entwickelte Bärenkräfte. Beide rangen miteinander und zerrissen dabei ihre Hemden. Laut fluchend griff der Fremde nach einer schweren Bodenvase und wollte sie Christian gegen den Kopf schleudern. Dieser versuchte auszuweichen, schlug jedoch heftig gegen einen Heizkörper. Voller Zorn riss der Mann ein großes Gemälde von der Wand und rammte ihm den harten Metallrahmen in den Bauch.

Christian sackte zusammen, rappelte sich aber wieder auf.

Vom Krach im Flur aufgeschreckt, wählte Aprikose den Notruf der Polizei. „Kommen Sie schnell, ganz schnell", schrie sie voller Angst in ihr Handy.

Zuerst wollte sie zu Hilfe eilen, verbarrikadierte sich jedoch in ihrem Zimmer, weil ihr Begleiter es ihr vorher streng eingebläut hatte.

Christian merkte, dass der andere ihm haushoch überlegen war. Plötzlich traf ihn ein Faustschlag gegen die Schläfe. Er taumelte und stürzte ohnmächtig zu Boden.

Auf einmal heulten Sirenen durch die weihnachtliche Nacht.

Polizisten stürmten ins Hotel; die sonst beschauliche Umgebung war erfüllt mit blitzendem Blaulicht.

Wo war der Fremde geblieben?

Eine Tür des Notausgangs stand sperrangelweit offen. Spuren im Schnee führten zum nahe gelegenen Schlosspark, wo sie sich bald verloren. Es schien, als ob er sich in Luft aufgelöst hatte.

Christian Sonnthag wurde ins Krankenhaus nach Obernkirchen eingeliefert. Zum Glück hatte er nur Blutergüsse und Prellungen, sodass er nach ärztlicher Versorgung und starken Schmerzmitteln am frühen Morgen wieder entlassen wurde.

Das Wetter schlug um, der Wind drehte auf Südwest. Der folgende Tag entwickelte sich erstaunlich mild und der Schnee schmolz rasch. Christian und Aprikose fuhren noch einmal zum Jagdschloss Baum. Als sie auf dem holprigen Weg das Areal erreichten, fröstelte ihr, denn die schrecklichen Bilder tauchten wieder auf.

„Die Kripo wird sicherlich nicht so schnell mit den Untersuchungen anfangen. Deshalb werden wir ihnen zuvorkommen", äußerte er.

Aufmerksam inspizierte er das einsame Gelände, das Jagdschloss wirkte, umgeben vom finsteren Wald, unheimlich. Irgendwo in den hohen Bäumen krächzten pechschwarze Raben. Sorgfältig suchte Christian den Altschnee und zahlreiche Pfützen ab.

Wie gebannt blieb die junge Frau im Wagen hocken und starrte apathisch vor sich hin.

„Was haben wir denn da?", rief er plötzlich aufgeregt, hob ein Medaillon an einer silbernen Kette hoch und rieb es zwischen den Fingern blank.

Mit seinem Fund ging er zum Lada Niva zurück. „Schau mal, hier sind zwei Buchstaben eingraviert: ‚JM'. Das muss jemand verloren haben."

„Nicht irgendjemand. Maria muss die Kette dem Mörder vom Hals gerissen haben!", rief sie auf einmal resolut.

„Ich glaube, dass ‚JM' zweierlei bedeutet", erklärte Christian, als er wieder im Wagen saß und sie das verwaiste Jagdschloss hinter sich ließen. „Einmal sind es die Initialen des Mörders. Zugleich jedoch auch die der Beteiligten der Weihnachtsgeschichte."

„Maria und Josef", fiel Aprikose ihm ins Wort, „hier in umgekehrter Reihenfolge."

„Darin liegt die ganze Tragik. Ich wette, dass der Mörder Josef heißt. Und weil er nicht mit seinem Leben klarkommt, tötet er genau an Heiligabend irgendeine unschuldige Maria, die ihm über den Weg läuft und stellvertretend sein grausames Opfer wird."

„Unheiligabend!", stammelte Aprikose und blickte zitternd durch die verschmutzte Autoscheibe.

Noch am selben Tag informierte Christian die Kriminalpolizei. „Nach unseren Erkenntnissen müsste der Täter mit Vornamen ‚Josef' heißen. Er leidet unter psychischen Störungen, verbunden mit religiösen Wahnvorstellungen."

Unvermittelt tauchte am folgenden Tag die Kripo Bückeburg im psychiatrischen Wohnheim in Hannover auf und verhaftete in einem spektakulären Einsatz den Hausmeister.

„Sie fahren einen Lada Niva mit dem Kennzeichen aus Hannover und dem Buchstaben ‚J'", erklärten sie knapp. „Solch ein Wagen wurde Heiligabend in der Nähe von Jagdschloss Baum gesichtet. Sie stehen unter dringendem Mordverdacht an Maria von Steynbergh."

„Habt ihr's schon gehört? Jürgen ist verhaftet worden. Er soll eine Frau ermordet haben." Im Nu verbreitete sich diese ungeheuerliche Nachricht in der Anstalt.

„Das kann nicht wahr sein!"

„Unmöglich, Jürgen ist doch ein wahrer Menschenfreund!"

„Dahinter steckt eine perfide Intrige ..."

Die Festnahme des beliebten Hausmeisters löste große Unruhe aus. Niemand hielt den Verdacht für wahr. Das muss einer von uns gewesen sein, lautete die schockierende und damit bedrohliche Erkenntnis. Wahrscheinlich ein männlicher Bewohner, der im Stande ist, einen Geländewagen zu fahren.

Von Tag zu Tag nahm die Dramatik zu. Es entwickelte sich eine ungeahnte Eigendynamik. Irgendwann verdächtigte jeder den anderen und stellte unbequeme Fragen: „Wo bist du Heiligabend gewesen? Hier warst du nicht – und zu Hause auch nicht. Sag mal ehrlich, wo bist du gewesen?"

Josef hielt es kaum noch aus. Die Anspannung in ihm wuchs ins Unermessliche. Bald konnte er kaum noch essen und schlafen, Magen und Darm rumorten. Sein Gesicht war fahl und der Blick unentwegt auf den harten Boden gerichtet. Er traute niemandem mehr in die Augen zu schauen und zog sich zurück.

Die Polizei hielt den Druck aufrecht. „Die Zeit arbeitet für uns. Es ist nur eine Frage von wenigen Tagen, bis sich der wirkliche Mörder stellt", kalkulierten sie.

Ein Tag vor Silvester, genau um Mitternacht. Mühsam, als würden Zentner auf den Schultern lasten, erhob sich Josef von seinem Lager. Er zog sich die beste Kleidung an und machte das Bett. Dann räumte er sein Zimmer auf und schloss das Sprossenfenster. Leise huschte er auf den spärlich beleuchteten Flur. Alles wirkte ruhig. Er wusste, wie er unbemerkt an der Nachtwache vorbeikommen konnte.

Vorsichtig drückte er die Notausgangstür auf und trat ins Freie. Die Luft war kalt, der Himmel mit düsteren Wolken überzogen. Kein Stern funkelte, kein Mond war da. Niemand.

Hastig lief er über den knirschenden Kiesweg zur Garage. Er schob das schwere Tor hoch und schauderte beim Quietschen des Metalls. Schnell schloss er es wieder hinter sich. Hoffentlich hatte das keiner gehört!

Da stand er, der grüne Lada Niva. Josef knackte die Autotür, hockte sich hinein, schloss den Wagen kurz und öffnete alle Fenster. Der Motor heulte auf – genauso, wie ihm zumute war. Während ihm die Tränen über die Wangen liefen und die Luft giftiger wurde, kritzelte er auf ein schmutziges Stück Papier in unsicherer Schrift seine letzten Gedanken. In verzweifelten, wirren Worten und Kraftausdrücken gestand er seine grausamen Taten, die er in den letzten Jahren jeweils an Heiligabend verübt hatte (im Folgenden auszugsweise in verständliche Sprache übertragen): *„Ich kann nicht mehr! Nach den vielen Opfern werde ich mich selbst opfern. Vergeblich suchte ich den Frieden auf Erden. Erst jetzt begreife ich, dass das nicht gegen, sondern nur mit Maria und Josef möglich ist – und mit dem heiligen Kind."*

Nachdenklich blickte Christian am Neujahrstag aus dem trüben Fenster in die Ferne des Himmels, nachdem er diese Zeilen vorgelesen hatte. Ein Polizist hatte sie für ihn kopiert.

Eine Weile herrschte Stille. Aber dann atmete Aprikose erleichtert auf. „Jetzt kann aus Unheiligabend wieder Heiligabend werden. Und nächstes Mal wollen wir zum Gedenken an alle Marias im Bückeburger Schloss ganz groß das Weihnachtsoratorium aufführen. Damit endlich Friede auf Erden werde!"

Ihre Augen leuchteten.

Weitere Bücher der Autoren

Hannover-Krimi

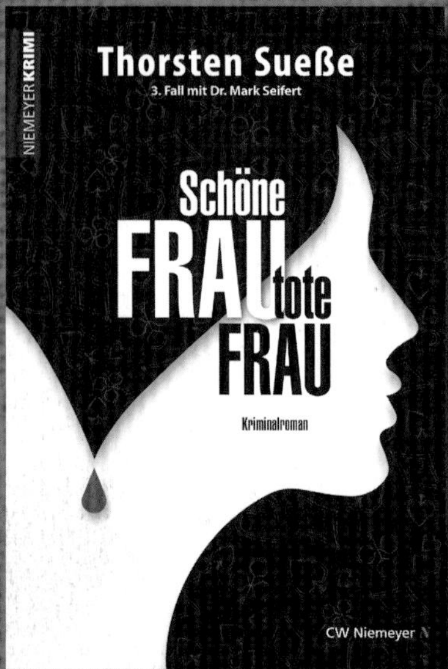

Thorsten Sueße
Schöne Frau, tote Frau

464 Seiten
Paperback
ISBN 978-3-8271-9467-1

Ostfriesen-Krimi

Nané Lénard
FriesenSpiel

368 Seiten
Klappenbroschur
ISBN 978-3-8271-9532-6

Ostfriesland-Krimi

Gaby Kaden
KüstenSpur

384 Seiten
Klappenbroschur
ISBN 978-3-8271-9490-9